낙원의 캔버스

楽園のカンヴァス(RAKUEN NO CANVAS) by HARADA MAHA

Copyright©2014 by HARADA MAHA
All rights reserved.

Original Japanese edition is published by Shinchosha Publishing Co., Ltd.
Korean Translation Copyright©2015 by Sigongsa Co., Ltd.
This Korean translation edition is published by arrangement with Shinchosha
Publishing Co., Ltd. through Shinwon Agency.

낙원의 캔버스

하라다 마하 지음
권영주 옮김

검은숲

차
례

루소가 누굴까. 저는 몰랐습니다. 하지만 축하 잔치가 열려 남들이 간다 하고 우리도 초대 받았다면, 루소가 누구든 그런 건 상관없었습니다.

거트루드 스타인 《앨리스 B. 토클러스의 자서전》

~❊~

판도라의 상자
2000년 구라시키

~❊~

여기에 부옇게 푸른 공기를 두른 그림 한 점이 있다.

화면에 펼쳐지는 것은 날개를 펴고 날아오르려는 페가수스, 그 목에 식물의 넝쿨을 던지는 벌거벗은 여자, 그녀의 발치에서 꽃을 따는 알몸뚱이 소년.

페가수스도, 인물도, 각각의 신체는 파우더를 바른 것처럼 희고 투명하다. 고운 입자가 빛을 반사하며 전체에 떠다니는 듯 보이기도 한다. 그 정도로 푸르고 희고 눈부신 화면이다.

페가수스 뒤로 깎아지른 듯한 산이 보인다. 삶의 기쁨이 넘쳐야 할 봄의 숲은 정적에 노출되어 있고 생명의 활기는 느껴지지 않는다. 그렇다면 이 그림은 현실 세계가 아니라 천상의 낙원을 표현한 걸까. 아니면 화가가 꿈에서 본 풍경일까.

하야카와 오리에는 이 그림 앞에 한참 멈춰 서 있을 때가 많았다. 미술관 감시원으로서 한 작품 앞만 지키고 있으면 되는 것은 아니다. 관내의 담당 구역을 일정 시간 돌아다니며 이곳저곳 둘러볼 필요가 있다. 하지만 오리에는 최근 이 그림이 특히 마음에 들었다. 날이면 날마다 질릴 줄도 모르고 바라본다. 바라보다 보면 들려온다. 백마의 울음소리, 날갯짓 소리. 그리고 느껴진다. 날개가 일으키는 훈풍이.

피에르 퓌비 드샤반이 1866년 그린 이 작품은 세로 2미터가 너끈히 넘는 큰 그림이다. 여류 조각가 클로드 비뇽의 저택 벽을 장식하기 위해 그린 4부작 중 하나라고 한다. 오리에는 다른 세 점도 보고 싶다고 내심 바라면서도 애써 참고 조사하지 않았다. 자신이 흥미를 가진 작품에 대해 조사하기 시작하면 어떻게 될 것인가. 그녀는 그게 십 몇 년 전 굳게 봉인한 '판도라의 상자'를 여는 것 같은 일임을 잘 알고 있었다.

43년간 살면서 어쩌면 지금이 가장 미술 작품 가까이에 있으면서 눈을 응시하고 목소리를 듣고 있지 않을까. 그런 생각도 들었다.

또각또각 구두 소리가 다가왔다. 오리에는 화면을 바라보던 시선을 전시실 출입구 쪽으로 돌렸다. 동료인 무코다 아야카가 입가에 미소를 머금고 나타났다. 담당 구역을 바꿀 시간이 된 것이다.

오리에와 아야카는 시선만 주고받고 아무 말도 하지 않았다. 오리에가 서 있는 드샤반의 작품 앞 부근에 아야카가 멈춰 섰다. 휴식실에서는 재잘재잘 수다를 떠는 사이지만, 전시실 내에서는 필요 최소한의 대화만 할 수 있다. 오리에는 입을 다문 채 또각또각 전시실을 가로지른다. 연결 통로를 지나 다음 전시실로 이동한다.

전시실 구석에 서서 하품을 참는 얼굴이 보였다. 모모사키 유리코다. 두 달 전 파트타임으로 일하기 시작한 그녀는 당초 '좋아하는 그림을 매일 볼 수 있다'며 무척 기뻐했다. 그런데 일주일 만에 싫증나고 말았다. 휴식실에서 마주치면 "하루가 너무 기네요" 하고 투덜거렸다. 스물셋, 넷 된 젊은 아가씨에게는 분명 따분한 일일 것이다.

닫힌 공간에 고요히 흐르는 시간. 아침 10시부터 저녁 5시까지 그곳에서 벗어날 수 없다. 아무런 자극도 변화도 사건도 없거니와 있어서는 안 된다. 감시원 여덟 명은 일정한 주기로 전시실에서 전시실로 말없이 이동한다. 60분마다, 순서대로, 당구공처럼, 제1전시실에서 시작해 제10전시실까지 침전된 공기를 소리 없이 휘저으며.

하품하는 유리코의 눈물 맺힌 눈이 오리에의 눈과 마주쳤다. 어색한 표정으로 오리에에게 등을 돌리고 역시 말없이 떠나간다.

유리코가 서 있던 곳으로 또각또각 걸어가 정면을 보고 섰다.

자, 이번에는 엘 그레코가 그린 성화와 마주하는 시간이다.

세로로 긴 화면에는 장엄한 빛이 가득하다. 하늘에서 내려오는 금발의 천사, 벼락처럼 눈부시게 꽂히는 천상의 빛. 은혜를 받은 자여, 주께서 너와 함께하시도다. 천사 가브리엘의 말에 전율하는 마리아, 아름답게 일그러진 얼굴. 하지만 어딘지 모르게 그 순간을 기다린 듯 당당한 자세. 벌써 몇 백 번 그 얼굴을 바라봤을까. 처녀 수태라는 인류의 몽상을 벌써 몇 백 시간 마주했을까.

　화가를 알려면 작품을 볼 것. 몇 십 시간, 몇 백 시간을 들여 작품과 마주할 것.
　그런 의미에서 컬렉터만큼 그림과 오래 마주하는 사람은 없을 테지.
　큐레이터, 연구자, 평론가. 아무도 컬렉터의 발치에도 따라가지 못해.
　아아, 하지만…… 아니, 잠깐. 컬렉터 이상으로 명화와 마주하는 사람도 있군.
　그게 누구냐고? 미술관 감시원이야.

불현듯 그리운 대화가 생각났다. 벌써 십 몇 년도 더 전에 한 이렇다 할 것 없는 대화가 이런 식으로 갑자기, 그리고 생생하게 되살아날 때가 가끔 있다. 특히 한 작품에 감정을 집중할 때, 아무런 맥락도 없이, 문득.
　한 노인이 뒷짐을 지고 엘 그레코를 물끄러미 바라보고 있다. 노인은 엘 그레코를 향해 자못 느긋하게 하품을 한 번 하더니 오리에와 눈이 마주치지 않게 피하며 다음 전시실로 옮겨 갔다.

오리에는 손목시계를 보았다. 10시 40분. 슬슬 때가 됐으려나 하고 생각하는데 아니나 다를까, 제1전시실이 술렁거리기 시작했다.

킥킥 웃는 소리, 재잘재잘 떠드는 소리. 풋풋한 여자애들 목소리다. "조용히!" 하고 나지막이 소리치는 여자 어른의 목소리가 섞인다. 모습은 보이지 않아도 여학생 집단과 인솔 교사임을 알 수 있다.

학생 단체는 가장 주의가 필요하다. 작품에 장난치는 어린 애야 없지만, 신나서 수선을 피우는 애들이 많다. 조용히 감상하고 싶은 다른 관람객들에게 불편을 끼친다. 감시원이 주의 주기를 게을리하면 다른 감상자에게서 "주의를 주세요" 하고 항의가 들어오는 경우도 종종 있다.

단체 관람객이 올 것을 알고 있는 날에는 아침 미팅 때 사무과장이 미리 알린다. 몇 시부터 몇 시까지 몇 명, 어떤 단체가 오는가. 그리고 감시원의 주의 레벨을 격상한다.

미술관 감시원은 어디까지나 감상자가 조용한 환경에서 올바르게 감상하는지 지켜보는 게 일이다. 해설하는 것도 아니고, 안내하는 것도 아니다. 다만 "이 화가는 누군가요?" "몇 년도 작품이죠?" 같은 질문을 받으면 최소한의 대답은 할 수 있도록 전시 작품에 관해 알아놓는다. 그 외에 화장실, 기념품 상점 등의 장소 안내, 몸이 좋지 않은 사람이나 울음을 터뜨린 영유아 및 미아에 대한 대응도 업무의 일부다. 다만 담당 구역을 벗어날 수는 없다. 긴급하게 대처해야 할 사태가 일어나면 의자 옆에 놓아두는 무전기로 경비원이나 사무실에 연락해서 와달라고 한다. 감시원은 관람객을 위해 존재하는 게 아니다. 어디까지나 작품과 전시 환경을 지키기 위해 존재한다. 담당 구역을 벗어난 동안 작품 파손 등의 사태가 발생하기라도 했다가는 큰일이다.

감시원이 주어진 시간 전부와 심혈을 바쳐 바라봐야 하는 것은 사람이 아니다. 작품과 주변 환경이다. 오로지 그것뿐이다.

그렇게 생각하면 언젠가 들은 말―학예사, 연구자, 평론가, 그리고 컬렉터, 어느 누구보다도 명화와 오래 마주하는 사람은 미술관 감시원이라는 말은 아닌 게 아니라 납득이 된다.

평소에야 잊고 살지만 그 말은 문득 가슴속에 되살아나 은밀히 오리에에게 힘이 되어주곤 했다. 별 생각 없이 그 말을 한 인물과는 이제 만날 일도 없겠지만.

떠들썩한 발소리가 다가왔다. 킥킥 웃는 소리 사이로 인솔 교사가 쉿 하며 주의를 주는 소리가 들렸다. 오리에는 전시실 출입구에 의식을 집중했다.

감색 세일러복에 진녹색 실크 리본. 시라사기 여자고등학교 교복을 입은 여학생들이 나타났다. 인솔 교사 두 명을 포함해 모두 스물세 명. 고등학생 대다수가 그러하듯 그들은 옛날 옛적 성화에 눈곱만큼도 관심이 없다. 하품을 한다든지 친구와 팔짱을 끼고 속닥거린다든지 한다. 미술 담당인 듯한 여자 교사가 주의 주기를 단념하고 낮은 목소리로 설명하기 시작했다.

"이 작품이 엘 그레코의 〈수태고지〉란다. 엘 그레코는 어느 나라 화가인지 아니? 몰라? 스페인 화가잖아. 이건 1603년에 완성됐다고 하니까 지금으로부터 4백 년도 더 전이야. 그렇게 옛날 그림이 지금 너희 앞에 있는 거야. 굉장하지, 안 그래?"

학생들의 관심을 끌려는 건지 교사는 묘하게 친근한 투로 이야기했다. 몇몇 학생은 그에 이끌려 엘 그레코의 작품으로 얼굴을 돌렸다. 오리에의 마음속에 교사의 설명에 대해 먼저 부정적인 감정이 치밀었다가 이어서 긍정적인 기분이 번졌다.

엘 그레코는 그리스 사람인데 서른여섯 살 때 스페인으로 건너와 평생을 그곳에서 살았다. 그러니 스페인 화가라고 하기에는 어폐가 있다. 학생들에게는 올바른 정보를 주어야 한다.

하지만 4백 년도 더 된 그림이 지금 이곳에, 자신들의 눈앞에 있다는 사실은 그 자체로 '굉장한' 일이다. 엘 그레코 작품은 일본 국내에는 이 미술관에 한 점, 국립서양미술관에 한 점, 합해서 두 점밖에 없다. 특히 〈수태고지〉는 소재, 크기, 구도, 보존 상태, 모든 점에서 이 미술관 '최고의 보물'이라 부르고 싶을 만큼 완벽하다. 이 그림을 이곳에서 볼 수 있다는 것은 일본 사람에게 그야말로 기적 같은 일이다. 미술관이 어떻게 이 그림을 입수했는지 그에 대한 일화를 오히려 학생들에게 들려주면 좋겠다 싶지만, 이것을 여기에서 볼 수 있는 게 굉장하다는 말에는 동감이었다.

학생들의 반응은 다양했다. 그림을 멍하니 쳐다보는 학생, 손톱에 신경 쓰는 학생, 여전히 소곤소곤 이야기하는 학생⋯⋯.

전시실 출입구가 갑자기 환해지는 것이 시야 한구석으로 보여, 오리에는 그쪽으로 고개를 돌렸다. 시라사기 교복을 입은 학생 한 명이 뒤처져서 들어왔다. 환하게 느껴진 것은 그 애의 머리 색깔 때문이었다. 소녀는 눈이 번쩍 뜨일 만큼 밝은 밤색의 긴 머리를 찰랑거리며 걸어왔다. 오리에는 소녀의 모습을 자세히 뜯어보았다.

인공적인 밤색이 아닌 머리에는 자연스러운 보드라움과 윤기가 흘렀다. 풍성한 밝은색 머리칼에 둘러싸인 조그만 얼굴은 서양 사람의 피가 느껴지는 이목구비였다. 세일러복과 화려한 머리가 무척 안 어울린다. 소녀에게 주목한 사람은 오리에만이 아니었다. 뒤에 들어온 일반 관객 몇몇도 엘 그레코의 작품보다 먼저 소녀에게 시선을 주었다. 그 정도로 눈에 띄었다.

오리에는 느닷없이 소녀를 향해 성큼성큼 다가갔다. 소녀는 주머니에서 콤팩트를 꺼내 몰래 연 참이었다. 오리에는 바로 앞에 서서 조용히 말했다.

"미술관 내에선 음식물 금지예요. 사전에 선생님께 말씀 못 들었나요?"

소녀는 눈을 들어 오리에를 보았다. 옅은 갈색 홍채가 전시실 조명을 받아 반짝반짝 빛났다. 놀라지도, 겁에 질리지도 않은 무표정한 눈동자였다.

인솔 교사가 두 사람을 알아차리고 엘 그레코의 작품 앞에서 "죄송합니다, 무슨 일 있나요?" 하고 물었다. 오리에는 그 말에 대답하지 않고 소녀를 향해 말을 이었다.

"껌 씹고 있죠? 바로 뱉어주겠어요? 여기에."

재킷 주머니에서 손수건을 꺼내 손 위에 펼쳐서 내밀었다. 소녀는 순간 손수건에 시선을 주었다. 그러더니 소리 내어 뭔가를 꿀꺽 삼켰다.

"암것도 없어."

소녀는 그렇게 말하더니 오리에에게 입을 벌려 보였다. 그러고는 분홍빛 혀를 살아 있는 생물처럼 두세 번 날름거렸다.

"아니, 얘가 뭐 하는 거야? 그럼 실례잖아!"

교사가 당황해서 달려왔다. 소녀는 흥 하고 코웃음을 웃더니 엘 그레코의 작품에는 눈길도 주지 않고 다음 전시실로 가버렸다.

오리에가 일하는 오하라 미술관은 주고쿠 지방은 물론 일본에서도 굴지의 서양 미술 컬렉션을 소장한 것으로 유명하다. 메이지 시대부터 방직 회사를 경영해 부를 쌓았고 일본 미술품 수집가이기도 했던 오하라 마고사부로가 창설자다. 마고사부로는 친구인 화가 고지마 도라지로의 유럽 도항을 지원했고, 도라지로는 창작을 하는 한편으로 마고사부로를 위해 유럽 미술 작품을 수집했다. 그때 모은 작품들이 미술관 소장품의 중추를 이룬다. 엘 그레코의 〈수태고지〉는 파리 화랑에서 도라지로가 발견하고는 그림의 사진을 마고사부로에게 보내 구입 자금을 송금해달라고 의뢰했다 한다. 1922년에 있었던 일이다.

오리에는 〈수태고지〉 앞에 설 때마다 78년 전 파리 어느 화랑의 어둑어둑한 공간에 이 작품이 걸려 있었을 장면을 상상한다. 그러면 그곳에 우연히 발을 들여놓은 한 동양인 화가의 혜안에 감사하고 싶은 기분이 든다.

그렇다. 미술품과의 만남은 우연과 혜안에 지배된다.

희소성이 높고 뛰어난 미술품이 시장에 나오는 것은 우연에 맡기는 수밖에 없다. 소유자가 어떤 이유로 (현금 수입이

나 다른 작품의 구입 자금을 얻기 위해) 화랑이나 경매 회사에 판매를 위탁하는 것도 계획에 의한 일은 아니다. 돌연히 변덕이 나 이 작품을 내놔도 되겠다 싶어진다든지, 갑작스레 현금이 필요해진다든지, 그런 우연한 타이밍이 소유자에게 찾아들지 않는 한, 한번 컬렉터의 수중에 들어간 작품은 웬만하면 다시 나오지 않는다. 개인 소장품은 소유자가 한정적으로 즐기는 것, 또는 소유한다는 사실만으로 만족하는 것. 그게 수집가의 심리다. 극단적인 경우 자신이 죽을 때까지, 또는 죽고 나서까지 전매도 공개도 허락하지 않는다. 일본의 거품경제 시기에 고흐의 명작을 손에 넣은 어느 기업가는 '내가 죽으면 작품도 같이 태워달라' 하고 호언해 세계적으로 빈축을 샀다. 하지만 그런 게 수집가의 본심이 아닐까.

　작품이 우연히 시장에 모습을 드러내면 이번에는 보는 이의 혜안이 필요하다. 예술가의 이름이며 제작연도만으로 작품을 보는 사람도 있다. 하지만 그 어떤 저명한 예술가에게도 완벽하지 않은 작품, 때로는 졸작이라 불리는 작품이 있다. 제작연도에 구애되는 것도 위험하다. 세상에 이름을 떨친 작가의 전성기는 종종 그렇게 길지 않기에 그 시기에 제작된 작품 수는 한정된다. 그러니 전성기 것임을 내세우는 작품에는 위작일 가능성이 따라붙게 마련이다. 이름이나 제작연도 같은, 말하자면 '기호'에 의존하지 않고 작품 자체의 힘과 '영원성'을 꿰뚫어보는 혜안을 보는 이가 갖추고 있는가. 그리고 그런 혜안을 가진 이가 작품을 획득하기에 충분한 재력을 보유하고 있는가.

우연, 혜안, 재력. 명작의 운명은 이 세 가지 요인으로 결정된다. 엘 그레코의 〈수태고지〉는 이 세 가지가 완벽하게 모인 덕에 오하라 미술관의 소장품이 되어 지금 여기에 이렇게 전시되어 있다.

"무리라니까요. 아무리 명화라고 해봤자 고등학교 1학년한테는 너무 수준이 높다고요. 오늘 단체 견학 온 애들, 아무도 선생님 설명을 안 듣던걸요."

그날 근무를 마치고 오리에와 함께 미술관을 나선 모모사키 유리코는 역으로 가는 길에 그런 말을 했다.

"모모사키 씨도 고등학생 때 그런 느낌이었어?"

오리에는 물어보았다. 이 감시원도 몇 년 전에는 고등학생이었다.

"뭐, 그렇죠. 저희도 오하라 미술관에 견학 왔었는데 별로 관심 없었어요. 게임보이라든지 아이돌에 푹 빠져 있었으니까요. 미술관보다 도쿄 디즈니랜드가 더 가고 싶었죠. 지금도 그렇지만."

티 없이 웃는다. 오리에도 웃었다.

"하야카와 씨는 고등학생 때 어떤 느낌이셨어요? 오카야마에 사셨어요?"

유리코는 그렇게 묻더니 덧붙였다.

"하야카와 씨, 오카야마 말씨를 안 쓰잖아, 완벽한 표준어인데 도쿄 사람 아냐? 라고 무코다 씨가 그러시던데요. 맞아요?"

자신의 신상에 관해 동료들에게 딱히 자세히 이야기하지 않았다. 간단히 이야기해도 거창하게 들릴 신상이었거니와 자세히 이야기하기는 귀찮았다.

"난 고등학생 때 일본에 없었어."

오리에의 대답에 유리코는 뜻밖이라는 듯 엑 하고 소리쳤다.

"어머나, 그래요? 그럼 외국에서 살다 오신 거예요?"

"응, 뭐, 그렇지."

"일본 아니라 어디 계셨는데요?"

"응…… 파리였는데."

잠시 머뭇거리다가 대답하자 유리코는 또 다시 엑 하고 소리쳤다.

"와, 좋겠다. 아버지 일 때문에요? 그럼 하야카와 씨 프랑스어 할 줄 아세요?"

오리에는 미소만 짓고 대답하지 않았다. 유리코는 좋겠다, 좋겠다 하고 얼마 동안 되풀이했지만, 오리에가 대화에 응하지 않자 이윽고 입을 다물었다.

미술관에서 역 앞 번화가인 모토마치 거리로 이어지는 미관지구에는 유유히 물이 흐르는 수로가 지난다. 녹색 수면에

거리를 따라 늘어선 광들의 하얀 흙벽이 거꾸로 비친다. 개천가 버드나무의 신록으로 물든 가지가 저녁 바람에 흔들리는 것을 오리에와 유리코는 나란히 걸으며 각기 보고 있었다.

수로가 끊기는 곳에 이르러 유리코는 "그러고 보니" 하며 다시 입을 열었다.

"오늘 시라사기 여고 학생 중에 엄청 예쁜 애가…… 예쁜 갈색머리 애가 있었는데요, 보셨어요?"

오리에는 잠자코 있었다. 유리코는 하는 수 없이 입을 다물었다. 모토마치 거리로 나오자 유리코는 웃는 얼굴로 말했다.

"그럼 내일 뵐게요. 전 여기서 이만."

가볍게 머리를 꾸벅 숙이고 역과 반대 방향으로 잔달음질을 쳐서 가버렸다. 여느 때는 역까지 같이 가는데, 오리에가 입을 열지 않으니 어쩐지 거북했을 것이다. 오리에는 가볍게 어깨를 으쓱하며 한숨을 쉬었다.

자신은 전부터 이런 부분이 있다. 타인을 어느 선 이상으로 들여놓으려 하지 않는 부분이.

파리에서 보낸 고등학생 시절에도 그랬다. 처음에는 프랑스어가 여의치 않은 탓도 있었지만, 같은 반 학생들 어느 누구에게도 마음을 열지 않았다. 유일하게 마음을 연 상대는 미술 작품. 조금만 나가면 시내 곳곳에 미술관이 있고 명화가 있었다. 다빈치도 다비드도 모네도 피카소도 말을 걸면 꼭 대답해주는, 그 무엇과도 바꿀 수 없는 친구였다.

소중한 친구들. 그렇기에 더 많이 알고 싶었다.

구라시키 역에서 산요 본선(本線) 상행열차를 타고 두 번째 역인 니와세 역에서 내렸다. 오리에의 집은 역에서 걸어서 10분 걸리는 주택가에 있다.

"다녀왔어요."

현관문을 열고 말했다. 어서 오렴 하고 부엌에서 대답이 들려왔다. 된장국 냄새와 김이 꽉 들어찬 부엌으로 들어가자, 싱크대 앞에 선 어머니가 돌아보지 않은 채 물었다.

"사나에가 오늘 너희 미술관 갔니?"

오리에는 응 하고 한숨과 함께 대답했다.

"태도가 얼마나 안 좋던지. 미술관 내에선 음식물 절대 금지라고 아침에 나가기 전에 말해놨는데, 글쎄 껌을 씹더라고."

어머니는 어깨를 떨며 후후 웃었다.

"원래 그 나이 땐 그래. 너도 그랬잖니."

"난 미술관에서 껌 씹지 않았어. 미술관에 갈 때는 늘 진지했는걸."

"그러게. 피카소랑 결혼하고 싶다고 그랬지. 너희 아버지가 깜짝 놀랐었어. 그 얼굴, 지금도 생각나는구나."

오리에를 돌아본 어머니는 온화하게 미소 짓고 있었다. 어머니는 언제나 이렇게 미소 띤 얼굴로 부엌에 서고 집안일을 하다가 학교와 직장에서 돌아오는 자신을 맞이해주었다. 어머니의 이런 미소가 오래전부터 오리에를 지켜주고 힘이 되어주었다.

대기업 상사에 근무하며 프랑스 지사장으로 발령받을 만큼 장래가 촉망되던 아버지가 갑작스러운 교통사고로 타계했을 때도, 어머니는 울부짖거나 하지 않았고 장례식장에서 미소 띤 얼굴로 조문객을 맞았다. 당시 소르본 대학에 다니던 외딸 오리에를 파리에 남겨놓고 고향인 오카야마로 돌아갈 때도 어머니는 미소를 짓고 손을 흔들며 떠났다. 그리고 오리에가 임신해 혼자 아이를 낳겠다고 결심하고 오카야마로 돌아왔을 때도 아무것도 묻지 않고 그저 미소 지으며 꼭 끌어안아주었다.

그런 어머니가 단 한 번 눈물을 흘린 적이 있었다. 딸 사나에가 태어났을 때다. 먼저 눈물을 흘린 사람은 오리에였다. 그때까지 쌓여 있던 것이 아기가 태어난 순간 전부 쏟아져 나왔다. 갓난아기의 기운찬 울음소리를 듣고, 오리에는 단단한 매듭이 스르르 풀린 것처럼 눈물을 뚝뚝 흘렸다. 흐느껴 우는 딸을 끌어안고 어머니도 힘들었지, 오리에, 잘 버텼어 하며 울었다. 슬픈 눈물이 아니었다. 오리에의 이마에 방울방울 떨어진 어머니의 눈물은 따스했다.

그로부터 16년.

쾅 하고 현관문이 요란하게 닫히는 소리가 났다. 동시에 부엌 벽이 부르르 떨렸다. 작고 오래된 단독주택은 여기저기가 헐거워졌다. 어머니가 복도를 향해 "다녀왔니?" 하고 불렀다. 대답 없이 계단을 뛰어 올라가는 소리가 들렸다. 사나에의 귀가는 늘 이런 식이었지만, 낮의 일도 있어 오리에는 울컥해서 부엌을 나섰다.

2층 딸 방 앞에 이르자 J-POP 노래가 큰 소리로 흘러나오기 시작했다. 오리에는 문을 벌컥 열고 "시끄러!" 하고 소리 질렀다.

밝은 밤색 머리가 살랑 흔들리고, 작고 하얀 얼굴이 돌아보았다. 감정이 없는 눈. 미술관에서 주의를 주었을 때와 똑같다. 오리에는 방 안으로 성큼성큼 들어가 시디플레이어를 껐다. 숨을 몰아쉬며 말했다.

"이웃 사람들 싫어해. 저번에도 옆집 난바 씨가 뭐라 했단 말이야."

사나에는 노골적으로 외면하더니 "내가 알 게 뭐야"라고 조그맣게 중얼거렸다.

"넌 몰라도 할머니가 욕먹어. 여기는 원래 할머니 집이니까 이웃 사람들이 아무래도 할머니를 욕하게 된다고. 알겠어?"

사나에는 입을 열지 않았다. 역시 표정이 없다. 웃지도 화내지도 않는 딸의 무표정한 얼굴이 오리에는 견딜 수 없었다.

"저녁 준비 다 됐으니까 내려와."

눈을 마주치지 않고 말한 다음 나가려 했다. 그러자 차가운 목소리가 들려왔다.

"난바 아줌마가 할머니를 욕하는 긴 엄마 때문이야. '하야
카와 씨 댁 오리에는 시집도 안 가고 배불러 돌아와선 튀기를
낳았잖아. 참 현대적이구'라던데."

오리에는 철사로 묶인 것처럼 그 자리에 우뚝 섰다. 금세
창작이구나 하고 깨달았다. 사나에가 지어낸 이야기다. 아무
리 불쾌한 사람이라도 이웃 사람이 일부러 고등학교 1학년
여자애에게 그런 말을 할 리 없다.

오리에는 돌아보고는 폭발하려는 노여움을 애써 참으며
"작작 좀 해" 하고 떨리는 목소리로 말했다. "할머니한테 그
런 엉터리 같은 이야기 드리면 용서 안 할 거야."

어머니의 불같은 눈을 딸은 물 같은 눈으로 맞받아쳤다. 그
러더니 역시 싸늘한 목소리로 "할 리 없잖아"라고 중얼거렸
다.

"초등학교 6학년 때 난바 씨 댁 엣짱한테 들은 거야. 우리
엄마가 그러더라 하고."

애, 사나에, 왜 너희 엄마는 결혼도 안 했는데 아기를 낳은
거야? 너희 아빠는 어디 계셔?

동갑내기 옆집 여자애인 에쓰코는 가족이 수군거리는 것을
듣고 사나에에게 직접 물었다. 에쓰코에게는 천진함을 가장
한 소녀다운 악의가 늘 있었다. 태어났을 때부터 아버지는 없
었거니와 어머니에게 아버지에 관해 들은 적도 없는 사나에
는 아무런 대답도 할 수 없었다.

작은 지방 도시에서 그들은 고립된 존재였다. 원래 지나치게 복이 많았던 오리에의 어머니에 대한 주변의 시샘에서 비롯된 고립이었다.

오리에의 어머니는 현에서 으뜸가던 수재로, 도쿄의 명문 여대에 수석으로 입학했다. 그 뒤 대기업 상사에 취직해 출세가 보장된 사원과 결혼했다. 해외 주재원으로 나간 남편을 따라 뉴욕, 파리에서 살며 고급 아파트에 거주했다. 미국에서 태어나 자란 외딸 오리에는 어렸을 때부터 미술 감상을 즐겼고, 영어와 프랑스어를 막힘없이 구사했으며, 리세*를 수석으로 졸업해 소르본 대학에서 미술사를 공부했다. 남편은 대기업 상사의 프랑스 지사장, 딸은 명문대 학생. 부족함이 전혀 없는 건강하고 행복한 생활. 그야말로 남들이 부러워할 인생을 살고 있었다.

그러나 오리에의 아버지가 사고로 세상을 뜨면서 모녀의 생활은 크게 달라졌다.

남편을 잃은 오리에의 어머니는 고향에서 혼자 살던 노모를 돌보기 위해 이 집으로 돌아왔다. 동네 사람들은 "힘들었지" 하고 겉으로는 위로해주었지만, 뒤에서는 "지금까지가 너무 팔자가 좋았던 거지"라며 재미있어했다. 유족연금과 보험금을 탔다고 시샘하며 "남편이 죽어도 우아하네"라고 흉을

*프랑스의 3년제 인문계 후기중등학교.

봤다. 얼마 있다가 이번에는 오리에가 결혼을 하지 않은 채 배가 불러 돌아왔다. 게다가 태어난 아이는 혼혈이었다. 이웃 사람들은 더욱 재미있어하며 이것저것 캐고 들려 했다. 오리에의 할머니는 오리에를 멀리했고 증손녀인 사나에도 그리 예뻐하지 않았다. 사나에가 다섯 살 때 할머니가 돌아가셨다. 너희는 안 돌아오는 게 좋았을지도 모르겠구나…… 라고 한 마디 남기고.

혼혈아인 사나에는 지나가는 사람마다 돌아보는 미소녀로 성장했다. 그것이 그녀의 고립을 심화시켰다. 초등학교 고학년으로 올라와서는 아이들의 괴롭힘이 가속했다. 염색했지 하며 머리카락을 잡아당기고, 튀기라고 부르며 놀렸다. 초등학교 6학년 때 남자 담임교사에게 불건전한 방향으로 관심을 받는 바람에 몹쓸 짓을 당할 뻔한 적도 있었다. 사나에는 옷을 벗기려 하더라고 와들와들 떨며 어머니에게 털어놓았다. 오리에는 불같이 화를 내며 학교로 달려갔다. 그러나 학교의 대응은 얼음장처럼 차가웠다. 그런 사실은 없다고 우겼다. 오리에는 그 이상 어떻게 할 수 없었다.

그 뒤로 사나에는 세상에 대해서도 어머니에 대해서도 마음을 닫았다. 할머니에게만 유일하게 아주 약간 마음의 문을 열었다.

"사나에, 고로케 맛 어떠니? 할머니가 직접 만든 거란다. 맛있어?"

어머니와 오리에와 사나에, 셋이서 식탁을 둘러싸고 앉았다. 사나에가 식탁에 앉는 것은 오로지 다정한 할머니를 위해서였다.

아무리 고립되어도, 남들이 빈정거리고 흉을 봐도 유유히 미소를 짓고 있다. 여자답고 강단 있는 사람이다. 입 밖에 내어 말하지는 않아도 사나에는 내심 할머니를 따른다는 것을 알고 있었다.

어머니가 없으면 나와 사나에는 어떻게 될까. 오리에는 입 안에서 고로케를 바삭바삭 소리 내어 으깨며 그런 생각을 했다. 사나에와의 희박한 관계를 이어주는 유일한 존재. 어머니가 없으면 자신과 딸은 대화조차 못 한다. 할머니가 없는 집에 사나에는 돌아오지 않을 것이다. 자신도 마찬가지다. 이런 집에 돌아오고 싶을 리 있나.

"오늘 엄마네 미술관에 갔지? 어느 작품이 제일 마음에 들던?"

어머니가 슬그머니 물었다. 실은 오리에가 가장 묻고 싶었던 게 그것이었다. 하지만 대답해주지 않으면 자신이 상처를 받을 것 같아서 물을 수 없었다.

사나에는 대답하지 않았다. 오리에는 표정에 드러내지 않았지만 무척 낙담했다.

역시 이 애는 엘 그레코 앞에서 아무렇지도 않게 껌을 씹는 아이인 것이다. 내 소중한 친구 앞에서 생긋 웃지도 않는 아이다.

식사를 마친 사나에는 아무 말도 하지 않고 2층으로 올라갔다. 어머니는 차와 딸기를 쟁반에 받쳐 사나에의 방으로 가져다주었다. 이제 시끄러운 음악은 들리지 않는다.

뒷정리를 하는 오리에의 어깨를 어머니의 부드러운 손이 살짝 두드렸다. 돌아보니 어머니가 미소 띤 얼굴로 "이거"라고 하며 엽서를 내밀었다.

"나 주는 선물이라더라. 제일 마음에 든 그림이래."

오리에는 앞치마에 손을 훔치고는 손바닥에 얹은 엽서를 내려다보았다.

파란 바탕에 녹색 식물무늬 테이블보. 그 위의 하얀 새장. 노란 새가 날개를 파닥이고 있다. 새장 너머 창밖에는 연청색 하늘이 펼쳐져 있다. 새는 자유를 찾아 날아오르려 한다. 하지만 그것은 결코 이루어질 수 없다.

그런 식으로도 보이는 그림.

1925년에 파블로 피카소는 마흔네 살이었다. 피카소는 아흔한 살까지 살았으니 화가로서는 아직 중기에 접어들었을 시기다. 이해의 피카소가 오리에는 꽤 좋았다. 쉬르레알리슴 운동이 일어나 새로운 예술 사상과 혁신적인 표현의 발견에 피카소는 가슴이 설렜을 게 틀림없다.

새로운 예술을 창조한다, 또는 예술을 파괴한다. 미친 듯이 밀려드는 전위예술의 물결에 그는 휩쓸리지 않았다. 그가 바로 쓰나미를 일으킨 장본인이니까.

1925년 파블로 피카소 작, 〈새장〉 근처에 서서 오리에는 여느 때처럼 작품과 그 주변을 응시하고 있었다. 사나에가 할머니에게 줄 선물로 고른 한 장의 엽서, 그 원화를 바라보다가 문득 평소와 다른 생각이 들었다.

이 새는 새장 속에 없는 게 아닐까.

텅 빈 새장이 테이블 위에 있고, 우연히 창가에 새가 날아와 앉았다. 그게 비쳐 보일 뿐이다, 라고.

여기 전시실에 서 있을 때마다 늘 생각했다. 이 새는 괴로워 보인다, 꽤 몸부림을 친다고. 창밖의 하늘은 저렇게 푸르고 넓다. 그곳으로 날아가지 못하는 게 너무나도 괴롭다. 히틀러가 독재자로 대두하고 파시즘이 유럽에 불길한 그림자를 드리우기 시작한 시대에 피카소는 새장 안의 새를 그림으로써 자유에 대한 갈망을 암시한 게 아닐까. 그런 식으로, 다소 과장되게 이 작품을 대하고 있었다. 새를 놓아주고 싶다고 생각하기도 했다. 위대한 화가에 의해 감금당한 영원한 새장 속 새를.

그렇기에 우연이라고는 해도 사나에가 이 그림을 골랐다는 게 어쩐지 고통스러웠다. 그 애도 자신을 너른 하늘로 날아오르지 못하는 새장 속의 새처럼 느끼는 걸까. 아니, 그렇지 않다. 그 애는 자신에게 날개가 있다는 의식이 아예 없을 것이다. 과거에는 날개가 있었건만 이제 날갯짓할 수 없다고 느끼는 것은 내가 아닌가?

이제 날지 못한다는 사실을 새삼 딸이 눈앞에 들이민 것 같아서 괴로웠다.

하지만 생각지도 않게 맞닥뜨린 새로운 '시점', 새가 우연히 창가로 날아와 테이블 위에 놓인 새장 속에 든 것처럼 보인다는 발견에 오리에는 남몰래 흥분했다.

그래. 제목을 잘 생각해보면 된다. 〈새장 속의 새〉가 아니라 〈새장〉. 피카소는 '새'를 그린 게 아니라 '새장'을 그린 것이다. 그것을 깨달은 순간, 돌풍이 불어닥친 것처럼 발치에서부터 소름이 온몸을 삭 훑었다. 오리에는 무의식중에 허벅지 위에 모으고 있던 두 손을 꽉 부르쥐었다.

명화는 이따금 이런 식으로 생각지도 못한 계시를 준다. 명화는 그렇기에 명화다. 구도와 색채, 밸런스, 기교가 뛰어난 것만이 아니다. 시대성, 대상물에 대한 깊은 감정, 영감, 끌어당기는 힘, 뭐라 말할 수 없는 꿈틀거리는 느낌. 보는 이의 마음을 사로잡을 결정적인 어떤 것이 그림 안에 있는가. '눈'과 '손'과 '마음', 이 세 가지가 갖춰져 있는가. 그게 명화를 명화이게 하는 결정적인 요소다.

하야카와 씨 하고 나지막이 부르는 소리에 정신을 차렸다. 유리코가 곁에 서 있었다.

"이런, 미안. 그럼 부탁합니다."

오리에는 황급히 이동하려 했다. 가끔 있는 일인데, 작품을 응시하다 보면 '저쪽' 세계에 들어가는 바람에 시간 감각이 사라지곤 한다. 시간 삼삭뿐 아니라, 자신이 어디에서 무엇을 하고 있는지 현실감을 잃을 때조차 있었다. 그래서는 감시원으로 일할 수 없다는 것은 알지만 어렸을 때 든 버릇은 좀처럼 고쳐지지 않는다.

그런데 유리코가 생각지도 못 한 말을 했다.

"아니, 그게 아니라요. 고미야마 씨가 바로 학예과로 와달라고 하세요. 아까 저 휴식 끝나고 돌아오는데 불러서 하야카와 씨한테 전해달라고 하셨어요."

오리에는 고개를 갸웃했다. 이 미술관에서 감시원으로 일하기 시작한 지 대략 5년쯤 됐지만, 총무과는 그렇다 치고 학예과에서 호출한 적은 한 번도 없었다. 짚이는 데가 전혀 없는 채로 유리코에게 얼른요 하고 재촉을 받고 전시실을 나섰다.

학예과 문을 노크한 다음 "실례합니다"라고 말하며 머뭇머뭇 문을 열었다. 마주 보게 놓인 책상들 맨 안쪽에 고미야마 신고 학예과장이 앉아 있다. 문 너머에서 오리에가 나타난 것을 보더니 "아, 거기서 기다리시겠습니까"라며 일어섰다.

"갑자기 오시라고 해서 죄송합니다. 같이 좀 가시겠습니까? 시간을 많이 잡아먹지는 않을 테니까요."

학예과에서 나온 고미야마는 복도에 멀거니 선 오리에에게 붙임성 있게 밝은 웃음을 지으며 말했다. 오리에는 가볍게 머리를 숙였다.

오리에보다 네 살 위인 고미야미는 도쿄 세타가야 미술관에서 학예과장으로 있다가 금년 봄에 오하라 미술관으로 옮겨왔다. 작년 관장으로 취임한 국내 굴지의 서양미술사가 다카라오 요시히데의 도도 대학 교수 시절 제자로, 중요한 근현대미술 전시회를 여럿 담당한 유능한 큐레이터였다. 학생 때부터 고미야마를 총애하던 다카라오가 관장으로 취임할 때 내건 조건 중 하나가 세타가야에서 고미야마를 데려오는 것이었다. 다카라오와 고미야마라는 근현대미술 분야의 권위자를 영입하면서 오하라 미술관은 명실공히 일본 최고의 미술관 중 하나가 되었다.

아무런 설명도 없이 옆방인 관장실로 가려는 고미야마의 뒷모습을 향해 오리에는 용기를 내어 "저" 하고 말을 걸었다.

"제가 무슨 주제넘은 행동을 했는지요? ……어제 단체 관람을 왔던 시라사기 여고에서 항의가 들어온 겁니까?"

고미야마가 돌아보았다.

"뭐 짚이는 데가 있습니까?"

"아뇨, 저…… 껌을 씹는 학생이 있어서요."

물론 자신의 딸이라는 말은 하지 않았다. 고미야마는 별로 관심 없는 표정으로 물었다.

"주의를 주신 겁니까? 학생한테?"

"네, 뭐."

"그럼 하야카와 씨는 감시원으로서 옳은 일을 하신 것 아닙니까?"

"그런데 학생이 껌을 삼키는 바람에요. '껌 같은 거 안 씹었다'고요."

순간 고미야마의 눈 주변 근육이 움찔했다. 그러나 그는 이내 소리 내어 하하 웃었다.

"그럼 벌써 해결됐잖습니까. 학교가 하야카와 씨한테 항의할 이유가 없죠."

오리에는 기어드는 목소리로 대답했다.

"'우리 학교 학생한테 엉뚱한 혐의를 씌웠다'라든지……."

마치 그렇기를 바라는 것처럼 억지로 생각해낸 항의 내용을 말해보았다. 고미야마는 오리에의 표정 변화를 주시하는 듯했으나, "어쨌든 그런 일은 아닙니다"라고 단호하게 말하고는 관장실 문을 짤막하게 두 번 노크했다.

"네." 안에서 목소리가 들렸다. 오리에는 갑자기 한층 긴장했다.

문 안에는 긴 목제 테이블이 있고 그 앞에 의자가 죽 놓여 있었다. 그리고 그 안쪽으로 중후한 느낌의 기다란 책상이 있다. 책상 위에는 책이며 서류가 절묘한 균형을 이루며 흡사 개미굴처럼 쌓여 있었다. 마치 현대미술 설치 작품처럼 보이기도 했다. 서류 무더기를 배경으로 긴 테이블 뒤에 앉은 남자가 얼굴을 들었다. 길게 자란 흰 눈썹, 그와는 대조적으로 멋지게 다듬은 새하얀 콧수염이 연구자 같은 느낌을 준다. 다카라오 요시히데 관장이었다.

"하야카와 씨를 데려왔습니다."

고미야마가 말했다. 요인을 데려온 양 자랑스러운 목소리였다. 다카라오는 고개를 끄덕이고는 자기 앞에 앉은 사람에게 왔습니다, 하고 눈빛으로 알렸다.

등을 보이고 앉아 있던 사람이 양복을 단정하게 차려입은 몸을 비틀며 일어나 뒤돌아섰다. 오리에는 입구에 선 채 꼼짝하지 못했다. 처음 보는 중년 남자였다. 남자는 안녕하십니까, 이것 참, 일부러 걸음 하시게 해서 죄송합니다, 라고 하며 은테 안경을 쓴 얼굴 가득 사교적인 웃음을 지었다. 굳어버린 오리에에게 고미야마가 "들어가시죠. 어렵게 생각하실 것 없습니다"라며 안으로 재촉했다. 오리에는 권하는 대로 관장 옆 의자에 얕게 걸터앉았다.

"하야카와 씨죠? 늘 수고 많습니다."

다카라오가 테이블 위로 풍채가 좋은 상체를 내밀어 바로 옆에 앉은 오리에에게 말했다. 분위기를 누그러뜨리려는 건지 싹싹하게 대하는 것을 알겠다. 오리에는 당연히 다카라오를 알고 있었지만, 여태 자택이 도쿄에 있는 다카라오는 한 달에 두세 번 미술관에 오거니와 와서도 전시실에는 어쩌다 가끔 모습을 드러낼 뿐이었다. 감시원들을 한 명, 한 명 알지는 않을 것이다. 오리에의 입장에서는 까마득한 존재인 관장이 갑자기 서글서글하게 말을 걸어오니 더더욱 당혹스럽기만 했다. 다카라오는 오리에의 뺨 근육이 굳은 것도 전혀 눈에 들어오지 않는 듯 어딘지 모르게 유쾌한 목소리로 말했다.

"근무 중에 일부러 오시게 한 건 이분이 하야카와 씨를 꼭 만나고 싶다고 하셔서 말이죠."

오리에는 얼굴을 들고 왼쪽 대각선 방향에 앉은 남자를 보았다. 남자는 여전히 기묘한 사교적인 웃음을 띤 채 웃옷 안주머니를 뒤져 명함 케이스를 꺼내고는 명함을 한 장 내밀었다.

"인사가 늦었습니다. 다카노라고 합니다."

명함이 나무 테이블 위를 스르르 미끄러져 오리에가 시선을 떨어뜨린 지점에서 멈췄다.

교세이 신문사 도쿄 본사 문화사업부 부장 다카노 도모유키.

오리에는 얼굴을 들어 다카노를 보았다. 다카노는 또다시 만면에 사교적인 웃음을 머금었다. 다카노 옆에서 다소 난처한 웃음을 짓고 있던 고미야마가 체념한 듯 "그럼 제가 설명드릴까요"라고 말했다.

"다카노 씨는 교세이 신문의 문화사업부를 총괄하는 입장에서 다양한 문화 이벤트를 담당하십니다. 특히 대규모 미술 전시회 등을……."

"이래 봬도 도몬 대학 미술사과를 졸업했거든요." 다카노가 끼어들었다. 안경의 미간 부분을 손가락으로 밀어올리고는 말을 이었다.

"도도대를 노렸는데 떨어졌지 뭡니까. 지금도 다카라오 선생님은 감히 범접할 수 없는 존재이셔서……."

"아이고, 그런 말 말아요. 지금은 고미야마 군보다 훨씬 월급도 많으니 상관없잖아요."

다카라오의 농에 다카노와 고미야마가 온화하게 웃었다. 사태가 전혀 파악되지 않는 오리에는 여전히 얼굴이 굳어 있다. 고미야마는 오리에의 표정을 민감하게 알아차리고 금세 웃음을 거둔 다음 말을 이었다.

"교세이만이 아니라, 신문사와 방송국의 문화사업부란 곳은 일본 전국의 주요 미술관과 협력해서 '공동 주최'란 형태로 지방 순회 전시라든지 특별전을 기획, 조직, 실시하는 부서입니다. 알고 계셨습니까?"

오리에는 힘없이 고개를 끄덕였다. 그런 시스템은 물론 알고 있었다.

미술관이 언론사와 공동으로 전시회를 조직하는 시스템은 일본 특유의 것이다. 과거 전국에 미술관이 아직 많지 않았을 무렵, 백화점 행사장에서 신문사가 주최자가 되어 전시회를 연 게 시초였던 모양이다. 백화점은 손님을 불러들이기 위해 명화를 전시하기를 원하고, 신문사는 자사 신문의 선전, 판촉을 위해 명화의 힘을 빌렸다. 그 뒤 전후에 이르러 신문사가 공동 주최하는 전시회는 백화점뿐 아니라 전국에 생겨나기 시작한 미술관으로 옮겨갔다.

"부처님한테 설법일 수도 있겠지만, 저희 업무에 관해 잠시 설명 드리겠습니다."

다카노는 그렇게 운을 떼고 이야기를 시작했다.

외국 작품의 대형 전시회를 조직할 때 돌아가는 사정은 이렇다.

가령 르누아르 전시회를 기획한다 치자. 르누아르는 일본인에게 인기가 있는 터라 전시회를 개최하면 다수의 관람객 동원을 기대할 수 있다. 하지만 외국에서 작품을 대여해오려면 운송비와 보험료만 해도 수억 엔이 들 것이다. 일본의 미술관, 특히 국공립 미술관의 대다수는 적은 예산으로 그럭저럭 꾸려나가는 상황이라 한 전시회에 몇 억 엔씩 들이는 것은 불가능하다. 거기에 언론사의 문화사업부가 등장한다. 언론사 문화사업부가 전시회에 드는 경비 대부분을 부담한다.

예컨대 교세이 신문사 문화사업부가 르누아르 전시회를 A라는 공립 미술관에서 열기로 한다고 치자. 교세이는 기획 수립부터 외국 미술관과의 작품 대여 교섭, 작품의 수출입, 카탈로그와 엽서, 오디오 가이드의 제작까지 거의 모든 업무를 맡는다. 한편, 협찬할 기업을 모으는 데도 힘을 쏟는다. 협찬하는 기업은 교세이 신문의 관여를 통해 기업의 이름이 언론에 노출될 것에 기대를 건다. 실제로 많은 기업이 협찬금을 광고 선전비로 올린다. 이렇게 해서 교세이는 거액의 협찬금을 얻을 수 있다. 그리고 입장료 중 절반 또는 그 이상이 교세이의 몫이 된다. 카탈로그 및 기념품을 판매한 수익도 신문사가 대부분을 가져간다. 따라서 르누아르 전시회처럼 경비는 들지만 대량 동원이 가능하고 거액의 입장료 수입도 기대할 수 있는 전시회를, 미술관이라는 실질적인 '임대 회장'을 사용해 개최하면 교세이도 적지 않은 이익을 바라볼 수 있다. 미술관의 입장에서도, 막대한 액수에 달하는 경비를 부담해 주고 외국 미술관과의 교섭 자리에 자기네 학예사를 데려가 주는 언론사 문화사업부와의 관계는 영원토록 끊을 수 없을 것이다. 말하자면 윈윈 관계이니까.

일본의 독자적인 전시회 성립 과정에 관해, 아니, 그뿐만이 아니다. 일본 미술관의 역사와 현 상황, 조직과 기능에 관해 오리에는 이 미술관에 취직하기 전에 대략 조사했다. 학예사가 되는 것도, 관리 운영을 하는 것도 아니었지만, 미술관이라는 곳에 취직하는 것은 처음이었거니와 좌우지간 알아두고 싶었다. 미술에 대해 주체할 수 없는 탐구심을 가진 터라 주된 소장 작품에 관해서도 전부 낱낱이 조사했다.

오리에가 일본의 미술관에 관해 얼마만큼 철저하게 독자적으로 공부했는지, 물론 그 자리에 있던 세 전문가는 알 턱이 없다. 다카노는 여기저기서 자신의 업무를 설명하는 데 익숙한지 거의 자동적으로 '신문사와 미술관의 관계'를 이야기했다. 그동안 고미야마는 신경질적으로 빈번하게 맞장구를 치고, 다카라오는 팔짱을 낀 채 꼼짝하지 않았다.

"그런데……." 다카노의 설명이 마침내 일단락되자, 고미야마가 기다렸다는 듯 입을 열었다. "하야카와 씨, 팀 브라운이란 사람을 아십니까?"

오리에는 입을 꽉 다문 채 고미야마를 응시했다. 고미야마는 오리에의 얼굴에 놀란 빛이 번지는 것을 놓치지 않았다. 고미야마의 눈에도 놀람이 잔물결처럼 퍼졌다.

"역시 아시는군요?"

"아, 아뇨…… 아닙니다." 오리에는 들뜬 목소리로 부정하며 고개를 저었다. "아닙니다, 모릅니다."

"모를 리 있습니까." 이번에는 다카노가 흥분을 감추지 못하는 목소리로 말했다. "저쪽에서 당신을 아는데요. 당신이 교섭 창구를 맡으면 자기네 미술관 최고의 보물을 우리에게 빌려줘도 된다고 한단 말입니다."

다카노의 말이 차가운 손이 되어 오리에의 가슴속에 싸늘하게 파고들었다. 오리에는 심장을 와락 움켜쥔 것처럼 순식간에 얼어붙었다.

"자, 자, 그러지 마시고, 다카노 씨. 그렇게 성급하게 이야기한들 알겠어요? 하야카와 씨는 방금 전까지 일개 감시원이었는데."

다카라오가 끼어들더니 곧바로 "우리 미술관 감시원"이라고 덧붙였다. 그러고는 숨 쉬는 것조차 잊은 듯 꼼짝하지 못하는 오리에의 옆얼굴을 향해 물었다.

"다시 한 번 묻습니다만, 하야카와 씨, 팀 W. 브라운을 아시죠? 뉴욕 현대미술관의 치프 큐레이터인."

무릎 위에 주먹을 꽉 쥔 손이 움찔했다. 오리에는 가까스로 목소리를 쥐어짜냈다.

"성함만은…… 워낙 유명한, 저, 큐레이터이시니까……."

"맞습니다. 하지만 일본 지방 미술관의 '일개 감시원'이 안다는 건 예삿일이 아니라고 생각하는데요. 그 사람은 가수도, 배우도 아니고 큐레이터란 말입니다. 그야 유명한 건 맞지만, 이 업계에 정통한 전문가들 사이에서나 그렇겠죠. 상당히 한정적인 유명인입니다."

"하야카와 오리에 씨, 당신은 '일개 감시원'이 아니군요?"

고미야마가 용의자를 추궁하는 형사 같은 어조로 말을 이었다.

"혹시 그 '오리에 하야카와' 아닙니까? 저 당신 이름 기억합니다. 제가 대학원생 때 유려한 프랑스어로 잇따라 논문을 발표하는 일본인 연구자가 있다고 학회에서 화제가 됐었는데요. 벌써 한 20년 전 일이니 까맣게 잊고 있었습니다만."

오리에는 입술을 굳게 다물고 고개를 들지 않았다. 그녀의 입술은 실패를 비난받은 것처럼 보일 듯 말 듯 일그러져 있었다.

"나도 고미야마 군 말을 듣고 생각났어요. 그러고 보니 그런 사람이 있었지 하고."

관장이 한숨을 쉬더니 온화한 어조로 말했다.

"실례지만 하야카와 씨 이력서를 특례적으로 인사과에 말해서 봤습니다. 저한테 감시원에 대한 인사권은 직접적으로 없고, 학예사가 아닌 스태프의 이력서까지 볼 여유도 관심도 없으니까 그런 일을 할 생각은 없었는데 말이죠. ……어쨌거나 본인한테 양해를 구하지 않고 열람한 건 프라이버시에 관계되는 문제라고 생각합니다. 그 점에 관해서는 솔직하게 사과하죠."

정중하게 변명을 한 뒤 곧바로 "그런데 경력이 특이하더군요" 하고 오리에의 눈을 보며 말을 이었다.

"당신 이력서를 보면 1957년 출생, 1979년 파리 제4대학 졸업, 1990년에서 95년까지 구라시키 시내 서점에서 파트타임으로 근무, 라고 돼 있었습니다. 생략된 부분이 다소 많지 않습니까?"

"미술사라곤 안 썼지만 파리 제4대, 즉 소르본 하면 우리는 감이 딱 옵니다. 프랑스에서 최고 수준의 미술사를 공부할 수 있는 곳이니까요."

고미야마가 오리에를 똑바로 보며 말했다.

"죄송합니다만, 하야카와 씨를 찾아내기 위해서 우리 파리 지국 직원을 시켜서 소르본의 1979년도 졸업생 명부를 조사하게 했습니다."

다카노가 끼어들었다.

"하야카와 씨가 여기 두 분이 기억하는 오리에 하야카와라면 스물여섯 살에 박사 학위를 땄죠. 그렇다면 납득이 됩니다. MoMA*의 학예부 최고 책임자인 팀 브라운이…… 당신한테 관심을 갖는 것도."

"잠깐만요."

오리에는 견디지 못하고 다카노의 말을 가로막았다. 대체이 사람들은 무슨 말을 하는 걸까.

"이력서에 관해서는 변명의 여지가 없습니다. 아닌 게 아니라 너무 많이 생략했습니다. 하지만 감시원 일에 박사 학위유무는 필요 없으니까요." 오리에는 숫기 없게 숙이고 있던얼굴을 들고 딱 잘라 말했다. "미술사 연구를 했던 건 예전 일입니다. 지금 전…… 아카데미즘과 아무 상관이 없어요."

세 남자는 서로 마주 보았다. 한껏 달아올랐던 방 안 분위기가 순식간에 식었다.

"하기야 느닷없이 이런 말을 들으면 당황스럽겠죠." 교세이 신문사의 다카노가 침착함을 되찾고 말했다. "말씀대로하야카와 씨는 아카데미즘과는 아무 상관이 없는 일개 감시원이었던 셈입니다……. 좀 전까지는."

*Museum of Modern Art, 뉴욕 현대미술관.

안경테를 추켜올리며 도전하듯 오리에를 보았다.

"실은 말이죠, 저희 교세이 신문사 문화사업부는 도쿄 국립근대미술관과 함께 대규모 전시회를 기획 중이거든요. ……앙리 루소의."

오리에의 어깨가 꿈틀했다. 다카라오와 고미야마는 동물실험 중인 연구자처럼 주의 깊게 오리에를 응시하고 있었다.

"국내 미술관과 개인이 소장하는 루소 작품은 물론, 외국 미술관의 협력도 얻어서 대대적인 회고전을 개최하려고 합니다. 담당 학예사는 도쿄 국립근대미술관의 학예과장 가와카미 나오조 선생님, 교토 국립근대미술관 학예과장 스미타니 준야 선생님……."

"저도 참여합니다." 고미야마가 들뜬 목소리로 말했다. "루소 연구로는 국립 계열에 뒤지지 않으니까요. 기억 못 하시겠지만, 저도 소박파*와 쉬르레알리슴의 관계성에 관한 논문을 당시 학회에서 발표했답니다. 하야카와 씨만큼 훌륭하진 못했겠지만."

고미야마가 또다시 말을 꺼내려는 것을 다카라오가 "이제 됐잖나. 자네 어지간히 분했나 보군" 하고 웃으며 말렸다.

"그럼 저희 미술관에서도 저…… 루소 전시회를 여는지요?"

---

*미술사상 어떤 유파를 지칭하는 것이 아니라 일부 작가의 작품경향을 가리키는 말. 앙리 루소가 대표적 작가 중 한 명이다.

가까스로 질문하는 입장으로 돌아선 오리에의 목소리는 약간 떨렸다. 기획 진시실이 그리 크지 않은 오하라 미술관에서는 대규모 지방 순회진을 받아들인 적이 없다. 설마 그럴 리 없으리라고 생각하면서도 물어보았다.

다카라오는 팔짱을 끼며 대답했다.

"그럼 참 좋겠지만, 아시다시피 기획 전시실의 규모가 충분치 않아요. 우리 미술관에서는 소장 중인 루소 작품 〈파리 근교, 바뉴의 풍경〉을 대여하고, 고미야마 군이 감수 및 도록 해설 집필을 담당할 겁니다."

오리에는 예에 하고 힘없이 대답했다. 그녀가 눈에 띄게 풀죽는 것을 지켜보던 다카노는 "역시 그렇군요" 하고 중얼거렸다. "분명히 관심이 많으시겠죠. 지난 일이라곤 하지만 루소 연구로 당신만큼 실적을 거둔 연구자는 없는 것 같으니까요. 그 밖에 어떤 작품이 목록에 올라 있는지 궁금하지 않습니까?"

공기가 순간 팽팽하게 긴장했다. 오리에는 저도 모르게 무릎 위에 두 팔을 버티고 있었다. 다카노가 오리에의 감정을 확인하듯 작품명을 천천히 거론했다.

"오르세 미술관의 〈전쟁〉, 피카소 미술관의 〈평화의 사절로서 공화국에 인사하러 온 외국 열강 대표들〉, 바젤 시립미술관의 〈시인에게 영감을 주는 뮤즈〉, 프라하 국립미술관의 〈나 자신, 초상-풍경〉, 그리고 뉴욕 현대미술관의……."

"……〈꿈〉."

오리에의 입이 무의식중에 움직였다. 흘러나온 작품명이 바짝 긴장하고 있던 남자들의 귀를 미풍처럼 스쳤다. 다가노는 테이블 위로 상반신을 내밀고 "그렇습니다, 〈꿈〉"이라고 복창했다.

〈꿈〉. 1910년 앙리 루소 만년의 대표작.

이 대작을 완성했을 때 화가는 예순여섯 살이었다. 오랫동안 파리 세관 입시세(入市稅) 징수원으로 일해오다 40대에 들어와 본격적으로 붓을 들었다. 살아생전에는 제대로 평가를 받지 못해 어린애 그림 같다고 야유와 조롱을 들었던 불우한 화가. 훗날 '소박파의 창시자'라고 불리며 전 세계 사람들에게 사랑받게 된 화가가 죽기 직전까지 작업했던 작품이라 한다.

꿈이라는 제목을 말한 것만으로 환상적인 화면이 낱낱이 오리에의 뇌리에 환하게 되살아났다. 동시에 화가 자신이 그림을 위해 지었다는 시가 원문으로 떠올랐다.

Yadwigha dans un beau rêve

S'étant endormie doucement

Entendait les sons d'une musette

Dont jouait un charmeur bien pensant.

Pendant que la lune reflète

Sur les fleurs, les arbres verdoyants,

Les fauves serpents prêtent l'oreille

Aux airs gais de l'instrument.

달콤한 꿈속 야드비가는

부드럽게 잠에 빠져든다

들려오는 것은 사려 깊은 뱀 피리꾼의 피리 소리

우거진 꽃과 수풀을 달빛이 비추고

붉은 뱀들도 아름다운 선율에 귀를 기울인다

"〈꿈〉은 같은 루소의 〈잠자는 집시 여인〉과 함께 MoMA 컬렉션 중에서도 가장 인기 있는 작품입니다. 전 세계에서 뉴욕을 찾는 관광객은 피카소의 〈아비뇽의 여인들〉, 고흐의 〈별이 빛나는 밤〉, 그리고 이 〈꿈〉을 보러 MoMA에 옵니다. 연간 2백만 명 가까운 관람객의 기대를 배반할 순 없으니까 대여를 거의 안 하거든요. 말하자면 문외불출인 셈입니다."

세계에서 가장 지명도가 높고 막대한 관람객 동원 수를 자랑하는 MoMA 최고의 보물을 빌리는 게 얼마나 어려운 일인지 다카노는 이야기했다.

어느 나라에서나 인기가 많은 인상파 이후의 프랑스 회화 전시회의 경우, 오르세 미술관, 보스턴 미술관, 테이트 갤러리 등 세계적으로 유명한 미술관들끼리 컬렉션을 서로 빌리고 빌려주며, 또 이사회와 관장 및 큐레이터의 인적 교류를 활발하게 벌여 대형 국제 순회 전시회를 조직한다. 서양 미술에 관해 일본의 미술관은 당연히 그들과 대등한 입장에 서지 못한다. 빌리고 싶은 작품은 산더미같이 많아도 대신 빌려줄 작품이 없다. 명화를 빌리고 싶으면 언론사 문화사업부에서 고액의 대여료를 제시하는 수밖에 없다.

게다가 설사 터무니없는 액수의 대여료를 지불한다 해도 문외불출이라 이야기되는 작품을 밖으로 끌어내기는 쉽지 않다. 수송 중 발생할 수 있는 위험을 생각하면 대부분의 미술관은 망설이게 마련이다. 그야말로 세상에 단 하나뿐인 작품이 파손되거나 분실될 가능성을 그들은 무엇보다도 염려한다. 그들에게 일본은 어디까지나 '극동'이기 때문에, 그런 곳에 굳이 위험을 무릅써가면서까지 자기네 최고 보물을 빌려주고 싶다고 생각하지는 않는다.

다카노의 설명을 듣지 않아도 오리에는 서양 미술관과 일본 미술관의 세력 균형이 전후 50년이 지나도록 거의 달라지지 않았다는 것을 알고 있었다.

문외불출 작품을 거만한 서양 미술관이 빌려주게 하려면 경제력 이상으로 고도의 교섭 능력이 필요했다. 이 신문쟁이에게 그런 힘이 있을까.

"그런데 뜻하지 않은 기회가 찾아든 겁니다. 아실지 모르겠는데, 실은 MoMA는 2002년 봄부터 얼마 동안 폐관하거든요. 2004년 가을까지."

오리에는 퍼뜩 생각났다. 미술 잡지였나 어디서 기사를 보았다. 뉴욕 맨해튼 53가에 있는 MoMA의 건물을 개축한다. 설계자가 일본 건축가로 결정됐다. 미술관은 당분간 퀸스에 마련할 가설 갤러리로 거점을 옮긴다.

"외국 미술관에선 자주 있는 일인데, MoMA도 개축 중에 컬렉션을 한꺼번에 대출할 모양입니다. 〈꿈〉이 밖으로 나올 기회인 겁니다."

고미야마가 참지 못하고 끼어들었다. 전시회에 어떤 작품을 빌려올 수 있는지에 따라 학예사의 업적이 평가된다. 그게 대표적인 작품일수록 교섭 능력과 정치력이 있다고 간주되기 때문이다. 소박파가 전문인 고미야마에게는 그야말로 천재일우의 기회다.

"그렇지만 MoMA 최고의 보물이 밖으로 나오는 걸 노리는 건 우리만이 아니거든. 루소만이 아니라 피카소와 고흐의 작품도 빌릴 수 있는 기회이니까 'MoMA 컬렉션 전시회'로서 루소도 포함해서 일괄 대여를 제안한 작자가 있는 모양입니다."

다카라오가 팔짱을 낀 채 심각한 표정으로 덧붙였다. 오리에는 또다시 예에 하고 먼 나라에서 벌어진 일을 텔레비전으로 보듯 맥없이 대답했다.

"어디의 누군지는 말씀 드릴 수 없지만…… 도내 모 사립 미술관에서, 모 유력 신문사의 주도로 말이죠."

다카노가 언짢은 듯 안경테를 추켜올렸다. 보아하니 라이벌 신문사의 문화사업부가 보물의 일괄 획득에 나선 모양이었다.

"우리는 전부 달라곤 안 합니다. 〈꿈〉 그거 한 점이면 돼요. 나머지는 전부 내줘도 상관없어요. 하여간 그 신문사도 악질이지. 루소도 들어간 완벽한 컬렉션 패키지를 내놓으라고 MoMA에 오퍼를 낸 모양입니다."

믿기지 않을 만큼 큰 액수를 제시해서 낚아채가려고 한다, 돈 많은 것도 정도가 있지, 하고 다카노는 투덜거렸다.

"파리에도 바젤에도 프라하에도 내밀히 약속을 받아냈어. 남은 건 뉴욕뿐……."

혼잣말처럼 중얼거리더니 다카노는 천천히 얼굴을 들어 오리에를 보았다. 그리고 말했다.

"하야카와 씨, 우리 마지막 카드는 당신입니다."

오리에는 은테 안경 뒤에서 빛나는 눈을 쳐다보았다. 여기까지 사정 설명을 들어도 이 사람들이 자신에게 무엇을 바라는지 전혀 이해되지 않았다.

"처음에 잠깐 말씀드렸지만, 당신이 잘 아실 MoMA의 치프 큐레이터, 팀 브라운. 그 사람이 당신을 지명한 겁니다. 당신이 이번 일의 교섭 창구를 맡으라고."

순간 오리에는 목구멍 속에서 숨을 멈추었다. 그대로 뭔가를 확인하듯 숨죽이고 다카노의 눈을 응시했다.

역시나 걸려들었군. 당신은 지금도 루소를 그 무엇보다도 좋아하는 연구자야. 안경 뒤의 눈이 유쾌하게 빛나고 있었다.

그녀가 어디서 무엇을 하는지는 모르지만 분명 지금도 루소 연구를 하고 있을 것이다. 그리고 일본인 중에 내가 신뢰할 수 있는 앙리 루소 연구자는 그녀뿐이다.

오리에 하야카와가 이 기획의 교섭자가 된다면, MoMA는 〈꿈〉의 대여를 검토할 것을 약속하겠다.

뉴욕 현대미술관의 치프 큐레이터 팀 브라운. 현대미술, 특히 앙리 루소 연구의 일인자로, MoMA의 이사장과 관장도 그의 말에 귀를 기울인다 한다. 역사적으로 중요한 전시회를 잇달아 기획해 모던 아트란 무엇인가 하는 오랜, 그리고 새로운 테마를 재정의했다. 루소의 작품을 지키고 후세로 전달하고자 아낌없이 노력할 인물이 바로 그다. 그렇게 말한 것은……

"……하야카와 씨, 듣고 있습니까?"

귓가에서 다카라오의 목소리가 들렸다. 오리에는 퍼뜩 정신을 차리고 정면을 향했다. 그러나 초점이 맞지 않았다. 자신이 어디에 있는지조차 알 수 없었다.

믿기지 않았다. 팀이…… 저 팀 브라운이 17년 세월을 지나 이제는 일개 감시원인 자신의 눈앞에 이토록 간단하게 나타나다니.

"뉴욕에 가주시겠죠, 하야카와 씨? 한시라도 빠른 편이 좋습니다. 적도 이미 움직이고 있어요. 당신의 힘으로 어떻게든 빼앗아 와야 합니다. 〈꿈〉을."

누군가 열띤 어조로 말했다. 하지만 오리에는 이제 누가 하는 말인지 알 수 없었다.

덜컹 하고 둔탁한 소리가 귓속에서 들렸다. 무슨 소리지? 아아, 그래, 뚜껑이 열리는 소리다. 일본으로 돌아와 사나에가 태어나고 대략 20년 동안 굳건히 닫혀 있던 '판도라의 상자'. 그 뚜껑이 방금 열린 것이다.

제
2
장

꿈
1983년 뉴욕

편지는 팀 브라운의 책상에 무더기로 배달된 디렉트 메일 중에서 뭔가 특별한 분위기를 풍기고 있었다.

뉴욕 현대미술관 회화 및 조각 부문에는 매일 대량의 디렉트 메일이 날아든다. 대다수는 미국 전역의 갤러리에서 보낸 것이다. 전시회 안내, 요새 뜨고 있는 아티스트의 신작 정보, 아트 페어, 포스터 재고 정리 세일 등등 일일이 확인하다가는 눈 깜짝할 새 날이 저물어버릴 것처럼 많다. 교류가 있는 미술관의 전시회 오프닝 리셉션 초대장은 한눈에 알 수 있다. 봉투에 미술관의 로고가 있으니 휴지통으로 직행하는 디렉트 메일에 섞여 버려지는 일은 없다.

MoMA의 후원자나 컬렉터가 보내는 감사장도 있다. 팀 브라운에게 오는 일은 거의 없는데, MoMA가 주최하는 오찬이나 만찬에서 학예 각 부문의 큐레이터들이 미술관의 컬렉션이나 현대미술에 대해 강의해준 데 대한 감사장이다. 대개 흰색이나 베이지색의 캉커러 사(社) 봉투에 든 이런 편지는 우편물 무더기와 별도로 책상 위에 잘 놓아두는 게 상례였다. 당연히 대부분은 MoMA의 핵심 부문인 회화 및 조각 부문의 치프 큐레이터 톰 브라운에게 보내는 것이다.

팀 브라운은 하버드 대학원에서 미술사를 공부했고 도중에 파리 대학에도 1년 적을 두었으며 석사 학위가 있었다. 그러나 서른 살 당시 어시스턴트 큐레이터 5년차였다. 이름은 달랑 한 자 다른데도 직속 상사인 톰 브라운과 입장도 대우도 외모도 꽤나 차이가 났다.

톰은 나이 마흔네 살에 화제를 모은 전시회를 잇달아 기획해 바야흐로 MoMA를 이끄는 간판 큐레이터였다. 이사와 컬렉터의 부인들의 관심을 끌기 위해 한여름에도 양복을 빼입고, 동안인 것을 이용해 젊게 꾸미고 다녔다. 톰이 위에서 군림하는 한 팀은 어시스턴트라는 직책에서 벗어날 수 없거니와, 어시스턴트로 있는 한 전시회 기획을 통째로 담당하는 일은 없을 것이다. 게다가 톰과는 정반대로 스무 살 무렵부터 기혼자라는 오해를 살 만큼 노안이었다. 이따금 갤러리 등에 톰과 같이 나타나면, 처음 만나는 사람들은 팀을 간판 큐레이터로, 톰을 어시스턴트로 착각할 때도 있었다. "거꾸로입니다. 제가 치프 큐레이터고, 이 친구가 어시스턴트예요" 하고 톰이 재미있다는 듯 말하면, 사람들은 "믿을 수 없군요. 대체 몇 살에 치프 큐레이터가 되신 겁니까?" 하며 과장되게 놀라는 척했다. 그런 때도 팀은 패배감 비슷한 뭐라 말할 수 없는 감정을 맛보아야 했다.

상사에게 온 디렉트 메일을 전부 체크하고 볼 가치가 있을 듯한 전시회 안내 엽서만 골라 상사가 출근하기 전에 책상에 놓아둔다. 그런 일도 팀이 하는 업무의 일부였다. 디렉트 메일은 자신에게도 온다. 상사에게 온 것과 합치면 하루에 1백 통에 달하는 디렉트 메일 중에서 재미있을 듯한 전시회의 안내 엽서를 발견해내는 것은 꽤나 쉽지 않은 작업이었다.

8월 8일, 지역방송 NYI의 일기예보는 종일 맑음, 센트럴 파크의 기온은 화씨 95도(섭씨 35도)라고 했다. 아침 8시부터 아이스크림 트럭 '미스터 소프티'의 목가적인 음악이 큰길에서 들려오는 것도 무리가 아니다. 하여간 아침부터 이렇게 더우니 커피보다 아이스크림 매상이 훨씬 높을 것이다.

팀 브라운은 나흘 전부터 휴일을 포함해서 한 시간 일찍 출근했다. 상사인 톰이 8월 4일부터 2주간 여름휴가를 갔고, 자신도 8월 10일부터 일주일 동안 고향 시애틀로 돌아갈 예정이었다. 상사가 시키고 간 일이 산더미다. 그것을 전부 깨끗이 처리하고 나서 휴가를 가야 한다. 이른 출근과 야근, 휴일 출근은 무능한 인간이 하는 행동이라는 게 맨해튼에서 일하는 엘리트의 상식이지만, 휴가까지 이틀밖에 남지 않은 지금 방법이 없었다.

팀이 혼자 사는 아파트는 이스트빌리지에 있다. 지하철을 갈아타 20분 걸리는 통근 시간은 뉴저지 부근에서 다니는 스태프에 비하면 행복한 거라고 해야 할 것이다. 명문 중의 명문 하버드 대학의 석사 학위 소지자라는 것, 명문 중의 명문 MoMA의 학예 부문에 소속되어 있다는 것, 자신이 연구해온 화가 앙리 루소의 대표작 〈꿈〉이 미술관 컬렉션에 들어 있다는 것, 내후년 개최 예정인 루소 전의 준비에 비록 톰의 어시스턴트로서이기는 해도 관여하고 있다는 것. 평균적인 미국인의 지극히 평범한 인생에 비하면 모든 면에서 복이 많은 것임에는 틀림없었다.

E 라인의 53가 역에서 내려 찜통 같은 역 구내에서 긴긴 엘리베이터를 타고 올라와 한여름 땡볕이 쏟아지는 53가로 나왔다. 지하철역 출구 코앞에 있는 도넛 스탠드에서 시나몬 도넛과 종이컵에 든 커피를 샀다. 미술관 직원용 출입구에 다다르기 전까지 도넛은 위 속에 밀어 넣고, 지상에서 가장 느려터진 탈것인 사무실 직통 엘리베이터에 올라타 자신의 책상에 도착했다. 반 남은 커피를 마시며 디렉트 메일의 선별을 시작했다.

야단스러운 색의 잉크와 큼직한 글자 배치로 한순간이라도 시선을 끌고자 디자인된 엽서들 속에 연한 크림색 봉투가 섞여 있었다. 미술관 이사나 후원자가 상사에게 보낸 사적인 편지가 이따금 실수로 팀에게 배달될 때가 있었다. 어쨌거나 한 글자 차이니 우편물 담당자가 이름을 잘못 보는 것도 드문 일이 아니다. 봉투 모서리만 얼핏 보고도 상사에게 온 편지임을 알 수 있었다. 팀은 서슴없이 편지를 집었다. 고급 송이와 품위 있는 디자인은 편지를 보낸 사람이 미술관의 수많은 후원자가 다들 그러하듯 특별한 인물이라는 것을 말했다. 팀은 받는 사람 이름을 재빨리 확인했다.

　뉴욕 현대미술관 회화·조각 부문 팀 브라운 귀하

　또박또박 검은색 잉크로 타이프 친 글자. 팀은 받는 사람 이름을 뚫어지게 쳐다보았다. 톰 브라운이 아니라 팀 브라운. 분명히 자신에게 온 편지다.

　보통은 가로로 긴 봉투 왼쪽 상단에 주소와 이름이든 미술관의 로고든 보낸 이를 알리는 뭔가가 타이프로 찍혀 있게 마련이다. 그런데 이 봉투는 보낸 이를 적는 부분이 텅 비어 있었다.

　봉투를 뒤집어보았다. 역시 보낸 이의 이름도, 미술관 또는 단체명도 없다. 봉인 부분에 금색 봉랍인이 찍혀 있다. 'B' 한 글자가 뚜렷이 보인다. 처음 보는 각인이다.

　누구지?

　특이한 아티스트인가, 수상쩍은 아트 딜러인가. 설마 볕을 보지 못하는 어시스턴트 큐레이터에게 기부하겠다는 제안은 아니겠지. 이래저래 상상해보며 편지 뜨는 칼로 봉투를 뜯었다. 깨끗하게 잘 접은 크림색 편지지가 나타났다. 팀은 커피를 한 모금 마시고 나서 편지지를 폈다.

　편지로 처음 인사를 드립니다. 저는 스위스 바젤 콘라트 바일러 재단 이사장 콘라트 바일러의 법정 대리인 에릭 콘츠라고 합니다.
　이번에 바일러 씨의 희망으로, 세계를 대표하는 큐레이터이자 내년/내후년에 파리/뉴욕에서 개최될 예정인 '앙리 루소 전'의 기획자이신 당신을 저희 재단에 초대하고자 연락드렸습니다.

　거기까지 읽고 팀은 저도 모르게 시선을 다른 곳으로 돌렸다. 수면에 떠오른 죽어가는 물고기처럼 천장을 우러르며 "거짓말이지?" 하고 소리 내어 말했다.
　정말로? 설마 그런 일이 있을 리 없잖아?
　스스로에게 묻는 목소리가 머릿속에서 메아리쳤다. 심장 펌프가 단숨에 최대 출력으로 가동되어 피가 힘차게 소용돌이쳤다. 팀은 무의식중에 왼손으로 가슴을 꽉 눌렀다. 심장이 가슴을 찢고 튀어나올 것 같았다.
　콘라트 바일러.
　그는 이름은 점점 널리 알려지고 있는데 아무도 모습을 본 적이 없는 전설의 수집가였다. 인상파, 근대의 명화를 다수 보유하고 있다. 하지만 어떤 작품을 소장하고 있는지는 알려지지 않았다. 나치 독일이 '퇴폐 예술'이라는 명목으로 유럽 각국의 미술관 및 수집가에게서 약탈한 작품이 컬렉션의 태반을 이룬다느니, 암거래되는 장물 중 다수가 모여 있다느니, 그럴싸한 소문들을 이 일을 시작한 뒤로 곳곳에서 들었다. 하지만 너무나도 허황된 이야기였던 터라 전부 거짓말이 아닐까 생각하는 정도였다.

언제였던가, 메트로폴리탄 미술관의 어시스턴트 큐레이터이자 하버드 동기인 친구, 앤서니 트레빌과 식사를 하다가 바일러 이야기가 나온 적이 있었다.

앤서니는 만약 바일러의 컬렉션 리스트를 입수하게 된다면 단숨에 출세할 수 있을 것이라고 흥분한 표정으로 꿈같은 소리를 했다. 그러더니 문득 정색하고는, 만에 하나 바일러 컬렉션과 연락이 닿는다면 아마 우리 이사들은 전 작품을 일괄 구입하거나, 또는 기부하도록 요청할 것이라고 말했다. 팀은 "바일러 같은 건 존재하지 않아. 자네 정말로 믿는단 말이야?" 하며 웃었지만, 앤서니는 정색하면서 "그럼 자네는 사해문서가 20세기에 발견되리란 걸 상상해본 적이 있었어?" 하고 물었다. 전설이란 어느 날 갑자기 현실미를 띠는 것이라고 친구는 무척 진지하게 말했다.

그런 '전설'의 대리인에게서 느닷없이 초대장이 왔는데 놀라지 않을 리 없다.

하지만 초대 받은 사람은 당연히 자신이 아니다. 톰 브라운이다. "세계를 대표하는 큐레이터이자 내년/내후년에 파리/뉴욕에서 개최될 예정인 '앙리 루소 전'의 기획자"는 자신의 상사이니까. 받는 사람 이름을 타이프 치면서 오자를 냈거나, 아니면 여러 미술 관련 서적이며 연구논문에서 '톰' 브라운이라는 이름을 발견하고 '팀' 브라운이라고 착각했거나. 어느쪽이든 이것은 톰에게 온 편지가 틀림없었다.

하지만 이유가 뭐가 됐든 받는 사람 이름은 자신 것이었다. 읽었다고 누가 뭐라 하지는 못할 것이다. 팀은 시선을 편지로 되돌려 서둘러 읽어나갔다.

당신이 이번 루소 전을 통해 근대 회화사와 모더니즘을 재정의하고 루소의 가치를 확고히 정립하고자 노력하신다는 것, 또 그를 위해서도 바일러 씨가 소유하는 루소의 숨은 명작이 전시회에 출품되기를 열망하시는 것을 잘 압니다. 그 사실을 고려해 바일러 씨는 다시없을 기회를 만들기로 결단을 내리셨습니다.

"뭐라고?" 팀은 또다시 소리 내어 중얼거렸다.
바일러가 소유하는 루소의 명작? 대체 무슨 소리지?

하오니 가까운 시일 내에 바젤로 와서 바일러 씨 소유의 루소 작품을 조사해주시기를 희망합니다.

기일은 8월 11일부터 17일까지 7일간. 항공권은 직접 준비해 주십시오. 후에 달러 현찰로 지불하겠습니다. 체류 중의 숙박비, 그 외 경비 일체는 이쪽에서 부담하겠습니다.

8월 10일 JFK 국제공항 오후 5시 40분 발 취리히행 아메리칸 항공 64편에 탑승하십시오. 다음 날 11일 오전 7시 30분에 취리히 국제공항에 도착합니다. 'B'라고 쓴 표지를 든 사람이 도착 게이트로 마중 나가겠습니다.

또한 이 편지에 대한 답신은 하지 않으셔도 됩니다. 바일러 씨는 그 어떤 시대의 그 어떤 예술가보다도 앙리 루소를 위대한 화가로 간주하는 동지이신 당신이 반드시 오시리라고 확신하시니까요.

그럼 바젤에서 뵙기를 고대하겠습니다.

콘라트 바일러 대리인

에릭 콘츠

추신

이 일은 일절 외부에 발설하시면 안 됩니다.

만에 하나 제삼자에게 알려진 것이 확인될 경우 뉴욕 현대미술관에서 당신의 지위는 보증할 수 없음을 각오하십시오.

7월 말, 여름휴가 계절이 다가왔다.

MoMA에서는 직원들이 순서대로 여름휴가를 떠나기 시작하는 시기였다. 평균 2주일 전후에 이르는 휴가 기간은 유럽 미술관에 비하면 상당히 짧다. 그래도 크리스마스와 추수감사절 휴가보다는 길었다. 7월이 되면 모두가 휴가 생각으로 머리가 꽉 차 들떠 있었다. 점심시간이면 직원 식당에서 "이번 여름엔 휴가 어디로 가?" 하는 대화가 오갔다. 도심의 고온 현상으로 느슨하게 풀어진 머릿속에 햄프턴 언저리의 해변 풍경을 떠올리며 현실 도피를 하고 싶어지는 것도 어쩔 수 없는 일이다.

휴가 취득의 우선순위는 당연히 높은 사람에게 있다. 팀의 부서에서는 부문을 총괄하는 큐레이터 톰 브라운에게 날짜를 고를 우선권이 있었다. 톰은 휴가 날짜를 좀처럼 정하지 않는 것으로 유명했다. 다른 뉴요커들과 달리 그는 한여름 무더위에도 레지멘틀 타이*를 늦추지 않았고 휴가보다 일을 우선했다.

그가 휴가 날짜를 정하지 않으면 다른 직원도 휴가를 낼 수 없다. 팀을 포함한 스무 명의 스태프는 매해 여름 상사가 휴가 신청서를 제출하기를 초조하게 기다리는 게 상례였다. 점심시간이면 "이번 여름 톰은 휴가 어쩔 거지?" 하고 이야기

---

*왼쪽 가슴에서 오른쪽 허리 방향으로 줄무늬가 들어간 넥타이.

를 주고받곤 했다.

그해도 톰은 역시 휴가 신청서를 좀처럼 내지 않았다. 결국 7월 말에 들어와 "8월 4일부터 2주 쉴 거야"라고 팀과 다른 직원들에게 알렸다. 팀은 8월 10일경부터 약 일주일 휴가를 내서 부모가 있는 시애틀로 돌아갈 생각이었던 터라 상사에게 솔직하게 털어놓았다.

"일주일, 아니, 정확히는 아흐레, 휴가가 겹치는데…… 괜찮을까요?"

톰은 흠 하며 생각하는 척했다. 여러 명의 스태프가 동시에 휴가를 가는 것은 어쩔 수 없지만, 자신이 없는 동안 지금까지 산적된 온갖 일을 팀이 처리해주기를 원했던 듯했다.

"내 휴가 중에 프랑스 대학하고 연구자 몇몇한테 루소 전의 해설 집필을 위한 문헌 대출을 알아봐주면 했는데……."

상사는 현재 내년 파리 그랑팔레에서, 그리고 내후년 MoMA에서 개최될 앙리 루소 전 준비로 바빴다. 그리고 팀은 그를 보조하느라 바빴다. 대학 시절 연구 대상이 루소였던 자신을, 입 밖에 내어 말하지는 않아도 상사가 의지하고 있다고 느끼고 있었다. 작품 선정, 대출 교섭과 해설 집필 등 중요하고 민감한 일은 담당 큐레이터의 역할이라 팀이 거드는 적은 없었지만, 전 세계에 흩어져 있는 루소 작품 전부와 문헌의 목록 작성, 작품 소유자, 소유지, 연락 방법 등 전시회 기획을 시동해 전진시키기 위해 필요한 기본 정보는 전부 팀이 준비해왔다. 루소 전 기획 입안은 팀이 톰의 어시스턴트가 되는 것과 동시에 시작되었다. 팀이 학창 시절 루소 연구를 꾸준히 해온 것을 톰이 눈여겨보고 루소 전을 위해 일을 시키려고 채용했을지도 모른다.

톰은 근대미술, 특히 파블로 피카소의 연구자로서 전 세계에 이름이 알려진 학자이기도 하다. 피카소 연구를 하다가 피카소가 경애했다는 루소에게 관심을 갖게 되는 것은 자연스러운 흐름이라 여겨졌다. MoMA에서 일하기 시작한 직후, 루소 전을 준비한다는 말을 톰에게 들었을 때 팀은 마치 자신이 담당 큐레이터로 발탁된 양 가슴이 설렜다. 이스트빌리지의 아파트로 돌아가는 길에 나이에 걸맞지 않게 껑충껑충 뛰고 말았다.

그 시점에서 화가로서의 앙리 루소의 가치를 결정적으로 다질 만큼 대대적인 전시회는 아직 세계 어느 나라에서도 개최된 적이 없었다. 루소는 소박파의 창시자라 불리며 대중에게 사랑받았지만, 일요화가의 범주를 넘어 평가된 적이 없었다.

19세기 말 루소가 작품을 발표하기 시작했을 무렵, 참으로 추악하고 서툴기 그지없는 기기묘묘한 그림을 보려고 대중이 전시회장으로 몰려들었다는 에피소드는 유명하다. 사람들은 루소의 그림 앞에서 배꼽 쥐고 웃었다고 한다. 기품 넘치는 예술가들이 모여 있어야 할 전시회장이 흡사 서커스장 같은 열기에 휩싸였다고.

루소에 대한 평가는 화가의 사후 70여 년이 지난 지금도 본질적으로는 바뀌지 않은 듯했다. 심술궂게 보자면 그의 작품은 역시 원근법도 명암법도 배우지 못한 무지하고 서툰 일요 화가의 솜씨다. 하지만 한편으로 루소의 등장이 피카소와 쉬르레알리슴에 미친 영향을 생각하면, 이 정도로 특이한 재능은 미술사에 있어 전무후무하지 않을까. 그리고 만약 그가 '무지'를 가장한 '천재'였다면?

팀은 하버드 시절, 루소에 관한 기존의 평가를 뒤엎기 위해 일관되게 싸워왔다. 하지만 일개 학생이 미술사 학회에서 싸워봤자 한계가 있다. MoMA 수준의 국제적인 미술관, 그리고 톰처럼 세계적으로 이름이 알려진 큐레이터가 전시회를 열면 단숨에 평가가 달라질 가능성이 있었다. 그것을 위해서라면 어떤 일이든 완벽하게 처리해 톰의 우수한 오른팔이 되겠노라고 팀은 맹세했다.

5년간 그런 노력을 계속해왔다. 상사가 조속히 집필을 개시할 수 있도록 다양한 문헌을 수집하는 것쯤은 팀에게 손쉬운 일이었다.

"그러실 줄 알고 벌써 문헌 원본의 대출과 논문 카피를 각 방면에 신청해놨습니다. 대략 70퍼센트 정도 가닥이 잡혔습니다."

"그래?" 톰의 얼굴에 웃음이 피었다. "뭐, 여름엔 휴가가 있어서 유럽 쪽 움직임이 둔해지니까 실질적으로 시작하려면 9월까지 기다려야 할 테지. 문헌 대출을 의뢰하는 편지만 먼저 보내주면 문제없을 거야."

"알겠습니다. 9월 둘째 월요일 아침까지 주된 문헌을 전부 모아서 책상 위에 놓아두겠습니다."

팀이 자진해서 임무 완료 날짜를 제시하자 톰은 만족스레 고개를 끄덕였다. 말은 그렇게 했지만 자, 이제 휴가다 하는 생각에 팀의 머릿속은 단숨에 풀어질 것 같았다. 팀은 애써 나사를 도로 꽉 죄고 물었다.

"휴가는 어디로 가시는지요?"

"하와이 오아후 섬에 있는 친구 별장에서 느긋하게 지낼 생각이야. 아, 하지만 내가 있는 곳은 비밀로 해주지 않겠나? 윌이나 소니아한테서 전화가 왔다간 일 모드가 되니까. 내가 어디 있는지는 평소처럼 자네랑 캐시한테만 가르쳐줄 거야."

MoMA 관장 윌리엄 드레퍼스와 이사장 부인인 소니아 베크먼에게는 자기가 있을 곳을 알리고 싶지 않은 모양이다. 긴급 연락만 받는다는 조건으로 비서인 캐시 매클래런에게는 전화번호도 가르쳐주고 가는 듯했다. 휴가 때면 톰이 늘 하는 행동이었다.

"자네는 시애틀로 돌아가나?"

팀은 네, 하고 대답했다. "유감스럽게도 여전히 혼자서입니다만."

걸프렌드는 같이 가지 않느냐는 질문이 날아오기 전에 앞질러서 덧붙였다. 톰은 "여전하군"이라며 웃었다.

당신은 어떻죠, 톰? 아일린은, 당신 부인은 같이 안 가죠?

가는 데는 정말 오아후 맞습니까?

심술궂은 질문이 문득 고개를 쳐들었다. 하지만 당연히 입 밖에 내지는 않았다.

동안에 젊어 보이는 차림새, 게다가 한창 이름을 날리는 스타 큐레이터. 미술관 후원자 및 수집가의 부인들 중에는 톰에게 대놓고 추파를 던지는 사람도 있다. 부유한 미망인과 밀회한다는 소문도 있다. 원하는 작품을 빌리기 위해, 거액의 협찬금을 얻기 위해, 유산의 기부를 약속 받기 위해, 자신의 지위를 확고부동하게 하기 위해, 큐레이터는 때때로 아트에 관해 수다 떠는 것을 좋아하는 돈 많은 여자들과 밀고 당기기를 벌인다. 부를 거머쥐고 있는 사람은 여자들의 남편, 하지만 남편을 조종하는 것은 여자들이다. 장수를 잡으려면 말부터 쏘아야 한다.

큐레이터는 하여간 연예인이나 다름없다니까.

팀은 다이어리에 상사와 자신의 휴가 날짜를 적으며 몰래 한숨을 쉬었다.

자신이 원하는 전시회를 완벽하게 실현하기 위해서는 미술에 관련된 지식과 센스 이상으로 인해전술과 교섭 능력, 그리고 때로는 매력이 필요하다. 육체적인 매력이 아니라 남편이

나 젊은 정부(情夫)에게는 없는 지적인 매력이.

전시회를 위해 특별한 작품을, 그리고 자금을 얻어내지 못하면 아무리 치밀한 연구 논문을 써봤자 아무 소용도 없다. 부인들을 푹 빠지게 할 지적인 매력이 없으면 일류 큐레이터가 될 수 없다.

모든 면에서 상사보다 뒤지는 자신이지만, 그 점에서도 전혀 자신 없었다. 서른 살씩이나 되어 부모 집에 여자 친구도 데려가지 못하다니. 그래선 앞으로 큐레이터 일 못 해. 아니면 자네, 동성애자인가? 상사는 그런 말을 하고 싶은 것일지도 모른다.

팀은 흥 하고 코웃음을 쳤다.

쓸데없는 참견 마시지. 난 연예인 따위 절대 싫어.

난 어떻게든 실력으로 승부하겠어. 좌우지간 지금 내 목표는 오직 하나. '루소 전'이 큰 성공을 거두게 하는 거야.

루소 전이 성공하면 MoMA의 평가가 높아지겠지. 상사의 평가도 높아지겠지. 상사의 나에 대한 평가도 단숨에 올라갈 테고. 지금까지 소박파라느니 일요화가 같은 말을 들어온 루소의 평가가 결정적으로 바뀔 거야. 그 말은 즉, 나 자신의 평가가 바뀐다는 뜻이라고.

이 전시회의 기초는 전부 내가 닦았어. 내 도움이 없었으면 심지어 상사는 루소의 작품이 어디에 얼마만큼 있는지조차 몰랐을걸. 전시회가 성공하면 보스는 나한테 고마워하지 않을 수 없을 거야. '어시스턴트'를 떼고 부문 큐레이터로 추천하는 정도는 해줘야지.

그런 생각을 골똘히 했다. 그런데 생각하면 생각할수록 상사와 자신 사이에 있는 엄청난 격차를 의식하지 않을 수 없었다.

앙리 루소처럼 평가가 일정하지 않은 화가의 대규모 전시회를 개최하는 것은 일종의 도박이나 다름없다. 성공하면 화가의 평가가 높아지고 작품 가치도 치솟을 것이다. 실제로 경매에서 작품의 낙찰 가격이 갑자기 뛰어오르는 현상도 발생한다. 전시회를 개최한 미술관과 기획한 큐레이터의 평판은 단숨에 상승할 것이다. 반대로 실패하면 미술관과 큐레이터의 평판은 순식간에 실추한다. 저 미술관은 별 볼 일 없다는 세간의 풍평도 무섭지만, 이사회와 후원자의 호된 비판이 쏟아지면 그 뒤 협찬금 모금에도 영향을 미친다.

피카소나 모네의 전시회를 개최하는 것이라면 이야기는 간단하다. 보험 및 수송 등 막대한 비용이 발생하지만, 평가가 확립된 아티스트의 전시회는 인기가 있기 때문에 협찬금이나 기부금이 쉽게 모인다. 더욱이 관람객을 다수 동원할 수 있다. 든 비용만큼 수입도 막대하다. 그 때문에 전 세계 미술관이 인기 있는 인상파, 근대미술 전시회를 개최하려 기를 쓰다 보니 원하는 작품을 소장하는 미술관이나 컬렉터에게 작품 대출 의뢰가 밀려든다. 큐레이터에게 인해전술과 교섭 능력,

그리고 때로는 지적인 매력이 필요한 것은, 치열하기 그지없는 작품 쟁탈전에서 승리해야만 이상적인 전시회가 가능하기 때문이다.

그 점에서 루소는 위험 부담이 큰 예술가로서 블랙리스트에 올라 있지 않았을까 하고 팀은 상상했다. 그런데도 프랑스 국립미술관연합과 협의하고 언제 어느 때나 위험을 피하고 싶어 하는 이사회를 설득해 마침내 개최 결정을 이끌어냈다. 그게 바로 톰 브라운의 수완인 것이다.

자신 앞을 가로막는 톰 브라운이라는 위대한 벽. 그 벽을 올려다볼 때마다 한숨이 나왔다. 그게 현실이었다.

팀에게 몇 가지 업무에 대한 지시를 내린 뒤, 8월 4일 톰은 2주간 휴가를 떠났다.

자잘하고 따분한 일뿐이었지만, 자신이 휴가를 가는 8월 10일 전에 전부 끝낼 생각이었다.

상사에게 좋은 평가를 얻으려면 결국 그럴 수밖에 없으니까. 그러기 위해서는 이른 출근도 야근도 휴일 출근도 어쩔 수 없지 않나.

문헌 대출을 의뢰하는 편지 작성, MoMA 컬렉션에서 루소 전에 출품할 대작 두 점—〈잠자는 집시 여인〉, 그리고 〈꿈〉—의 조사용 사진 촬영 입회, 작품 대출 교섭 중인 수집가에게 보낼 편지 초안 작성, 각지에서 휴가를 이용해 MoMA를 방문하는 톰의 지인들 시중, 그리고 막대한 디렉트 메일 선별과 편지

정리…….

8월 9일 오전 10시 반, 팀은 도넛과 커피도 못 사고 직원용 출입구로 달려 들어갔다.

"여, 안녕, 팀. 오늘은 웬일로 이렇게 늦었어?"

보안요원인 빌리가 출입표 바인더를 내밀며 말했다. 스태 프와 방문자는 출입구를 지나기 전에 표에 출입 시각과 이름 을 기입해야 한다. 사인하는 시간도 아까웠지만, 팀은 되도록 침착한 목소리로 대답했다.

"어젯밤에 더웠잖아. 그것 때문에 잠을 설쳐서 아침까지 못 잤지 뭐야."

"하여간 요새 왜 이렇게 더운지. 그렇지만 자네는 이제 좀 있으면 휴가잖아. 난 월말까지 기다려야 한다고. 자네가 부러 워."

팀은 사교적인 웃음을 지으며 안으로 들어갔다. 그러고는 눈앞에서 문이 닫히려는 엘리베이터에 가까스로 올라탔다. 그가 얼마나 급하든 이 엘리베이터는 세계 제일의 느림보였 다. 3층에 다다르기를 초조하게 기다려 학예 부문으로 총알 처럼 달려갔다.

"아휴, 이제야 왔네. 팀, 카메라맨이 스튜디오에서 한 한 시 간 반 기다렸다는데. 아직 안 왔냐고 컨서베이션(컬렉션 관리 부 문)에서 벌써 여러 번 전화 왔어."

톰의 비서 캐시가 팀을 보자마자 말했다.

"그래, 알아." 팀은 짜증 어린 목소리로 말했다. 개관은 11시, 이제 30분밖에 남지 않았다. 서둘러야 한다.

미술관 개관 전에 루소 작품 두 점을 촬영할 예정이었다. 이것도 톰이 맡기고 간 중요한 업무다. MoMA 컬렉션 전 작품의 양화필름이 갖춰져 있지만, 루소 작품의 사진은 찍은 지 상당히 오래되어 필름 상태가 좋지 않은 터라 새로 촬영하기로 한 것이다.

상설 전시실에 전시된 두 대작, 〈잠자는 집시 여인〉과 〈꿈〉을 컨서베이션 스태프 네 명이 관내에 있는 촬영 스튜디오로 운반한다. 미술 작품을 찍는 전문 카메라맨이 사진을 촬영한 뒤, 개관 전에 원 위치로 돌려놓는다. 일련의 작업에는 학예 부문 스태프의 입회가 필요했다. 9시부터 두 시간이면 충분할 것이라고 예상했는데, 하필이면 자신이 지각하고 말았다.

열대야 탓에 잠을 설친 게 아니다. 출근 전에 여행사에 들렀기 때문이다.

어제 팀에게 배달된 한 통의 편지. 거기에서 '운명'이라는 한마디 말을 발견한 기분이었다. 기이할 정도로 망설임은 없었다.

가야겠다.

바로 여행사에 전화했다. 8월 10일 JFK 국제공항 오후 5시

40분 발 취리히행 아메리칸 항공 64편은 방금 예약이 다 찼다는 대답이 돌아왔지만, 군소리 하지 않고 대기자 명단에 이름을 올렸다. 그 뒤 어머니에게 전화해 급한 일이 생겨서 집에 못 가게 됐다고 알렸다. 어머니는 몹시 아쉬워했지만, 아들이 일류 미술관에서 일하는 것을 무엇보다도 자랑스럽게 생각하는 터라 물론 받아들여주었다.

전화를 끊고 책상 서랍에서 지금까지 조사해온 앙리 루소의 전작 리스트 파일을 꺼내 책상 위에 놓고 팔랑팔랑 넘겼다. 작품 연대순으로 나열되어 있다. 제목, 제작 연도, 재료, 사이즈, 소유자, 소재지, 소유 내력.

바젤에 있는 것을 체크했다. 바젤 시립미술관 및 개인 소장으로 소재가 확인되는 게 몇 점 있었다. 하지만 물론 콘라트 바일러 소장품 따위 목록에 있을 리 없다.

앙리 루소의 명작을 가지고 있다. 그것을 조사해주기를 바란다. 편지에 그렇게 쓰여 있었다.

루소는 생전 다수의 작품을 제작했다. 그러나 불우한 채로 생애를 마감한 탓에, 대다수가 사방으로 흩어져 행방을 알 수 없다. 현재 대략 2백 점의 존재가 확인되는데, 전문가가 봐도 '어린애가 장난으로 그린 게 아닌가' 하고 의심할 만큼 유치한 것이나 진위가 분명하지 않은 것도 있다. 진위와 가치에 대해서, 이제 곧 파리와 뉴욕에서 대규모 전시회가 개최되기 때문인지 요새 국제 미술사 학회에서 활발하게 논의가 오가고 있다. 앙리 루소라는 수수께끼의 화가에 관심이 모이고 있는 것은 확실했다.

만약 전설의 컬렉터가 소장하는 '명작'이 루소의 진품이라면. 그야말로 대발견 아닌가.

그래서 만약 그 '명작'을 이번 전시회에 끌어내는 데 성공한다면…….

팀은 무의식중에 침을 꿀꺽 삼켰다.

……내 직함에서 '어시스턴트'가 사라지겠지.

하지만 바일러가 조사를 요청한 사람은 원래 톰 브라운일 것이다. 어시스턴트가 어슬렁어슬렁 나타나면 심장 발작을 일으키지 않을까.

아니, 이름을 틀린 것은 저쪽이다. 나는 당당하게 가면 된다. 들키면 그때 가서 생각하자.

이런 꿈같은 기회를 어떻게 놓치겠나.

흥분한 팀은 종일 안절부절못하며 지냈다. 연인을 처음으로 만나는 듯한 기대감에 온몸이 저릿저릿했다. 그런 기분은 태어나서 처음이었다.

이유는 알 수 없지만 편지가 악질적인 장난이라든지 거짓말이라는 생각은 전혀 들지 않았다. 감쪽같이 속아서 취리히까지 가도 상관없다. 심지어 멋진 꿈을 꾸었다고 납득할 수 있을 것 같았다. 모든 게 맹목적인 사랑에 빠진 느낌과 비슷했다.

그런데 저녁 5시가 되도록 여행사에서 연락이 오지 않았다. 이튿날 저녁까지 기다릴 생각이었다. 비행기 표를 끊지 못한다면 자신의 운은 거기까지라는 뜻이리라.

오후 5시 55분, 사무실 전화벨이 울렸다. 여행사에서 온 전화였다. 문 닫기 직전에 한 자리가 났다는 연락에 팀은 저도 모르게 주먹을 치켜들며 환성을 질렀다. 퇴근 준비를 하던 다른 스태프들이 그 모습을 보고 어깨를 으쓱하며 킥킥 웃었다.

촬영 스튜디오로 향하는 팀의 재킷 속주머니에는 오늘 아침 손에 넣은 항공권 한 장이 들어 있었다. 그야말로 '원웨이 티켓'이었다. 나중 일은 아무것도 생각할 수 없었다. 좌우지간 가는 수밖에 없다.

스튜디오에서는 카메라맨 롤런드 니컬슨과 컨서베이터인 아스트루드 드보어, 그리고 스태프 몇 명이 작품 앞에서 잡담을 나누고 있었다.

팀은 가쁜 숨을 몰아쉬며 들어가 롤런드와 악수했다. 작품 촬영으로 여러 번 만난 사이라 지각한 데 대한 변명도 들어줄 것이다.

"자네 허가 없이 먼저 촬영했어. 아스트루드가 시간 없으니까 그냥 하자고 해서."

롤런드 쪽에서 먼저 변명했다. 작품을 움직일 때도 촬영할 때도 학예 부문의 감독 아래 하도록 규정으로 정해져 있었지만 오늘만은 어쩔 수 없다.

"그래. 아스트러드가 입회했으면 문제없지 뭐."

"문제 있어." 아스트러드는 다소 강한 어조로 말했다. "학예 부문의 감독 아래 작품을 움직이는 게 우리 규정이잖아. 개관 때까지 돌려놓지 않으면 더 큰 문제가 생길 거니까 그냥 했지만 톰이 알면 안 좋아할걸."

그 말을 듣고 오싹했다. 말도 안 돼, 이런 하찮은 일로 출셋길이 막히는 것은 사양이다.

"미안해, 아스트러드. 휴가 갔다 와서 점심 살 테니까 톰한테 비밀로 해주지 않겠어?"

먼발치에서 작품 철수 준비를 지켜보는 아스트러드에게 팀은 나직이 귓속말했다. 아스트러드는 팀을 무섭게 노려보더니 "알았어" 하며 한숨을 쉬었다.

"단 조건이 있어."

그래, 그럴 줄 알았다. 설마 고급 레스토랑인 태번 온 더 그린에서 사달라는 소리는 아니겠지?

"점심에 톰도 같이 초대해주지 않겠어?"

팀은 눈을 깜박였다. 아스트러드는 촉촉하게 젖은 눈으로 그를 쳐다보고 있었다.

"그런 거냐?" 하고 말하자 "그런 거야"라는 대답이 돌아왔다.

"그럼 이제 움직여도 되겠습니까?"

스태프가 말했다. 작품을 운반할 준비가 다 된 모양이다.

"아, 잠깐만요."

아스트러드가 큰 소리로 말하더니 팀을 돌아보았다.

"이리 좀 와봐. 보여주고 싶은 부분이 있어. 새로운 발견이야."

팀은 아스트러드와 함께 작품 바로 앞으로 다가갔다.

천을 가볍게 씌워놓았다.

"이것 좀 벗겨줘."

아스트러드의 말에 스태프 두 명이 재빨리 천을 걷었다.

천이 소리도 없이 바닥에 스르르 떨어졌다. 아름다운 여인이 옷을 벗어던지고 알몸을 드러낸 것처럼 작품이 빛을 발하며 나타났다.

앙리 루소, 1910년, 만년의 걸작 〈꿈〉.

20세기 미술에서 기적의 오아시스 같은 존재이자, 물의를 자아낸 태풍의 눈이 된 작품이다.

작품의 무대는 밀림. 밤이 갓 시작된 하늘은 아직 어렴풋이 청색이 남아 있고 고요하다. 오른쪽에 밝은 달이 떠 있다. 거울 같은 보름달이다.

달빛이 비추는 밀림은 열대식물이 울창하게 우거져 있다. 이름 모를 이국의 꽃들이 흐드러지게 피었고, 당장에라도 떨어질 것처럼 농익은 과일이 달콤한 향을 풍긴다. 선득하고 축축한 공기 가운데 동물들이 숨어 있다. 그들의 눈이 작은 보석처럼 형형히 빛난다.

멀리서, 또 가까이에서 피리 소리가 들려온다. 검은 피부의 이방인이 연주하는 어딘지 모르게 애조를 띤, 친근한 음색. 귀 기울여 듣다 보면 머나먼 저편으로 날아가 버릴 것처럼 깊고 조용한 선율.

달빛에, 향긋한 과일 냄새에, 사자의 시선에, 그리고 이방인의 피리 소리에 방금 꿈에서 깨어난 것은 긴 밤색 머리의 벌거벗은 여자.

그녀가 누운 붉은 벨벳 소파는 꿈과 현실의 경계를 떠다니는 방주. 꿈에서 깨어나서도 여자는 여전히 꿈을 꾸는 걸까. 아니면 이것은 현실인가.

여자는 천천히 상체를 일으켜 왼손을 옆으로 들어올린다. 머뭇머뭇, 그녀는 똑바로 가리킨다. 그 너머에 있는 것은, 그녀가 응시하는 것은 아마도, 아니, 분명…….

팀은 태어나서 처음으로 이 작품을 본 순간 느낀 놀람과 흥분이 아직도 생생히 기억에 남아 있었다.

열 살이었다. 부모를 따라 뉴욕에 여행 왔을 때 처음 만났다. 여기, MoMA 전시실에서.

그림을 본 순간 온몸에 전류가 흘러 꼼짝하지 못했다. 소년 팀은 마치 마법에 걸린 듯 작품을 응시했다. 텅 빈 상태로, 그저 한결같이.

그렇게 쳐다보는 사이에 갤러리의 조명이 꺼지고 주변의

웅성거림이 전혀 귀에 들어오지 않게 되었다. 소년은 용기를 내서 밀림으로 한 발 내디뎠다. 꼭 이야기를 해보고 싶었다. 그림 속에서 뭔가를 호소하듯 뭔가를 가리키는 여자와.

뭐가 그렇게 슬픈 거야?

팀은 그렇게 물었다. 여자는 울고 있지 않았다. 슬픈 표정도 아니었다. 그렇지만 웃지도 않았다. 이 사람은 뭔가가 무척 슬프고 외롭고 괴로운 것이다. 그렇게 생각했다. 이 사람을 돕고 싶다고도.

여자는 대답해주지 않았다. 그저 말없이 가리키고만 있었다. 팀에게는 그녀가 무엇을 가리키는지 보이지 않았다. 그게 궁금해서 소년의 가슴은 달콤하게 욱신거렸다.

정신이 들어보니 팀의 주위에 비슷한 또래이거나 좀 더 어린 소년소녀가 여럿 앉아 있었다. 팀은 놀라 주위를 두리번거렸다. 눈앞에 남자가 서 있었다. 그는 팀을 향해 빙긋 웃더니 말했다.

자, 애들아, 이 그림을 그린 사람은 앙리 루소, 프랑스 화가란다.

제목은 〈꿈〉. 대체 누구 꿈인 걸까? 루소가 꾼 꿈일까, 아니면 이 여자가 꾸는 꿈일까. 너희 생각엔 어때?

이 그림은 대체 어디를 그린 걸까. 정글일까, 아니면 낙원일까.

소년 팀은 그날부터 마치 열에 들뜬 것처럼 뒤쫓기 시작했다. 〈꿈〉이라는 작품을, 앙리 루소라는 화가를, 루소와 더불어 살았던 예술가들을, 20세기 미술을.

이 작품의 제목이 〈꿈〉이 아니었다면, 가령 〈밀림〉이라든지 〈사자와 여인〉이라든지 〈환상〉이었다면 어쩌면 다른 데 관심을 가졌을지도 모른다. 야구라든지, 록 음악이라든지, 여자애라든지. 하지만 그날부터 자신은 깊숙이 발을 들여놓고 말았다. 루소가 만들어낸 〈꿈〉의 세계에.

벌써 몇 번을 가까이에서 이 작품을 봤을까. 벌써 몇 번을 이 작품의 세계를 방황했을까. 그래도 이렇게 쳐다보면 처음 만난 순간의 놀람과 흥분이 순식간에 되살아난다.

팀이 작품을 주시하는 것을 확인하고 나서 아스트러드가 말했다.

"여기 봐. 이 '야드비가'의 왼손. 검지 있는 데. 여기만 색조가 약간 달라."

화면 왼쪽 아래, 소파에 누운 알몸의 여자—루소 자신이 '야드비가'라고 명명했다—가 상체를 일으키고 왼손을 옆으로 뻗어 뭔가를 가리키고 있다. 아스트러드는 펜라이트를 찰칵 켜서 '야드비가'의 검지 끝을 비추었다. 팀은 그 부분을 자세히 쳐다보았다.

그림물감이 약간 두둑하게 칠해져 있다. 그러나 물감을 중층적으로 칠해 화면을 메워나가는 수법이 루소의 특징이다. 별다른 어색함은 느껴지지 않았다.

"고치고 다시 그린 게 아닐까. 마음에 안 들게 그려져서."

그렇게 말하자 아스트러드는 노골적으로 한숨을 쉬었다.

"의심스러우면 조사하고 봐야지. 큐레이터가 의심하지 않으면 컨서베이터는 일 못 한다고. 방사선으로 조사해볼 마음이 있으면 난 언제든 오케이야."

생각지도 않은 말에 팀은 무심코 웃었다.

"미안하지만 그럴 필요 없어. 진위를 조사하는 거면 몰라도 이건 진짜 틀림없는 루소의 진필이잖아. 방사선 조사는 수고도 많이 들고 비용도 꽤 드는 데다, 뭣보다 록펠러 가한테 뭐라고 변명하려고? '우리 가문에서 기부한 작품의 진위를 의심하는 거냐'란 소리나 들을걸."

이 작품은 1954년에 당시 MoMA 이사장이었던 억만장자 넬슨 록펠러가 기증한 것이다. 이제 와서 방사선 조사 같은 것을 했다가는 록펠러 가문의 신용 문제와 얽히게 된다. 전혀 상대하지 않자 아스트러드는 불만스러운 표정을 지었다.

"이제 됐어. 커버를 씌우고 전시실로 돌려놓자."

스태프가 또다시 천으로 덮었다. 아름다운 화면은 눈 깜짝할 새 천 속으로 사라졌다.

두 명이 작품을 바퀴 달린 커다란 팔레트에 실어 고정한다. 앞에 한 명, 뒤에 한 명, 그림 뒷면 쪽에 한 명, 합해서 세 명의 스태프가 작품을 잡고, 한 명이 팔레트를 잡으며 천천히 전시실로 운반한다. 그 뒤를 따르다가 팀은 문득 떠올랐다.

'야드비가'의 손가락. 원래는 뭔가를 가리키는 게 아니라 뭔가를 잡고 있었던 게 아닐까.

그것을 어떤 이유로 루소가 고치고 다시 그렸다.

〈꿈〉은 수수께끼가 많은 작품이었다.

왜 밀림인가. 왜 이 여자는 알몸으로 소파에 누워 있나. 손가락은 무엇을 가리키나. 그 이전에 루소가 직접 이름을 붙인 '야드비가'란 누구인가.

지금까지 다양한 논의가 있었지만 뭐 하나 명확하게 알려진 게 없다.

방사선 조사를 하면 창작 비밀이 밝혀질지도 모른다. 하지만 그런 일이 가능할 리 없었다.

가능할 리 없다. 난 그렇게까지 조사할 권한은 없다.

그야 꿈이지만. 내 생각대로 마음껏 루소의 작품을 조사할 수 있는 입장이 된다면, 그야말로 꿈같은 이야기지만.

팀은 재킷 속주머니에 살며시 손을 대보았다. 기름한 종이가 만져졌다.

취리히행 편도 항공권. 꿈이 아니다. 이마에 땀이 흥건히 배어났다.

그래, 이건 꿈이 아니다. 꿈같은 현실이다.

숨은 보물
1983년 바젤

우리 비행기는 이제 곧 취리히 국제공항에 도착합니다. 능숙함이 느껴지는 스튜어디스의 안내 방송이 이어폰으로 들려왔다. 시트 등받이와 벽 사이에 머리를 틀어박고 자던 팀 브라운은 귀에 꽂고 있던 이어폰을 빼고 멍하니 눈을 떴다.

순간, 자신이 지금 어디로 가고 있는지 몰라서 창문 가리개를 열어보았다. 눈 아래 여름의 산봉우리들이 검게 우뚝 솟아 있었다.

그래, 그랬다. 이제 곧 취리히에 도착한다. 그리고 어디인지는 모르지만 어쨌거나 전설의 컬렉션이 감춰져 있다는 곳으로 가게 될 것이다.

팀은 팔걸이에 걸쳐놓았던 단벌 마 재킷의 속주머니에서 편지를 꺼냈다. 고급 종이, 연한 크림색 봉투. 받는 사람 이름에 '팀 브라운 귀하'라고 뚜렷하게 타이프로 찍혀 있다. 지난 사흘간 몇 번을 다시 봤을까.

이 한 통의 편지에 인도되어 지금 자신은 이렇게 비행기를 타고 날아가고 있다.

받는 사람 이름은 분명히 자기 게 맞지만, 사실은 한 글자 오자가 난 것뿐 십중팔구 팀의 상사 톰 브라운에게 보낸 편지일 것이다. 보낸 사람은 전설의 수집가, 콘라트 바일러의 대리인. 내용은 바일러가 소유하는 앙리 루소의 명작을 조사해 달라는 의뢰였다.

천하의 명문 미술관, 뉴욕 현대미술관의 스타 큐레이터를 놀리려고 보낸 악질적인 장난 편지일지도 모른다. 1퍼센트, 그렇게 의심하는 마음도 없지 않았지만, 팀은 99퍼센트의 확률로 편지를 믿었다. 그리고 '전설'과 대면하기 위해 MoMA 회화 및 조각 부문 치프 큐레이터인 톰 브라운을 빈틈없이 연기할 작정이었다. 그렇게 결심했을 때, 지난 5년간 자신이 어째서 그림자처럼 상사를 따라다니며 그의 모든 사고를 앞질러 읽고 내후년 MoMA에서 개최할 앙리 루소 전의 기획을 착실하게 보조해왔는지 그 이유를 알았다.

모든 게 이날을 위해서였던 것이다.

20세기 최고의 숨은 보물이라고 이야기되는 바일러 컬렉션과 접촉하기 위해. 그리고 특히 앙리 루소의 알려지지 않은 명작을 이 눈으로 확인하기 위해. 그 작품을 우리 미술관에서 개최하는 '앙리 루소 전'의 최대 화제작으로 끌어내기 위해.

나아가 그 공적을 바탕으로 자신의 직함 '어시스턴트 큐레이터'에서 '어시스턴트'를 떼기 위해.

안전벨트 착용 사인에 불이 들어오기 직전, 팀은 화장실에 가서 짐에 챙겨온 면도기로 수염을 말끔히 깎고, 빗 자국이 뚜렷이 남도록 짙은 갈색 머리를 헤어토닉으로 가다듬었다. 스무 살 때부터 새치와 노안 탓에 골치를 앓았지만, 지금은 이렇게 낳아준 어머니에게 감사하고 싶은 기분이었다.

내년 여름휴가에는 '큐레이터'로서 고향에 돌아가 어머니를 기쁘게 해줄 수 있을지도 모른다.

저도 모르게 느슨하게 풀어진 자신의 뺨을 팀은 가볍게 찰싹 때렸다.

실실 웃기에는 아직 일러. 쇼는 이제부터 시작이라고.

8월 11일 오전 7시 30분. 아메리칸 항공 64편은 예정대로 취리히 국제공항에 착륙했다.

마 재킷에 흰 면바지, 반들반들하게 잘 닦은 콜 한 구두를 신고, 레이밴 선글라스를 머리 위에 가볍게 얹고, 가슴을 약간 펴고 팀은 도착 게이트를 나섰다. 명문 미술관의 치프 큐레이터답게 당당히 내민 가슴 속에서 표준 사이즈 또는 그에 못 미치는 심장이 미친 듯이 방망이질을 하고 있었다.

너무 두리번거렸다가는 소심한 인간으로 보일 것이다. 느긋하게 바라보자.

편지에는 'B'라고 머리글자를 쓴 표지를 들고 누가 마중 나와 있을 것이라고 했다. 도착 게이트 주변에는 기다리는 사람의 이름이며 호텔 이름을 쓴 표지를 들고 마중 나온 이들이 모여 있었다. 팀은 표지를 하나하나 재빨리, 그러면서도 주의해서 바라보며 천천히 로비로 이어지는 통로를 걸어갔다. 철책 부근에는 그가 찾는 표지가 없었다. 로비를 둘러보았지만 'B'는 역시 없다.

한껏 부풀었던 기대가 순식간에 쭈그러들었다. 팀은 억지로 내밀고 있던 가슴에서 힘을 뺐다. 자신이 구멍 뚫린 튜브가 된 기분이었다.

역시 장난이었나.

그때 출구 근처에 조용히 서 있는 검은 옷을 입은 남자가 보였다. 작은 종이쪽지를 손에 들었다. 팀은 자세히 보았다.

크림색 고급 종이에 금색 봉랍인. 흠칫 놀라 재킷 속주머니에 손을 넣었다. 꺼내든 봉투 뒷면에 과연 똑같은 봉랍인이 있었다.

팀은 무의식중에 숨을 꿀꺽 삼켰다. 표지라기보다 종이쪼가리 아니냐고 속으로 투덜거리며 또각또각 구두 소리를 내며 출구로 다가갔다. 남자의 눈앞에 이르러 말없이 봉투를 들어보였다. 남자는 그것을 보더니 들고 있던 종이를 재빨리 재킷 속주머니에 넣었다. 팀도 덩달아 봉투를 얼른 속주머니에 넣었다.

"브라운 씨입니까?"

"네."

남자가 독일어 억양의 영어로 목소리를 낮추고 물어 팀의 목소리도 무의식중에 작아졌다.

"브라운입니다. 뉴욕 현대미술관의."

일부러 풀 네임으로 이름을 밝히지 않았지만, 남자는 상관하지 않고 그럼 가실까요 하며 출구 밖으로 안내했다. 팀은 말없이 뒤를 따랐다. 다시 가슴을 펴고 당당하게, 빼어난 인물답게.

"여기서 기다리시죠."

남자는 현관 앞에 팀을 남기고 어디론가 가버렸다. 주차장에서 차를 가져올 모양이다. 그 이야기는, 즉 남자는 바일러의 운전기사인가.

또다시 심장이 빠르게 뛰기 시작했다. 이거 혹시 엄청난 곳에 가게 되는 거 아냐? 두 번 다시 뉴욕으로 못 돌아가는 건 아니겠지. 에이, 아무리. 레이먼드 챈들러 소설도 아니고.

팀은 침착하지 못하게 팔짱을 꼈다가 발끝을 까닥거렸다가 하며 차를 기다렸다. 남자가 금세 'B' 봉랍인을 감춘 것, 은밀히 말을 건 것을 보면 역시 이번 일은 극비인 것 같다. 그럴 만도 하다. 전 세계의 아트딜러와 경매 회사가 그의 보물을 노리고 있으니까. 알려지지 않은 루소 작품의 조사를 바일러가 MoMA 큐레이터에게 의뢰했다는 사실이 드러났다가는 다른 루소 작품의 가격까지 순식간에 치솟을지 모른다.

자는 5분도 안 되어 올 것이다. 하지만 그 5분을 기다리기가 힘들었다. 팀은 손목시계를 보았다가 여전히 뉴욕 시간에 맞춰져 있는 것을 깨달았다. 시계를 맞추려고 출입구 부근의 시계탑을 올려다보았다. 그 순간, 시계탑 밑에 선 낯선 여자와 눈이 마주쳤다.

팀은 즉각 눈을 다른 쪽으로 돌렸다. 그러나 어쩐지 시선이 느껴지기에 다시 한 번 얼핏 눈길을 주었다. 여자는 역시 자신을 보고 있었다. 늘씬하게 큰 키에, 허리가 잘록하게 들어간 흰색 마 바지 정장을 입었다. 길고 숱 많은 짙은 밤색 곱슬머리가 바람에 살랑였다. 어딘지 모르게 이국적인 이목구비다. 두 사람의 시선은 몇 초간 마주쳤다. 그러나 그녀가 곧 고개를 옆으로 돌려버렸다. 옆얼굴이 어쩐지 눈에 익었다.

순간 오싹했다. 혹시 아티스트라든지 MoMA 이사의 비서라든지, 무슨 미술 관계자일지도 모른다. 나는 몰라도 상대방이 알고 있을 가능성은 있다. 어머, 저 사람 톰 브라운 꽁무니를 졸졸 따라다니는 어시스턴트 아냐? 하고 알아차리기라도 했다가는 큰일이다.

그때 눈앞에 검은 차가 도착했다. 얼굴이 뚜렷이 비칠 만큼 광이 나는 캐딜락이었다. 조금 전의 남자가 운전석에서 내려 익숙한 손놀림으로 뒷좌석 문을 열었다. 팀은 얼른 가죽 시트에 올라앉아 그제야 가슴을 쓸어내렸다.

미국 대통령이 애용하는 고급 차로 마중을 나오다니, 연출이 제법 그럴듯한데.

차가 부드럽게 출발했다. 팀은 시계탑을 돌아보았다. 여자의 모습은 흔적도 없이 사라지고 없었다.

고급 차로 자신을 마중 나와준 데 대한 흥분에, 낯선 여자와 눈이 마주친 것 따위 2초 만에 잊어버렸다.

지금까지 딱 한 번, 톰과 함께 MoMA 이사의 저택에서 열린 파티에 갈 때 이사가 보내준 캐딜락 리무진을 타보았다. 택시와는 승차감이 꽤나 다르군 싶었다. 시애틀에 있는 본가에서는 중고 도요타를 몰았다. 연비를 생각하면 실제로 일본 차가 제일이다. 부자들이 타는 차는 고래가 크릴새우를 먹듯이 기름을 잡아먹는다.

차는 고속도로로 들어섰다. 초목이 우거진 마을들을 지나점점 속도를 높인다. '바젤'이라는 표지판이 보였다. 제네바에 있는 사설 은행의 보세 창고에서 루소의 명작과 대면하는 것은 아닌 모양이다.

전 세계의 컬렉터가 스위스 제네바의 보세 창고에 목숨 다음으로 소중한 소장품을 맡긴다. 그곳에 놓아두기만 하면 관세가 들지 않는 데다 세무서에 작품 가격을 신고할 필요도 없다. 고객의 비밀은 철저하게 지킨다는 게 스위스 사설 은행의 규칙이다. 군사 시설 수준이라 해도 과언이 아닌 최고 기밀 창고에, 사람들 앞에 모습을 드러낸 적이 거의 없는 수많은 명작이 잠들어 있다.

루소의 걸작도 평소에는 제네바 보세 창고에 보관되어 있을지도 모른다. 팀은 계속해서 생각했다.

그렇지만 지금은 내가 가는 곳으로 옮겨져 있다. 그리고 내가 도착하기를 기다리고 있다.

내가, 나 혼자만이 마음껏 그것을 바라보고, 싫증날 때까지 쳐다보고, 원하는 대로 조사할 수 있다.

그런 생각이 든 순간, 뭐라 말할 수 없는 쾌감이 뇌 내를 훑었다. 이런 게 바로 명작을 독점할 수 있다는 수집가의 심리일까.

큐레이터는 언제나 작품과 아티스트 편에서 생각하지만, 동시에 감상자를 위해 작품을 전시하고 아티스트에 대한 이해가 깊어지도록 노력해야 한다. 어떤 화가의 어떤 작품에 관해 아무리 깊이 연구해도, 당연한 일이지만 그 작품이 자기 것이 될 일은 영원히 없다. 팀은 솔직히 명작을 소유한다는 게 대체 어떤 느낌인지 잘 이해되지 않았다.

루소를 깊이 연구하면서도, 명작 〈꿈〉의 세계에 매료되면서도, 그것을 자기 것으로 만들고 싶다는 생각은 한 번도 해본 적이 없었다. 세상 사람들 대다수와 마찬가지로 팀 또한 '그런 스위치가 달린 인종'이 아닌 것이다. 명작을 만난 순간 스위치가 찰칵 켜지는 인종. 이걸 갖고 싶다 하는 스위치가.

세계적으로 따지면 그리 많지 않은 '그런 스위치가 달린'

사람들이 예나 지금이나 명작의 운명을 쥐고 있다. 어떤 컬렉터는 저명한 미술관의 이사가 되어 자신이 소유하는 작품을 기부하고 명예를 얻어서 미술관 로비에 붙은 현판에 영원히 이름을 남긴다. 어떤 컬렉터는 작품을 사 모아서 싫증나면 팔고 또 새 작품을 사들인다. 또 어떤 컬렉터는 자신만의 은밀한 즐거움으로 명작을 침실에 장식하고 문자 그대로 동침한다.

바일러는 어떤 타입의 스위치를 가진 인물일까. 미술관 이사가 된다든지 걸핏하면 팔아치우는 스위치는 십중팔구 없을 것 같지만.

차는 이윽고 바젤 시내에 진입했다. 바젤 시가지에서는 역사적 건물이 잘 보존되어 오래된 것은 14세기부터 그대로 남아 있다고 한다. 견고한 석조 건물들이 거리의 정취를 더욱 풍부하게 해준다.

차창 밖으로 흘러가는 거리를 바라보며 팀은 바젤을 처음 찾았을 때를 생각했다. 다소 감상적이고 쓴웃음이 나는 청춘의 추억.

소르본 유학 시절, 팀은 딱 한 번 '아트 바젤'을 보러 온 적이 있었다. '아트 바젤'은 매년 6월에 열리는 세계 최대 규모의 국제 아트 페어다. 전 세계에서 1백 개 이상의 갤러리가 참가해서 전속 아티스트의 작품과 위탁 판매 작품을 전시한다. 1970년에 시작된 이 페어는 바야흐로 세계 미술 시장의 표본

중 하나였다.

벌써 약 8년 전이다. 때는 6월, 여름이 지나면 유학 생활을 마치고 하버드로 돌아가게 된다. 당시 사귀던 프랑스 여자 친구(소르본에서 프랑스 근대문학을 공부했다)에게 아트 바젤에 가보자고 부추겨 이곳에 왔다. 페어를 구실로 함께 여행을 한 것이었다. 그러나 진짜 목적은 따로 있었다.

바젤에는 세계 최고(最古)의 공립미술관 중 하나, 바젤 시립미술관이 있다. 17세기에 이미 미술관으로 기능했던 이곳에 앙리 루소 작품이 소장되어 있었다. 미국으로 돌아가기 전에 어떻게든 그것을 봐두고 싶다는 게, 아트 페어보다도, 여자 친구와의 데이트보다도 팀을 이 도시로 이끈 더 큰 요인이었다.

페어에 가기 전에 바젤 시립미술관에서 소장하는 루소 작품을 일단 보고 싶어서, 팀은 잠깐만 보겠다고 여자 친구에게 약속하고 미술관에 먼저 들렀다. 그곳에서 또다시 작품 세계에 빠져들고 말았다.

루소가 그린 여러 초상화 중에서 가장 탁월한 명작 중 하나인 〈시인에게 영감을 주는 뮤즈〉. 1909년, 죽기 전 해에 그렸다. 극도의 빈곤에 시달리던 불우한 화가를 발굴해낸 시인 기욤 아폴리네르와 그의 연인인 화가 마리 로랑생. 늘 여러모로 루소를 보살펴주던 젊은 친구 아폴리네르는 이 그림을 3백 프랑에 샀다.

이 작품에 관해서는 몇 가지 재미있는 일화가 남아 있다. 친구의 초상을 정확하게 그리고 싶은 나머지, 루소는 포즈를 취한 아폴리네르의 온몸을 줄자로 측정했다. 눈과 코, 입의 길이까지 쟀다고 한다. 그 때문인지 그림 속 아폴리네르는 얼마나 자세가 부자연스러운지. 뻣뻣하게 선 모습이 되레 훈훈한 인상을 준다. 또 두 사람 앞에는 카네이션이 가련하게 피어 있는데, 실은 처음 그렸을 때 루소는 실수로 꽃무를 그리고 말았다. 시인을 상징하는 꽃은 카네이션이어야 하기에 루소는 다시 그리겠다며 같은 구도의 그림을 한 번 더 그렸다. 꽃무를 그린 '실패작'은 모스크바 푸시킨 미술관에 소장되어 있다. 그림의 일부분만 고쳐 그리지 못하는 루소의 고지식함이 드러나는 에피소드다.

화집 등에서는 이미 여러 번 봤지만 실물은 처음 보는 것이었다. 뚫어지게 쳐다보며 좀처럼 이동하려 하지 않는 팀에게 여자 친구가 말했다.

그래봤자 일요화가의 그림이잖아. 뭐가 그렇게 재미있는 건데?

발끈해서 갤러리 안에서 격한 말다툼을 벌였다. 근처에 있던 여자 감시원에게 주의를 받고 여자 친구는 화가 나 돌아가 버렸다. 호텔로 돌아간 게 아니라 아예 파리로 돌아간 것이다. 그녀와는 결국 그것으로 끝났다.

상심한 팀은 이튿날, 질릴 줄도 모르고 또다시 바젤 시립미술관으로 향했다. 전날과 똑같은 장소에서 루소의 작품만 하염없이 바라보는 팀에게, 전날 두 사람에게 주의를 주었던 여자 감시원이 조용히 말을 걸었다.

전 여기서 감시원으로 일한 지 오래됐지만, 하여간 우리보다 더 열심히 작품을 보는 사람은 처음이네요.

그때 깨달았다. 연구자나 평론가처럼 멀리 떨어져서 작품을 논하는 전문가는 자신과 맞지 않는다. 좋아하는 작품을 계속해서 바라보고 작품과 가장 가까운 곳에서 호흡할 수 있는 직업을 가지면 된다. 그것은 분명 큐레이터. 아니, 어쩌면 감시원일지도 모른다. 어느 쪽이든 수집가는 아니다.

추억을 더듬는 사이에 차는 광대한 정원으로 들어섰다. 팀은 차창을 열어보았다. 상쾌한 아침 공기가 순식간에 밀려들었다. 침엽수림 같은 짙고 풋풋한 내음이 났다.

차가 천천히 서자 밖에서 누가 문을 열었다. 문 밖에는 검은 재킷에 넥타이를 단정하게 맨 남자가 서 있었다. 팀은 차에서 내렸다.

"잘 오셨습니다, 브라운 씨."

또렷또렷하고 낮은 목소리, 역시 독일어 억양이 느껴지는 영어로 남자가 말했다. 팀은 "안녕하십니까"라고 짤막하게 대답하며 남자에게 오른손을 내밀었다.

"저는 이 저택의 집사 슈나젠입니다. 당신이 악수를 하셔야 할 상대는 안에서 기다리십니다. 이쪽으로 오시죠."

남자는 웃음기 없는 얼굴로 그렇게 말하더니 몸을 돌려 포치를 지나 현관 안으로 들어갔다. 팀은 내밀었던 오른손을 어쩌지 못하고 슈나젠이라고 이름을 밝힌 집사의 뒷모습이 실내의 어둠 속으로 사라지는 것을 쳐다보고 있었다. 고개를 들어 저택을 올려다보았다가 입이 딱 벌어졌다. 지금까지 본 적이 없을 만큼 거대한 석조 저택은 성이라고 부르는 게 더 어울릴 듯했다.

돌을 쌓은 방식이며 창문 형태를 보건대 18세기 건축 양식이다. 정원에는 초목이 무성하고, 저택 지붕을 뒤덮는 거목도 있었다. 맨해튼의 억만장자는 다들 업타운의 고급 아파트에서 사는데, 여기에 비하면 그쪽은 아담한 새장이나 다름없다.

현관 안에서 바깥의 빛을 받아 어렴풋이 반짝이는 샹들리에를 팀은 눈을 가늘게 뜨고 바라보았다.

이 저택에 발을 한 발짝 들여놓으면 이제 결코 돌이킬 수 없는데, 후회는 없는 거지?

자신의 마음속 목소리에 저도 모르게 고개를 끄덕이고, 팀은 샹들리에가 발하는 빛을 똑바로 쳐다보았다. 그리고 마치 빨려들 듯이 반짝이는 빛을 향해 걸음을 뗐다.

저택 가장 안쪽에 있는 방이었다.

팀은 슈나젠을 따라 문을 여러 개 지나쳐 점점 어두워지는 저택 안쪽으로 나아갔다. 저택은 상상 이상으로 넓었다. 바젤 시립미술관과 거의 맞먹지 않을까. 과거 왕후 귀족이 살던 저택일 것이다.

복도 곳곳에 오래된 태피스트리와 가구가 놓여 있었다. 그 앞을 지날 때마다 팀의 눈은 민감하게 가격을 매겼다. 십중팔구 중세 것일 태피스트리나 루이 14세 양식의 가구도 보였다. 완전히 장식미술관이나 다름없다고 팀은 속으로 혀를 내둘렀다. 이제 곧 자신이 악수를 나누려 하는 인물이 믿기지 않을 만큼 대단한 심미안을 지닌 미의 거인이라는 것을, 그 사람이 기다리는 방에 다다르기 전에 여실히 실감했다.

그나저나 인테리어 취향이 약간 구식인 것 같다. 인상파나 근대 예술 작품이 한 점도 없다. 전부 감춰놓은 것일 수도 있다. 어쨌거나 '20세기 최고의 숨은 보물'이니 온도 및 습도 관리와 보안이 완벽한 창고가 안쪽에 있는 것이리라.

막다른 곳에 위치한 방 앞에 이르렀다. 좌우로 열리는, 목각으로 장식된 거대한 문을 슈나젠이 분명하게 두 번 노크했다. 끼익 하고 심상치 않은 소리를 내며 문이 열렸다.

눈빛이 어두운 중년 남자가 나타났다. 역시 재킷과 넥타이를 고지식하게 차려 입었다. 남자는 값을 매기듯 팀의 온몸을 노골적으로 훑어보더니 오른손을 슥 내밀었다.

"잘 오셨습니다, 브라운 씨. 제가 당신에게 편지를 보낸 바일러 씨의 법정 대리인, 에릭 콘츠입니다."

움찔했다. '톰 브라운'과 '팀 브라운', 이 남자가 멍청하게 한 글자 오타를 낸 장본인일까.

"만나서 반갑습니다……. 브라운입니다."

팀은 웃음을 지으며 콘츠의 손을 잡았다. 그리고 손바닥에 땀이 배어나온 것을 들킬까봐 얼른 손을 놓았다.

"자, 들어오시죠. 바일러 씨가 기다리십니다."

문이 끼익 소리를 내며 양쪽으로 활짝 열렸다. 팀은 방 안에 한 발 들여놓았다가 하마터면 숨이 멎을 뻔했다.

믿기지 않는 광경이 펼쳐져 있었다.

벽이란 벽을 모조리 가득 메우고 바닥에까지 흘러넘칠 만큼 그림이 있었다. 그 전부가 눈부신 빛을 발하고 있었다. 태양이 환히 비추는 들판, 또는 햇빛이 반짝이는 바닷가에 저도 모르게 발을 들여놓은 듯한 착각에 빠졌다. 모든 작품이 인상파, 근대회화였다.

거대한 수련 그림이 있다. 모네가 틀림없다. 나른한 표정으로 발코니 난간에 기대선 여자. 저건 분명 마네다. 무대에서 춤추는 꽃 같은 무용수들. 아아, 드가다. 이럴 수가, 피카소도 로트레크도 고흐도 고갱도 있다. 게다가 죄다 책에서도, 전시회에서도 전작(全作) 도록에서도 보지 못했던 작품들이다.

"세상에…… 이런, 이런 일이…… 설마."

팀은 저도 모르게 소리 내어 중얼거렸다. 콘츠가 곁에 없었다면 당장에라도 작품에 달려들어 검증을 시작했을 것이다. 그 정도로 모든 작품이 훌륭했다. 위작으로 보이지는 않았다.

하나같이 예술의 신이 깃들어 빛나고 있었다.

꿈만 같았다. 하지만 꿈이 아니다.

나는 마침내…… 바일러 컬렉션을 내 눈으로 직접 보고 있는 것이다.

"저런, 당신은 역시 타고난 연구자 같군요. 아무도 없으면 당장에라도 작품에 달려들 것 같습니다."

콘츠가 유쾌하게 말하는 목소리가 들렸다. 또렷한 목소리가 그 뒤를 이었다.

"진짜 연구자라면 작품 앞에서 감정을 억제하는 기술을 습득했을 텐데요."

문득 달콤한 향기, 남국의 꽃향기가 났다. 팀은 놀라 돌아보았다.

로댕의 작품인 듯한 조각상 옆에 한 여자가 서 있었다.

길고 곧은 흑발에 기름하고 시원스러운 눈. 흰 블라우스에 검정 주름치마. 가느다란 두 팔을 팔짱 끼고 팀을 잠자코 쳐다보고 있다.

……누구지?

"편지로는 말씀드리지 않았습니다만, 루소 연구의 일인자를 한 분 더 모셨습니다. 이쪽은 오리에 하야카와 씨. 젊은 천재 여성학자로……."

"'여성'은 빼주시죠." 오리에가 단호하게 말했다. "연구에 남녀가 없으니까요."

오리에가 또각또각 하이힐 소리를 울리며 팀에게 다가왔다.

"처음 뵙겠습니다. 하야카와 오리에입니다. 아직 일인자는 아니지만, 소르본 대학원에서 루소를 연구하고 있습니다."

두 사람은 가볍게 악수를 나누었다. 그러나 팀은 입이 떨어지지 않았다. 자신 외에 또 한 연구자를 초대했다는 사실에 적잖이 충격을 받았다.

소르본에 다니는 연구자라고? 게다가 완벽한 영어를 구사하지만 보아하니 일본인 같은데. 게다가 여자. 대체 어떻게 된 일인가.

오리에는 잠자코 팀의 얼굴을 똑바로 보고 있었다. 치프 큐레이터치고는 젊으시군요, 같은 말을 하는 게 아닐까 싶어 팀은 순간 오싹했다. 그러나 표정에는 드러내지 않고 되도록 차분한 목소리로 콘츠에게 말했다.

"이것 참…… 사람이 나쁘시군요, 콘츠 씨. 이렇게 아름다운 분이 손님으로 오시는데 미리 알려주셔도 되지 않습니까."

"하야카와 씨는 손님이 아닙니다. 당신과 마찬가지로 바일러 씨가 루소 작품의 감정을 의뢰하신 분입니다."

그 말을 들은 순간, 팀은 앗 하고 나직이 탄성을 질렀다. 오리에 하야카와라는 이름이 섬광처럼 뇌리를 스쳤다.

오리에 하야카와. 최근 국제 미술사 학회를 떠들썩하게 하는 신진 루소 연구자다. 분명히 소르본 대학원에서 박사 학위를 최단 코스로, 즉 스물여섯 살에 취득한 것으로도 화제를 모았다. 지금은 소르본 미술사과에 연구원으로 재직하고 있다. 상사인 톰이 앞으로 집필할 루소 전 해설의 참고문헌 목록에 그녀의 논문도 들어 있었다.

영어와 프랑스어, 2개 국어를 능숙하게 구사하며 전문지에 잇따라 논문을 발표하고 획기적인 착안점으로 다른 연구자들에게 주목을 받고 있다. 루소의 고향, 프랑스 라발에 남아 있는 루소 가의 호적이며 학교 성적표에 이르기까지 화가의 성장 과정을 집요하게 조사해 왜 그림을 그리게 됐는지, 그 독특한 표현 방법을 어떻게 얻게 되었는지 개성적인 설을 발표했다. '그런 건 연구자의 방식이 아니야. 탐정이지'라고 야유하는 사람도 있을 만큼 조사가 철저했다.

루소는 아무튼 원근법 하나 익히지 못한, 아카데미즘과 거리가 먼 '일요화가'라는 말을 들어왔으나, 오리에의 지론은 달랐다. 정식 미술 교육을 받지 못했다는 점은 틀림없는 사실이지만, 루소의 독특한 표현 방법은 어느 시기부터 화가가 '의도적으로' 선택한 것이라 했다. 화가로서 탁월한 기술을 습득하지 못한 게 아니다. 일부러 '유치한 기술', '일요화가'라는 말을 들어온 기법으로 승부했다. 그것은 피카소나 마티스 등 20세기 미술에 변혁을 가져온 예술계의 풍운아들, 그들의 등장과 적잖이 관계가 있다.

"……그렇습니까. 당신 논문은 늘 잘 보고 있습니다. 상당히 개성적인 지론을 갖고 계시더군요. '의도'설에 관해선 결론이 다소 성급했던 것 같기도 합니다만."

이 젊은 연구자가 루소의 기법을 '의도적'이었다고 단정한 데 대해 팀은 미술사 학회에서 정식으로 반론하고 싶었으나, 루소 전 준비로 논문을 쓸 시간조차 여의치 않은 상황이었다. 설마 이런 데서 맞닥뜨리게 될 줄은 상상도 하지 못했지만, 뭔가 한마디 해두어야 한다는 마음에서 '의도'설을 꺼냈다. MoMA의 치프 큐레이터답게 위엄 있는 말투로 말하도록 유의하면서.

"어머나." 오리에는 눈썹 하나 까딱하지 않고 대답했다. "'의도'설에 대해 코멘트를 받는 건 처음이에요. 역시 루소 전 기획을 준비하시는 분은 다르시군요. '르 두아니에(세관원) 루소' 같은 제목을 전시회에 붙이실 생각이 아니면 좋겠네요."

느닷없이 핵심을 건드린다. '세관원 루소'는 톰이 생각하는 전시회 제목 후보 중 하나였다. '루소'만이면 철학자 장 자크 루소나 19세기 화가 테오도르 루소를 생각하는 경우도 많다. 풀 네임으로 '앙리 루소'라고 하면, 회화에 대해 잘 모르는 사람은 누구를 말하는지 바로 알지 못한다. 일반 사람은 루소 앞에 '세관원'이라고 붙여야 '아아, 그 루소' 하고 떠올릴 수 있다. 그 정도로 이 별명은 루소의 대명사로 정착되어 있었다.

부르기 쉽고 친숙한 별명. 하지만 이 별명 탓에 루소는 사후 70년 이상이 지나도록 '과거 세관에 근무했던 일요화가'의 이미지에서 벗어나지 못했다.

팀은 '세관원'이라는 이 불쾌한 수식어를 루소의 이름에서 지워버리는 게 MoMA 전시회가 맡은 역할 중 하나라고 생각하고 있었다. 언젠가 톰이 프랑스 쪽 주최자와 협의해서 제목을 결정할 때 그렇게 조언하려고 결심하고 있었다. 전시회 제목은 가령 '모네 전'과 '대(大) 모네 전'이 전혀 딴판으로 들리듯 어떻게 붙이느냐에 따라 기획의 이미지가 달라지고, 관람객 동원 수까지 달라진다. 루소의 경우, 화가 자체에 대한 평가까지 바뀔 가능성이 있다.

그렇게 생각하면 오리에의 한마디는 실로 핵심을 꿰뚫고 있었다. 그리고 피카소 연구의 세계적 권위자이기는 해도 루소에 관한 논문은 발표한 적이 없는 톰 브라운을 비꼬는 말이었다. 이 여자, 만만치 않군. 팀의 경계심은 한층 커졌다.

"지식과 안목이 부딪치면 생각지도 않게 불꽃이 튀는군요. 가능하면 바일러 씨 앞에서 보여주셨으면 좋겠습니다, 그 아름다운 불꽃을."

콘츠가 씩 웃었다. 두 사람은 서로를 노려보던 시선을 거두고 수많은 그림 사이를 지나 안쪽으로 나아가는 콘츠의 뒤를 따랐다.

방 맨 안쪽에 문이 또 하나 있었다. 그 앞에 멈춰 선 콘츠는 급하게 똑똑 노크를 하고는 "두 분 다 오셨습니다"라고 문 안을 향해 말했다. 대답은 들리지 않지만, 콘츠는 문손잡이를 달칵 돌려 문을 열었다.

팀은 숨을 멈추고 어둑어둑한 방 안을 살펴보려 했다. 오리에도 꼼짝 않고 주시하고 있었다. 먼지 냄새가 나는 방은 블라인드를 내렸고 구식 데스크램프에서 주황색 불빛이 흘러나오고 있었다. 흰 천으로 덮인 캔버스들 사이에 휠체어가 보였다. 구부정한 등이 보일 듯 말 듯 흔들린다. 콘츠는 방 안으로 들어가 휠체어 등받이의 손잡이를 잡고 방향을 천천히 돌렸다. 휠체어가 정면을 향한 순간 옆에 선 오리에가 흡 하고 작은 소리를 내며 숨을 들이마셨다.

휠체어에 힘없이 웅크리고 앉은 인물은 흡사 미라 같은 노인이었다.

뼈가 앙상하고 물이 마른 연못 같은 얼굴에서 눈이 뒤룩 움직였다. 눈동자가 뿌연 것이 앞이 보이는지 아닌지도 모르겠다. 그런데 그 허연 눈이 팀을, 이어서 오리에를 똑바로 쳐다보았다. 그러더니 눈도 깜박이지 않고 응시한다. 팀과 오리에는 말문이 막혀 우두커니 서 있었다.

이게…… 이 사람이 살아 있는 전설 콘라트 바일러.

"잘 왔소…… 므슈 브라운, 마드무아젤 하야카와."

바일러는 프랑스어로 두 사람을 환영했다. 갈라졌지만 상상했던 것보다 훨씬 뚜렷한 목소리였다. 그러고는 누구에게

랄 것 없이 오른손을 내밀었다. 팀이 먼저 한 발 앞으로 나서 마른 나뭇가지 같은 손을 잡았다. 산 사람의 손 같지 않게 싸늘했다.

"안녕하십니까. 초대해주셔서 감사합니다. 뵙게 되어 영광입니다."

팀은 그럭저럭 프랑스어로 인사했다. 바젤은 독일, 프랑스 양국의 국경에 위치하는 도시라, 공용어는 독일어이지만 많은 주민이 독일어와 프랑스어 둘 다 유창하게 구사한다. 독일어를 못 하는 팀은 바일러가 독일어로 말하면 어떻게 대답하나 걱정하고 있었다. 프랑스어로 말해서 다행이다.

팀에 이어 오리에도 바일러와 악수를 주고받았다. 긴장해서인지, 아니면 공포 때문인지 오리에는 입을 열지 않았다.

"이 방 문을 열기 전에 두 분은 루소의 '세관원 문제'에 대해 이미 의견을 교환하시더군요. 믿음직하기 그지없습니다."

바일러의 뒤에 선 콘츠가 역시 프랑스어로 말했다. '세관원 문제'라는 표현은 처음 들었지만, 아마 팀이나 오리에와 마찬가지로 바일러도 화가로서의 루소에 대한 평가에 불필요한 선입견을 주는 별명이 마음에 들지 않는 것이리라. 콘츠가 보낸 편지에서 바일러가 '동지'라는 표현을 썼던 것이 생각났다. '그 어떤 시대의 그 어떤 예술가보다도 앙리 루소를 위대한 화가로 간주하는 동지이신 당신.' 바일러는 팀을, 아니, 정확히는 상사 톰이지만, 같은 뜻을 가진 자로 간주하는 것이다.

그 말은, 이 콧대 높은 여자에 대해서도 그렇게 생각한다는 뜻인가.

바일러는 흐릿한 눈을 가늘게 떴다.

"그것 참 반가운 소리군. 역시 자네들은 나와 같은 생각을 가진 모양이네."

"루소의 명작을 갖고 계시다고 하셨는데요." 결심이 섰는지, 오리에가 팀보다 훨씬 유창한 프랑스어로 말했다. "대체 제게…… 아니, 저희에게 조사를 의뢰하신 목적은 무엇인지요? 애초에 무슨 까닭으로 그 작품을 '명작'이라고……."

"대체 무슨 소리를 하는 거야." 팀은 이번에야말로 언성을 높였다. 그것도 영어로. "그야 당연히 명작이지. 이 저택에 있는 작품들을 보라고. 그런데 명작이 아닐 리 있어? 모네도 마네도 드가도 있었어. 고흐도. 죄다 본 적도 없는 명작 중의 명작이야."

"진품이라면 그렇겠죠." 오리에가 서슴없이 맞받아쳤다. 팀은 어금니를 꽉 깨물었다. 여자만 아니면 저 거만한 콧대를 확 꺾어주고 싶었다.

"자자, 그만들 하시죠." 콘츠가 절묘한 타이밍으로 달랬다. "아직 보지도 않은 작품에 대해 말다툼을 벌여 무슨 소용이 있겠습니까. 일단 보시고 나서 각자 의견을 말씀해주십시오. 그래도 괜찮으시겠습니까, 므슈?"

바일러가 보일 듯 말 듯 고개를 끄덕였다. 그러디니 독일어로 뭐라 중얼거렸다. 이번에는 콘츠가 고개를 끄덕이고 휠체어를 천천히 밀어 방에서 나갔다. 팀과 오리에는 서로를 외면하며 뒤를 따랐다.

길고 어둑어둑한 복도를 지나자 역시 목각으로 장식된 거대한 문 앞에서 집사 슈나젠이 기다리고 있었다. 바일러를 보더니 바로 문을 좌우로 열었다. 팀은 이 여자보다 1초라도 더빨리 '명작'을 봐주겠노라고 걸음을 빨리했다. 어서 보지 않으면 사라져버릴 무지개를 뒤쫓는 기분이었다.

열린 문에 한 발 먼저 당도한 것은 역시 팀이었다. 금세 오리에가 따라붙었다. 또다시 문득 남국의 꽃향기가 났다. 팀은 오리에를 돌아보았다. 두 사람의 시선이 마주쳤다.

팀은 문 앞에서 한 발짝 물러나 말없이 오리에에게 길을 비켜주었다. 큐레이터란 모름지기 언제 어느 때나 레이디 퍼스트를 지켜야 한다. 분하지만 그게 자연스러운 행위였다.

"고마워요."

오리에가 입가에 미소를 머금고 나지막이 말했다. 그녀가 웃는 것을 처음 보았다. 그녀가 지나치는 순간 역시 꽃향기가 코끝을 스쳤다.

여기 있는 것이다. 이제까지 보지 못한 루소가.

심장 뛰는 소리가 온몸에 울려 퍼졌다. 팀은 잠시 기도하듯 눈을 감았다. 그리고 낭떠러지에서 바다에 몸을 던지는 심정으로 방 안에 발을 들여놓았다.

맨 처음 눈에 띈 것은 길고 윤이 흐르는 검은 머리. 오리에가 똑바로 선 뒷모습이었다.

그 너머에 가로로 긴 큰 그림이 보였다. 울창한 녹색 덩어리. 눈에 익은 밀림 풍경.

아.

팀은 한 발짝 두 발짝, 천천히 그림을 향해 다가갔다. 자신의 눈을 믿을 수 없었다.

이건 설마…….

그것은 바로 〈꿈〉이었다. 소년 시절 팀을 사랑에 빠뜨렸고 그 뒤의 인생을 결정한 작품, 〈꿈〉.

허공에 뜬 하얀 보름달, 피리를 부는 검은 피부의 이방인. 눈을 형형하게 빛내는 짐승들, 그리고 붉은 소파에 드러누운 나부.

"이건 설마……." 팀은 엉겁결에 영어로 소리 내어 말했다. "MoMA에 있는…… 〈꿈〉이잖아. 어째서지? 어떻게 여기에…….."

"진정하시죠, 브라운 씨. 이건 〈꿈〉이 아닙니다."

콘츠의 목소리가 들렸다. 그제야 그림이 놓인 이젤 바로 옆에 휠체어를 탄 바일러와 콘츠가 있는 것을 깨달았다. 주위가 전혀 눈에 들어오지 않을 만큼 순식간에 작품 세계에 빨려들었던 것이다.

"MoMA 최고의 보물이 여기 있을 리 있겠습니까. 자세히 보십시오."

팀은 피가 오른 머리를 두세 번 내젓고는 다시 한 번 정면에서 작품을 보았다. 확실히 구도도 모티프도, 모든 게 〈꿈〉과 한 치도 다르지 않았다. 그러나 붓 터치와 수풀의 명암이 미묘하게 다르다. 팀은 눈을 크게 떴다. 결정적인 차이를 하나 발견한 것이다.

아아, 왼손이. 소파에 누운 나부, 야드비가의 왼손이…… 쥐어져 있다.

루소가 직접 이름을 붙인 그림 속의 여인 야드비가의 옆얼굴은 〈꿈〉에서보다 부드럽게 느껴졌다. 그리고 수평으로 슥 들어 올린 왼손이 꽉 쥐어져 있었다. 〈꿈〉에서는 뭔가를 가리키는데.

이 그림은 〈꿈〉이 아니다. 당연한 사실을 확인하고 팀은 그제야 숨을 내쉬었다.

"이제 이해한 것 같군." 바일러의 낮고 갈라진 목소리가 들렸다. "이 작품은 〈꿈〉이 아니네. 이 작품의 제목은…… 〈꿈을 꾸었다〉."

팀과 오리에는 동시에 바일러를 보았다. 바일러는 뿌옇게 흐린 눈으로 두 사람을 바라보며 마치 비웃듯이 입을 기묘하게 씰그러뜨렸다.

"두 사람한테 이 작품의 조사를 의뢰한 이유는 단 하나. 진

116

위를 가리기 위해서네."

그 말을 듣자마자 팀의 눈은 그림 오른쪽 밑에 있는 루소의 서명을 재빨리 확인했다. 흰색 물감, 당당하면서도 어딘지 모르게 어설프게 느껴지는 루소의 글씨체와 똑같았다.

팀은 진필입니다, 하고 당장에라도 선언하고 싶은 것을 애써 참고 물었다.

"그럼 진필인지 확실하지 않은데도 이 작품을 구입하신 겁니까?"

"그건 아닙니다." 콘츠가 나섰다. "근대미술사 분야 최고 권위자의 증명서가 있었기에 바일러 씨는 구입을 결심하신 겁니다. 이걸 보시죠."

종이 한 장을 꺼내 팀의 눈앞에 내밀었다.

〈꿈을 꾸었다〉 1910년 앙리 루소 작
본 작품이 화가의 진필임을 증명함.
앤드루 키츠

"앤드루 키츠!"

팀은 소리쳤다. 오리에가 어깨를 흠칫 떨었다.

앤드루 키츠. 톰 브라운과 쌍벽을 이루는 근대미술사의 세계적 권위자다. 런던 테이트 갤러리의 치프 큐레이터로, 확실한 기획 능력과 시대를 읽어내는 센스, 그리고 부유한 부인들을 매료하는 기술은 톰과 동급이거나 그 이상이라고들 했다. 톰과 키츠는 피카소, 마티스 등 대형 전시회에 내여되는 희소한 명작을 둘러싸고 늘 다투는 입장이었다. 그런 키츠가 이미 이 작품에 접촉한 것이다.

전 세계에 현존하는 루소 작품을 조사하면서 톰도, 자신도 이 작품의 존재를 전혀 알지 못했다. 팀은 당했다는 씁쓸한 기분에 휩싸였다. 동시에 이 작품의 존재를 아는 키츠와 테이트 갤러리는 이것을 획득하기 위해 이미 움직이기 시작했을 것임을 직감했다.

"바일러 씨는 진필이라는 보증을 받고 이 작품의 구입을 결심하신 겁니다. 하지만 아시다시피 이 세계엔 다양한 인간들이 있습니다. 정직하게 증명서를 쓰는 전문가만 있지는 않죠."

콘츠가 의미심장한 말을 했다. 그러자 오리에가 갑자기 대들었다.

"그럼 앤드루 경이 가짜 증명서에 서명했다는 말씀입니까? 그런 일은 있을 수 없어요. 방금 하신 말씀을 철회하십시오. 당신 말씀은 미술사 권위자에 대한 모독입니다."

키츠는 기사 작위를 수여 받을 정도의 학자다. 잘 아는데 싶어 팀은 더욱 경계했다. 자신은 '미술사 권위자에 대한 모욕'이라고까지 생각하지는 않았다. 실제로 딜러와 짜고 가짜 증명서를 남발하는 권위자도 존재한다. 하지만 테이트의 치프 큐레이터가 만에 하나라도 그런 일을 했다면 이야기는 심각하다.

"그렇게 불쾌해하실 것 없습니다. 전 일반론을 말씀드린 것뿐입니다만."

콘츠는 쓴웃음을 지었다.

"그게 모독이라는 말씀입니다. 철회해주십시오."

오리에도 물러서지 않았다. 이래서는 이 이상 이야기가 진행되지 못하겠다 싶어 팀이 뭐라 말하려 했을 때였다.

"그럼 먼저 당신 의견을 들어볼까, 마드무아젤. 첫인상이라도 상관없네. 이 작품은 진작인가, 아니면 위작인가."

바일러의 쉰 목소리가 들렸다. 순식간에 오리에가 입을 다물었다. 저러다 쓰러지지 않을까 싶을 만큼 얼굴에 핏기가 없었다. 방금 전까지 흥분해서 얼굴이 붉게 상기되어 있었건만. 팀은 오리에의 불가해한 침묵에서 심상치 않은 느낌을 받았다.

이윽고 오리에의 입에서 힘없는 목소리가 흘러나왔다.

"……위작입니다."

팀은 귀를 의심했다. 방금 전까지 미술사 권위자에 대한 모독이니 뭐니 난리를 쳤으면서. 그럼 키츠가 가짜 증명서를 썼다고 인정하는 셈 아닌가. 아니, 그것이야말로 이 작품에 대한 모독이다.

"진작입니다." 팀은 당장 단호하게 말했다. "이건 진작이 틀림없어요."

"호오." 콘츠가 턱을 쓰다듬었다. "즉단이군요. 근거는 무엇입니까?"

"마티에르(질감), 색채, 구도, 터치, 그리고 서명. 모든 게 진작임을 입증합니다. 뭣보다 진품만이 갖는 강렬한 자력이 있죠. 그 증거로, 전 보자마자 단번에 빨려들었습니다."

자세히 검증한 것은 아니다. 하지만 작품 감정에서 중요시되는 게 첫눈에 받은 인상이다. 최종적으로는 화가의 다른 작품과 비교하고 붓의 개성을 살피는 등 세부의 조사를 신중하게 거듭한 끝에 판단을 내려야 한다. 하지만 결과는 재미있을 정도로 첫인상과 일치하곤 한다.

팀은 첫인상으로 '위작'이라고 단언한 오리에에게 몹시 화가 났다. 그녀는 뛰어난 연구자임에는 틀림없을 것이다. 하지만 진짜 루소 작품과 찬찬히 마주한 경험이 없는 것이다. 마음을 깎고 감정을 쏟아 작품과 대화해본 적이 없는 것이다. 그래서 그렇게 손쉽게 위작이라는 꼬리표를 붙일 수 있는 것이다.

"당신은 어떻습니까, 마드무아젤. 무엇을 근거로 이게 위작이라는 말씀이죠?"

오리에는 또다시 입을 다물더니 이윽고 "……〈꿈〉이 있기 때문입니다"라고 짧막하게 말했다. 얼굴이 새하얬다.

"무슨 뜻이지?" 팀은 물었다.

"이 작품이 진작이면 당신네 미술관에 있는 〈꿈〉이 위작이 되잖아요."

그 말을 듣고 철렁했다.

1910년, 루소의 만년. 화가의 빈곤은 극에 달해 있었다. 대형 캔버스를 사려도, 충분한 물감을 사려도, 이미 자금이 거의 떨어지고 없었다. 〈꿈〉을 발표한 것은 그해 3월. 그로부터 여섯 달 뒤 화가는 맥없이 병사했다.

물감을 듬뿍 사용한, 똑같은 구도의 대형 작품을 단기간에 두 점 완성하는 게 당시 루소에게 가능한 일이었을까.

바젤 시립미술관에 있는 〈시인에게 영감을 주는 뮤즈〉에 관해서는 작품을 새로 그린 에피소드가 당시 문서에 명확히 남아 있다. 바젤과 모스크바, 둘 다 진품이라는 게 증명되는 셈이다. 하지만 〈꿈〉에 관해서, 비슷한 구도로 한 장 더 그렸다는 문헌은 팀이 지금까지 조사한 바로는 어디에도 남아 있지 않았다.

오리에의 말대로 이게 루소가 1910년에 그린 진작이라면, MoMA 컬렉션에 있는 '그것'은 대체 무엇인가.

"그럼 한 번 더 여쭤볼까요, 므슈. 당신의 미술관에 있는 〈꿈〉은 진품입니까?"

콘츠가 억양 없는 목소리로 물었다. 팀은 "그야 당연하잖습니까!" 하고 급기야 언성을 높이고 말았다.

"그건 저희 미술관 이사이신 록펠러 가문에서 기증한 작품입니다. 내력도 확실합니다. 틀림없는 진품입니다. 당연하죠."

"그럼 이건?" 콘츠가 집요하게 물었다. "이 작품은 어떻죠? 이것도 진품이라고 단언할 수 있습니까?"

추궁을 받고 팀은 말을 잇지 못했다. 방 안이 쥐 죽은 듯 고요해졌다.

얼마 뒤, 바일러의 주름진 입에서 깊은 한숨이 새어나왔다. "루소는 참으로 무서운 화가야."

바일러는 중얼거렸다. 팀과 오리에의 시선은 다시 바일러를 향했다.

"벌써 몇 년 됐을까. 난 이 작품과 침식을 함께해왔네. 그러다가 점점 알 수 없게 됐어. 루소는 정말로 이 작품과 〈꿈〉을 거의 동시기에 그릴 수 있었을까. 만약 그렇다면 이 얼마나 무시무시한 저력을, 마력을 가진 화가인가."

모네도 고흐도 피카소도 훌륭하다. 그런데 사람들은 어째서 앙리 루소의 대단함을 못 알아차리는 걸까.

우리도 모르게 이미지 조작의 영향을 받은 게 아닐까. '세관원'이라는 수식어에 의해, 루소란 화가는 한낱 일요화가에 불과한 착하고 사람 좋은 노화가라는 식으로.

루소는 20세기 미술의 크나큰 변혁에 이바지한 예술가다. 그가 없었다면 피카소는 회화 혁명을 이루지 못했고 쉬르레알리슴의 탄생도 없었다. 그런데 어째서 루소에 대한 평가는 여전히 이렇게 낮은가.

바일러는 띄엄띄엄 그런 말을 했다. 팀은 경악했다. 바일러의 생각은 자신과 정확히 일치했다.

루소에 대한 평가를 바꾸고 싶다. 자신의 평가를 바꾸는 것으로도 연결되니까. 지난 몇 년을 그런 식으로 생각하며 살아왔다. 하지만 이 늙은 수집가는 그보다 더 긴 시간을 전 재산을 털고 정열을 담아 수수께끼의 화가 앙리 루소와 대면해온 것이다.

"작품 조사 기간은 오늘을 포함해서 일주일이었죠? 그럼 당장 시작하고 싶습니다만. 방사선 조사는 허락해주시는지요?"

오리에가 정신을 차린 것처럼 막힘없이 말했다. 팀도 정신이 번쩍 들었다.

그래, 자신은 이 작품을 조사하기 위해 이곳에 불려온 것이다. 만약 이 작품이 진품이라는 게 증명되면 대출을 신청하자. 내년 루소 전의 중심 작품으로 어떻게든 가로채야 한다.

〈꿈〉과의 관련성이 어떻든 진품이라면 이 이상 대단한 일은 없다.

"시간은 충분히 있으니 서두르지 않으셔도 됩니다. 두 분은 이 작품을 확실하게 조사하고 진위 판단, 그리고 그 근거가 되는 작품 강평을 해주십시오."

콘츠는 두 사람의 얼굴을 차례대로 똑바로 보며 말했다.

"진작인가, 위작인가, 보다 뛰어난 강평을 하신 분을 승사로 간주하고, 바일러 씨는 그분의 판단을 전면적으로 받아들이실 겁니다. 그리고……."

법정 대리인은 거기서 일단 말을 끊더니 매우 사무적으로 말했다.

"승리하신 분께는 이 작품의 취급 권한을 양도합니다. 작품의 '후견인'으로서 제삼자에게 매각하든, 전시회에 출품하든, 또는 어둠 속에 묻어버리든, 마음대로 하십시오."

취급 권한의 양도.

순간 의미가 이해되지 않았다. 한 번 더 말해달라고 할까 생각했을 정도다. 팀은 몇 초 있다가 "네?" 하고 소리쳤다.

상궤를 벗어나는 제안이었다.

이긴 쪽에게 그림을 주겠다는 소리나 마찬가지 아닌가.

십중팔구 오리에도 같은 기분이었을 것이다. 팀 옆에서 딱딱하게 굳어 있다.

"단" 하고 콘츠가 말하려는 것을 바일러가 마른 나뭇가지 같은 손으로 제지했다. 그 다음은 직접 말하겠다는 것처럼.

"단 조사를 위해 해주기를 바라는 일이 하나 있네."

거기까지 말하자 미리 지시를 받았는지 집사인 슈나젠이 방 밖으로 나갔다.

3분 뒤, 슈나젠이 정중하게 받쳐 들고 온 것은 작은 고서 한 권이었다. 바일러는 책을 집어 애정 어린 손길로 적갈색으로 바랜 가죽 표지를 어루만지며 말했다.

"여기에 일곱 장(章)으로 구성된 이야기가 쓰여 있네. 그걸 하루에 한 장씩 읽고 이레째에 판단을 내려주게. 이 작품이 진작인지, 위작인지."

작품을 구석구석 낱낱이 조사하는 게 아니라 '이야기'를 읽어 판단한다. 이제까지 본 적도, 들은 적도 없는 미지의 조사 방법이었다.

이럴 수가. 팀은 내심 부르짖었다. 혼란과 불안 그리고 엄청난 흥분이 폭풍처럼 휘몰아쳤다.

이 폭풍을 들키면 안 된다. 팀은 자신을 타일렀다. 오늘부터 강적이 될 이 콧대 높은 여자에게.

절대로 질 수 없다.

오리에에게 시선을 주자 마침 그녀도 그를 얼핏 본 참이었다.

젊은 여자 연구자의 눈은 불타오르고 있었다. 오싹하리만큼 차갑고 아름다웠다.

⚜

안식일
1983년 바젤 / 1906년 파리

⚜

풍성한 주름을 이루는 근사한 고블랭직 커튼이 천장까지 닿는 높다란 창을 가리고 있었다. 팀 브라운은 커튼 한가운데에 난 틈새로 밖을 흘깃 내다보고 벌써 몇 번째인지 모를 한숨을 쉬었다.

　광대한 저택의 수많은 응접실 중 하나에서 팀은 대기하고 있었다. 작은 튜더 왕조 양식 테이블에 놓인 롤렉스 탁상시계로 시선을 옮겼다. 오전 11시 35분. 방금 전 시계를 봤을 때부터 아직 5분밖에 지나지 않았다. 팔짱을 끼고 또다시 한숨을 쉬었다. 흰 재킷에 타이 차림의 하인이 마이센 커피잔을 은쟁반에 받쳐 들고 다가왔다.

　"커피 더 하시겠습니까?" 독일어 억양이 섞인 영어로 묻는 말에 팀은 곧바로 "아뇨, 됐습니다"라고 프랑스어로 대답했다.

"벌써 석 잔이나 마셨거든요. 그보다 샌드위치 같은 게 있을까요? 배가 좀 고프군요."

남자는 바로 준비해드리겠습니다, 하고 역시 영어로 정중하게 말하고 응접실에서 나갔다. 팀은 그제야 숨을 마음껏 크게 내쉬었다. 잠시라도 혼자 있고 싶었다.

하야카와 오리에가 인접한 서재로 사라진 뒤 한 시간 반가량이 지났다. 그녀는 대체 책에서 무엇을 보고 있을까. 자신은 과연 오리에가 보는 것과 같은 것을 보게 될까. 어쩌면 적갈색으로 바랜 가죽 표지만 같고 속 내용은 전혀 딴판일 수도 있다.

전설의 컬렉터 콘라트 바일러. 미술계에 존재가 널리 알려져 있었으나, 팀은 실제로 있는 사람인지조차 알지 못했다. 상사인 톰 브라운인 척하고 수수께끼의 인물과 대면한 것만으로도 운이 좋았다. 뿐만 아니라 바일러 컬렉션 중에서도 숨은 보물 중의 숨은 보물이라 할 앙리 루소의 대작(바일러는 〈꿈을 꾸었다〉가 제목이라고 했다)을 볼 수 있었다. 더욱이 작품의 진위를 이제부터 이레에 걸쳐 판정해달라는 의뢰를 받았다. 단, 진위를 감정하는 사람은 그만이 아니다. 젊은 일본인 루소 연구자 하야카와 오리에도 함께 도전한다.

두 연구자에게 진위 감정을 의뢰한 것은 보아하니 보다 확실한 결과를 위해 이중으로 조사한다는 취지는 아닌 듯했다. 이래서야 마치 일대일 대결, 근대미술의 권위자와 미술사 학회에 혜성처럼 등장한 젊은 동양인 연구자가 맞붙는 게임 같지 않나.

게다가 승자에게 수여하는 상품은 수표나 트로피가 아니다. 승자는 〈꿈을 꾸었다〉의 취급 권한, 작품을 전매하든 전시회에 출품하든 어둠에 묻어버리든 어떻게 해도 된다는 엄청난 권리를 갖게 된다.

바일러는 그 작품과 오랜 세월을 함께 지냈다고 말했다. 그런데도 진위만 알면 그 뒤 어떻게 되든 상관없다고 내팽개친 셈이다. 그런 일이 있어도 되는 건가. 팀은 도무지 믿기지가 않았다. 동시에 상상도 못 해본 행운이 굴러들어온 것에 충분하고도 남는 스릴을 맛보고 있었다.

자신이 게임에 승리한다면 그 작품을 '앙리 루소 전'에 출품하겠다. 팀은 오로지 그것에만 마음을 집중하고 싶었다.

상사인 톰을 사칭하고 이곳에 와 있으니, 설사 자신이 그 작품을 진품으로 감정한다 해도 작품을 MoMA에서 전시하려면 여러 번잡한 수속을 밟아야 할 것이다. MoMA에서 전시하는 작품에 위작이 있어서는 결코 안 되거니와, 상사도 이 사회도 대체 어떤 경위로 작품의 소재를 파악했느냐고 집요하게 추궁할 게 틀림없다. 그 작품에 전시실의 스포트라이트를 비추기까지 넘어야 할 장애물이 터무니없이 많을 것이다.

하지만 지금은, 좌우지간 지금은 그 작품이 진품임을 밝혀내는 것, 그리고 밉살스러운 일본 여자의 주장을 논파하는 것에 집중해야 한다. 나머지는 전부 그 다음 생각할 일이다. 팀은 자신에게 강하게 타일렀다.

그나저나 진위의 판정 방법이 불가해했다. 바일러가 내놓은 '고서'에 적힌, 전부 일곱 장으로 구성된 '이야기'를 팀과 오리에가 차례대로 하루에 한 장씩 읽는다. 다 읽고 난 이레째에 강평을 하면, 결론이 진작이든 위작이든 보다 뛰어난 강평을 바일러가 받아들인다는 것이다. '고서'는 세상에 딱 한 권 있다. 한 사람씩 돌아가면서 읽으라고 바일러의 법정 대리인인 에릭 콘츠가 엄숙하게 말했다.

'이야기'를 읽는 순서는 축구에서 선공을 정할 때처럼 콘츠가 던진 동전으로 결정했다. 오리에가 선공을 택했다. 당연할 것이다. 연구자라면, 아직 아무도 본 적이 없는 문헌에 누구보다도 먼저 접하고 싶을 테니까. 오리에는 콘츠의 안내를 받아 서재로 들어갔다. 그러면서 팀을 얼핏 돌아보고 미소를 지었다. 팀은 여유 있군 하고 씁쓸하게 생각하며 그녀를 배웅했다.

지금 오리에가 대치하는 것은 대체 어떤 이야기일까.

그래, '이야기'다. 바일러는 '눈문'이라고도 '역사서'라고도 '연구서'라고도 하지 않았다. 그 책에는 '이야기'가 쓰여 있는 것이다.

연구자 오리에 하야카와는 상당한 독해 능력을 지니고 있을 터다. 그런 그녀가 겨우 이야기 한 장을 읽는 데 한 시간

반 가까이 걸리는 것을 보면 문장이 꽤 난해한 것 같다. 영어나 프랑스어가 아닌 다른 언어로 쓰여 있을 수도 있다. 혹시 독일어, 아니, 설마 라틴어인가? 그렇게 되면 읽기도 전에 두 손 들어야 한다.

탁상시계를 또다시 보았다. 11시 40분. 긴장과 불안에 짓눌릴 듯했다. 팀은 신선한 공기를 마시려고 커튼을 걷고 창문을 열려 했다.

문득 정원에 검은 옷을 입은 남자가 서 있는 게 보였다. 선글라스를 끼고 주위를 빠짐없이 둘러보고 있다. 경호원이다. 팀은 반사적으로 얼른 커튼을 쳤다.

저택 주변은 삼엄하게 경비되는 듯했다. 팀은 창가에 선 채 방 네 귀퉁이를 슬며시 올려다보았다. 두 곳에 감시 카메라가 설치되어 있었다.

그래, 우리는 완벽하게 감시 받고 있다는 말이군. 이 저택 안에서 수상한 행동을 했다가는 인류의 보물급 작품들이 곳곳에 있으니 순식간에 도둑이라는 혐의를 쓸 것이다.

역시 엄청난 곳에 발을 들여놓고 말았다. 팀은 등골이 오싹했다. 이미 돌이킬 수 없다. 절대로.

문에서 똑똑 노크 소리가 들렸다. 가볍게 헛기침을 하고 나서 "네" 하고 대답했다.

"드실 것을 가져왔습니다."

조금 전 흰 재킷을 입은 남자가 두꺼운 카펫 위로 왜건을 밀며 들어왔다. 이어서 콘츠가 그리고 하야카와 오리에가 나타났다. 팀은 오리에의 표정을 재빨리 훔쳐보았다. 뺨이 엷게 홍조를 띠었고 입술은 살짝 벌어져 있었다. 기이한 표정이다. 방금 꿈에서 깨어난 듯한, 도취된 얼굴이었다. 그 순간, 팀은 이제 자신이 읽게 될 '이야기'가 냉철한 연구자의 마음조차 녹여버리는 일급 자료임을 깨달았다.

콘츠가 흰 재킷을 입은 남자에게 독일어로 뭐라 지시를 내렸다. 남자는 왜건을 밀어 팀 앞을 지나쳐 방구석으로 운반했다. 법정 대리인은 팀에게 냉랭한 미소를 지어 보였다.

"샌드위치는 독서를 하고 나서 드시는 게 좋겠군요. 이쪽으로 오시죠, 브라운 씨."

콘츠를 따라 방을 나서는 순간, 팀은 자신도 여유를 보이려고 오리에에게 미소를 던졌다. 그러나 그녀는 자신을 거들떠보지도 않고 뭔가를 생각하듯 허공을 응시하고 있었다.

대기하고 있던 응접실 옆 서재도 역시 문이 복잡한 문양의 조각으로 장식되어 있었다. 콘츠가 소리 없이 문을 열었다. 팀은 안으로 한 발 들어섰다가 우뚝 멈춰 섰다.

그다지 넓지 않은 방은 창문이 없고 사방의 벽이 바닥에서 천장에 이르는 책꽂이로 뒤덮여 있었다. 색색의 가죽으로 장정된 책이 빽빽하게 꽂혀 있다. 바사리, 빙켈만, 뷜플린, 곰브리치. 동서고금, 미술의 역사와 예지가 가득한 방. 이 정경을 보고 가슴 설레지 않는 연구자가 있을까.

풍부한 장서에 눈을 빼앗겨 입구에 멍하니 서 있던 팀의 등 뒤에서 콘츠의 목소리가 들려왔다.

"자, 들어가시죠. 중앙 테이블로 가십시오."

방 한가운데에 묵직한 마호가니 테이블이 있었다. 그 위에 적갈색으로 바랜 가죽 표지 책이 한 권 놓여 있다. 팀은 테이블로 다가가 덮여 있는 표지를 위에서 내려다보았다.

표지에는 제목도 작가의 이름도 나와 있지 않았다. 이런 고서는 원래 모두 그렇다. 하지만 책등에는 제목과 작가 이름이 새겨져 있어야 하는데, 금색 선이 두어 줄 그어져 있을 뿐 글자는 보이지 않았다. 팀은 콘츠를 돌아보며 물었다.

"이건 누가 쓴 책입니까? 연대는……."

"질문은 일절 받지 않습니다." 콘츠가 즉각 말했다. "이 방에서 당신에게 허락되는 건 그 책에 쓰인 '이야기'를 하루에 한 장씩 읽는 것뿐입니다. '이야기'를 끝까지 읽기 전까지 질문이나 감상은 금지됩니다. 또 메모나 사진 촬영도 허용되지 않습니다. 도중에 자리를 뜨는 일도 삼가주십시오. 제한 시간은 90분. 그보다 빨리 끝나서 퇴실을 희망하실 때나 긴급사태 시에는 앞에 있는 벨을 울려주십시오. 모시러 오겠습니다."

매우 사무적으로 말하더니 "참고로 하야카와 씨는 제한 시간을 끝까지 쓰셨습니다만"이라고 덧붙였다. 테이블 위에 탁상용 벨과 작은 금색 탁상시계가 있었다. 시곗바늘은 11시 50분을 가리키고 있었다.

"질문 있으십니까?"라는 말에 "질문은 일절 받지 않으신다면서요?" 하고 즉각 맞받아치자, 콘츠는 씩 웃었다.

"그럼 90분 뒤에. 봉 부아야지(여행 잘 하십시오)."

그렇게 말하고는 문 뒤로 사라졌다.

팀은 테이블 앞에 달랑 하나 있는 아르데코 풍 의자를 빼서 앉았다. 정면을 올려다보자 바로 감시 카메라가 보였다. 한 장 이상 읽으려고 들면 다른 방에서 감시 중인 콘츠가 달려와 즉각 퇴장을 명할 것이다. 아무튼 이 방에서는 시키는 대로 하는 게 좋을 듯했다.

보드라운 가죽 표지에 손가락을 살짝 대보았다. 한시라도 빨리 '이야기'를 보고 싶은 기분을 달래며 천천히 표지를 넘겼다. 그 순간, 불가사의한 달콤한 향, 남국의 꽃향기가 피어오른 듯했다.

누렇게 변색된 책장이 나타났다. 속표지에 '이야기'의 제목인 듯한 글자가 보였다. 프랑스어였다.

J'ai rêvé(꿈을 꾸었다)

그 작품의 제목과 똑같다. MoMA에서 소장하는 루소 작품의 제목은 〈Le rêve(꿈)〉. 'rêve'를 MoMA 작품의 제목에서는 명사로, 이쪽에서는 동사로 쓴다.

손가락으로 종이 표면을 살며시 쓸었다. 두께가 약간 있는 질 좋은 종이는 비록 변색은 됐지만 심각한 손상은 없었다. 폰트도 그리 구식이라는 느낌은 들지 않았다. 이 책은 20세기 초엽 이전 것이 아니고 '고서'라 부를 정도는 아니라고 직감했다.

한 장 더 넘기자 장 표제지가 나타났다.

제1장 안식일

글자를 보고 팀의 마음은 술렁였다.

뭐지. 앙리 루소에 관한 '이야기'가 아닌가. 루소와 관련된 새로운 사실이 숨겨져 있는 게 아닐까 기대하고 있었는데, 이 장 제목을 봐서는 짐작이 되지 않았다.

바다에 뛰어들기 직전 보트 가장자리에 걸터앉는 다이버의 심정이었다. 무의식중에 숨을 멈추었다.

팀은 책장을 넘겼다. 방금 전 콘츠가 나가기 전에 남긴 한마디가 불현듯 떠올랐다.

봉 부아야지.

가슴에 치솟는 흥분은 그야말로 여행을 시작할 때와 비슷했다. 아니, 여행이라기보다 모험을 시작하는 듯한.

어느 화창한 겨울날, 하느님이 내려주신 안식일에 있었던 일입니다.

노트르담 대성당 앞 광장에 지친 표정의 초로의 남자가 나무 상자를 목에 걸고 우두커니 서 있었습니다.

나무 상자에 묶인 빨강과 하양 풍선이 이따금 산들바람에 흔들립니다. 하늘은 맑게 개었고, 갈매기가 대성당의 첨탑 바로 위를 스치듯 센 강 쪽으로 날아갑니다.

갑자기 대성당의 종이 울리기 시작했습니다. 일요일 미사를 마친 신앙심 깊은 사람들이 성당 안에서 광장으로 줄줄이 걸어 나옵니다. 실크해트를 머리에 얹은 신사, 보닛을 쓴 부인, 그 사이를 쫄랑쫄랑 뛰어다니는, 프릴 달린 블라우스를 입은 아이들. 정장을 한 사람들을 향해 누덕누덕 기운 프록코트를 입은 나이 많은 남자가 큰 소리로 외칩니다.

"봉봉 사세요. 파리 최고의 봉봉, 달콤하고 맛있는 봉봉. 지금만 풍선을 덤으로 드립니다. 자, 봉봉입니다. 봉봉 사세요."

금발 곱슬머리에 빨간 실크 리본을 맨 여자애가 남자 앞에 멈춰 서더니 "마망, 봉봉 사줘요"라며 어머니인 듯한 부인의 드레스 자락을 잡아당겼습니다. 부인은 생긋 웃으며 "그러자꾸나"라고 대답합니다.

"하나 줘요. 얼마죠?"

"다섯 개 들이 한 봉지에 50상팀입니다." 남자가 대답합니다. "두 봉지 사시면 풍선을 드립니다만."

"풍선 갖고 싶어."

여자애가 어머니에게 매달리자, 부인은 눈살을 찌푸리면서도 손목에 걸고 있던 비즈 핸드백에서 1프랑 동전을 꺼내며 말했습니다.

"봉봉 장수 아저씨, 장사 솜씨가 여간 아니시군요. 잔, 풍선을 받으렴."

"머리에 묶은 빨간 리본이랑 같은 색으로 드릴까요, 마드무아젤?"

남자는 나무 상자에서 사탕이 든 봉지 두 개를 꺼내고 빨간 풍선의 끈을 풀어 어린 숙녀에게 건넸습니다. 여자애는 풍선을 받으며 천진하게 말했습니다.

"아저씨 손 더러워."

어머니가 어머나 하고 난처한 표정을 지었습니다.

"그런 말 하는 거 아니에요, 잔. 죄송합니다. 딸아이가 실례되는 말씀을 드렸네요."

"아뇨, 괜찮습니다. 사실인걸요. 씻어도 영 지워지지 않는군요."

남자는 웃으며 부인에게 두 손을 내밀었습니다. 열 손가락 전부에 녹색이며 검정 그림물감이 들러붙어 있습니다. 부인은 또다시 어머나 하고 중얼거렸습니다.

"그림이 취미이신가요?"

부인의 질문에 남자는 조금 자랑스레 대답했습니다.

"아뇨, 취미가 아니라 본업입니다. 전 화가입니다."

그러고는 목에 건 나무 상자에서 명함 한 장을 꺼내 건넸습니다.

"그림도 가르치는데, 괜찮으시면 따님과 함께 어떠신지요?"

앙리 루소 앙데팡당 협회 화가 페렐 거리 2번지 파리

그림 및 바이올린 레슨 상시 모집

명함에 그렇게 쓰여 있었습니다.

페렐 거리 2번지는 파리 중심부에서도 최하층 사람들이 사는 몽파르나스 지구 변두리에 있었습니다. 6층짜리 아파르트망의 5층, 작은 거실과 작은 침실, 달랑 방 두 개가 화가 앙리 루소의 아틀리에 겸 집이었습니다.

자그마한 집이었지만 홀아비 혼자 살기에는 충분했습니다. 그림과 바이올린을 가르치고 주말에 봉봉을 팔아 그럭저럭 수입을 얻었지만, 대부분을 캔버스와 물감에 써버렸습니다. 되도록 간소하게 식사하고 쓸데없는 지출을 줄이는데도 집세가 벌써 두 달 밀렸습니다. 독촉하는 집주인에게 가족의 초상화를 그려주겠다고 약속했습니다. 그러려면 캔버스와 물감을 또 새로 사야 합니다. 이번 달은 봉봉 상점에도 두 달치 대금을 지불해야 합니다. 그쪽 주인에게도 가족의 초상화를 그려주겠다는 말로 그럭저럭 넘긴 상황입니다. 그 밖에도 두 달뒤로 다가온 앙데팡당 전에 출품할 작품 제작을 서둘러야 합니다. 수입의 대부분이 캔버스와 물감 값으로 사라졌지만, 화구 상점에 줄 돈도 부족합니다. 부지런히 일하면 일할수록, 온 힘을 다해 그림을 그리면 그릴수록 생활은 점점 궁핍해집니다. 루소에게는 안식일이 없었습니다.

팔다 남은 봉봉이 든 나무 상자를 어깨에 메고 아파르트망의 좁다란 나선계단을 삐걱거리며 올라갑니다. 예순한 살 먹은 그에게 계단을 오르내리기는 쉽지 않았습니다. 대형 캔버스를 운반할 때만은 화구 상점의 인부에게 부탁하는데, 삯으로 5프랑을 줘야 합니다. 그것도 아까웠지만, 계단에서 떨어져 뼈라도 부러졌다가는 그림을 그릴 수 없으니 필요 경비라 해야겠죠.

간신히 5층에 다다라 열쇠를 꺼내 문을 찰칵 엽니다. 이렇게 가난한 아파르트망을 노리는 도둑은 없으니 주민들은 대개 문을 잠그지 않습니다. 하지만 루소는 꼬박꼬박 문을 잠그고 다녔습니다. 집에서 가장 값나가는 것은 바이올린이었는데, 벼룩시장에 내놓으면 20프랑도 못 받을 것입니다. 그래도 만에 하나 도둑맞아 바이올린 레슨을 못 하게 되면 생계를 이을 수단을 하나 잃게 되니 곤란합니다.

루소는 어렸을 때부터 바이올린을 연주했습니다. 바이올린은 그에게 인생의 벗이었습니다. 첫 아내인 클레망스가 타계했을 때는 그녀를 생각하며 왈츠를 작곡해서는 악보를 인쇄해 아는 이들에게 나눠준 적도 있을 정도입니다. 집이 좀 더 경제적으로 윤택했다면 루소는 음악가의 길을 걸었을지도 모릅니다. 하지만 다행인지 불행인지 음악은 어디까지나 '취미'에 머물렀습니다. 프로페셔널 화가를 자칭하는 지금에 이르러서는 음악의 길로 가지 않아 다행이라고 스스로 생각하고 있었습니다.

문을 열자 곧바로 숨이 턱 막힐 듯한 짙은 냄새, 유화 물감의 냄새가 밀려듭니다. 들어가자마자 바로 나오는 거실이 루소의 아틀리에였습니다.

캔버스가 좁은 방을 가득 메우고 있었습니다. 사용하지 않은 것은 하나도 없습니다. 모두 뭔가가 그려져 있었습니다. 정면을 바라보는 고지식한 인물화, 파리 교외의 풍경, 꽃병에 꽂은 달리아, 얼굴을 찡그린 귀엽지 않은 어린아이. 이젤에는 대형 캔버스가 놓여 있습니다. 화면 위쪽에 나팔을 부는 여신이 동그마니 떠 있습니다. 그 주변은 아직 하얀 여백입니다. 목탄으로 그린 깃발이며 나무가 희미하게 보입니다.

벽에는 온갖 종잇조각을 핀으로 꽂아놓았습니다. 비행선

사진, 에펠탑 그림엽서, 신문기사 스크랩. 사진과 삽화가 있는 신문 〈일뤼스트라시옹〉에서 오린 게 많습니다. "앙리 루소씨, '살롱 도톤'에서 또다시 화제 만발"이라는 글자가 보입니다. 몇 번을 봐도 황홀한 제목입니다.

이젤 옆에 있는 붉은 벨벳 소파에 봉봉 상자를 내려놓고, 루소는 프록코트를 입은 채 이젤에 놓인 캔버스 앞에 서서 팔짱을 끼고 꼼짝 않고 바라봅니다. 그러고는 긴긴 한숨을 쉬었습니다.

"아아, 정말." 그는 저도 모르게 혼잣말을 했습니다. "이 작품이 완성되면 또다시 화제 만발이겠지."

땡, 땡, 땡. 오후 3시를 알리는 종소리가 근처 교회에서 들려왔습니다. 정신이 든 루소는 창문을 열었습니다. 찬 공기가 순식간에 방 안으로 흘러듭니다.

창가로 몸을 내밀고 아파르트망의 안마당을 내려다봤습니다. 포석을 깐 마당 중앙의 우물가에 여자가 서 있었습니다. 열심히 펌프를 눌러 금속 대야에 물을 긷는 게 보입니다.

"봉주르, 야드비가!"

루소는 큰 소리로 인사했습니다. 그의 목소리에 여자는 잠깐 고개를 들더니 곧 다시 펌프질을 합니다. 루소는 노래하듯 그녀에게 말했습니다.

"방금 돌아왔어. 잠깐만 기다려봐! 당신한테 줄 게 있으니까."

상자에서 팔다 남은 봉봉을 한 봉지 서둘러 꺼내고 빨간 풍선을 풀어 급히 계단을 달려 내려갑니다. 봉봉을 팔고 돌아왔을 때는 5층이 천국처럼 멀게 느껴졌건만, 루소는 눈 깜짝할 새 안마당으로 내려갔습니다. 일요일 오후 3시면 그녀가 우물가에 나타나는 것을 알고 있었습니다. 그렇기에 오늘은 덤으로 주는 풍선을 일부러 하나 남겨놓았습니다.

"안식일에도 일을 하다니 당신은 정말 부지런하네, 야드비가."

루소는 대야에 무더기로 쌓인 속옷을 빨래판에 북북 비벼 빠는 여자에게 말을 걸었습니다. 야드비가라고 불린 여자는 대답하지 않습니다. 루소는 몸을 굽혀 "자, 이거"라며 봉봉과 풍선을 내밀었습니다. "마음에 들면 좋겠는데."

야드비가는 빨래를 비비던 손을 멈추고 루소를 돌아보았습니다. 새빨갛게 튼 두 손을 앞치마로 훔치고는 허리에 손을 얹고 "당신 바보야?" 하고 말했습니다.

"그런 빤한 거 받고 좋아하는 여자가 어디 있어? 난 평범한 마드무아젤이 아니라고. 이래봬도 서방 있는 몸이야. 유부녀를 꼬시려면 좀 더 그럴싸한 걸 가져오라고."

"알아, 야드비가." 루소는 어깨를 움츠리며 허둥지둥 대답했습니다. "당신한테 어엿한 배달부 남편이 있다는 건 나도 알지. 당신을 꼬시다니, 그런 주제 넘는 일은 생각도 안 해봤어. 그저……"

"그저, 뭐?"

야드비가가 무섭게 노려봅니다.

"아니, 저, 여성은 전부 이런 걸 좋아하는 줄 알았거든. 색이 예쁘고 보드랍고 꿈같은 걸."

루소는 풍선을 살짝 찌르며 말했습니다. 야드비가는 흥 하고 코웃음을 쳤습니다.

"저렇게 쪼그만 걸? 기왕이면 그걸 가져와보라고. 에펠탑보다 더 높이 나는 그거. 비행선."

"비행선?" 루소는 놀라 큰 소리로 말했습니다. "아니, 아무리 그래도 그건 좀……. 하루 빌리려면 대체 얼마나 들지……. 빌릴 수 있으려나……. 아니, 그렇지만 당신이 원한다면 내가 아는 아카데미 교수를 통해서 어떻게든 될지도 몰라."

업신여기는 눈으로 노려보던 야드비가는 루소가 하도 허둥거리자 급기야 웃음을 터뜨렸습니다.

"정말 어처구니가 없네, 당신." 끝에 가서는 요란하게 웃어대며 야드비가는 말했습니다. "세탁부랑 봉봉 장수랑 비행선 타고 센 강 위에서 랑데부를 한다고? 나 참, 기가 막혀서."

"그렇지 않아, 야드비가. 난 봉봉 장수가 아니라 화가야. 영예로운 앙데팡당 협회에서도, 살롱 도톤에서도 인정받은 화가라고."

루소는 야드비가가 웃어준 게 기뻐서 가슴을 펴고 그렇게

말했습니다. 야드비가는 더욱 우습다는 듯 웃습니다. 루소는
한층 우쭐해서 자랑거리인 콧수염에 힘을 주고 야드비가에게
말했습니다.

"당신도 세탁부 같은 게 아냐. 난 알아. 아무도 모르는, 당
신 자신도 모르는 진실을 가르쳐줄까. 사실 당신은 낙원의 귀
공녀야. 이국의 피리 부는 사람도, 코끼리도 원숭이도 사자
도, 정글 속에서 숨을 죽이고 당신의 일거수일투족을 바라보
고 있어. 모두가 당신한테 푹 빠진 거야."

세탁부는 루소의 말을 들으려 하지도 않고 그저 요란하게
웃기만 합니다.

페렐 거리 2번지로 이사 온 지 8주, 야드비가라는 이름의
남편 있는 세탁부를 처음 만난 지 7주. 안식일이 돌아올 때마
다 노화가의 짝사랑은 더욱 깊어질 뿐입니다.

앙리 루소가 진지하게 그림을 그리기 시작한 것은 정확히
마흔 살 때였습니다. 당시 루소는 파리 시 입시세관의 말단
공무원이었습니다. 공무원 하면 그럴싸하게 들리지만, 실제
로는 파리 시내에 드나드는 상인의 마차와 인력거를 세워 입
시세를 징수하는 문지기나 다름없는 일이었습니다. 딱히 출
세한 것은 아니지만, 착실하게 일하고 일이 끝나면 곧장 집으
로 돌아오고 안식일이면 바이올린을 연주하는 검소한 생활을
이어나가고 있었습니다.

루소는 프랑스 서부의 소도시 라발에서 태어났습니다. 아버지는 함석공으로 일하면서 부업으로 부동산 중개를 했습니다. 중세의 성문이었던 뷔슈레스 문의 탑이 루소의 생가였습니다.

소년 루소는 결코 성적이 좋은 학생은 아니었지만, 음악과 미술 점수만은 꽤 높았습니다. 유감스럽게도 가족 중 누구도 그 점을 알아차리지 못했습니다. 루소는 예술가가 되겠다는 생각이 없이 평범하게 성장해서 이윽고 앙제라는 도시에서 변호사 사무실에 취직했습니다. 그러다가 장난으로 친구와 함께 사무실에서 도둑질을 했습니다. 그게 들통 나 고발됐지만 재판에서 간신히 정상참작이 되었습니다. 그 뒤, 루소는 가족이 세간의 중상에 시달리는 것을 막기 위해 앙제 보병연대에 자원입대합니다. 군 복무는 고통스러웠지만, 도둑이라는 오명을 평생 쓰고 사는 것보다는 나았습니다.

그 뒤, 루소는 스물네 살 때 파리로 올라와 집행관 사무소에서 일하기 시작했습니다. 얼마 되지 않아 하숙집 딸인 클레망스와 결혼해 2남 3녀를 얻었습니다만, 아이들은 잇따라 세상을 떠나고 셋째 딸인 줄리아와 둘째 아들인 앙리 아나톨만 살아남았습니다. 그 뒤, 클레망스는 결핵으로 타계하고 아나톨도 열여덟 살 나이에 병사합니다. 줄리아는 열여덟 살 때 앙제에 있는 삼촌 집에서 살기 시작해, 결혼한 뒤로는 거의 소식이 끊겼습니다. 루소는 쉰 살에 조제핀이라는 여자와 재혼했지만, 결혼하고 겨우 4년 만에 두 번째 부인도 어의었습니다.

파리 시 입시세관에 근무하던 시절, 루소가 안식일에 누리는 낙은 바이올린 외에 또 하나, 루브르 미술관에 가는 것이었습니다. 계기는 무척 단순했습니다. 파리에 살면서 파리가 자랑하는 미술관에 안 가다니 말이 되느냐, 그렇게 생각한 것이었습니다.

당시 파리에서는 일종의 미술 붐이 일고 있었습니다. 만국박람회가 개최되어 세계 각국의 진기한 공예품이며 미술품을 볼 수 있었고, 매년 파리 미술 아카데미에서 주최하는 '살롱'에서는 훌륭한 예술가들이 실력을 겨루었습니다. 도시 생활을 구가하는 시민들은 살롱에서 좋아하는 화가를 찾아내 초상화와 풍경화를 사들였습니다. 살롱에서 입선해 아카데미에게 인정받은 화가는 이제 당당히 예술가를 자임할 수 있습니다. 그의 작품은 부잣집 거실을 장식하고, 뿐만 아니라 장차 루브르에서 전시될 가능성까지 약속되는 셈이었습니다.

루브르 미술관은 루소에게 유원지처럼 가슴 설레는 장소였습니다. 평소에는 검소한 생활에 유념하는 만큼, 루브르에 있을 때는 마음이 한껏 들떠 마치 저 많은 명화를 자신이 탄생시킨 듯한 기분입니다. 어떤 때는 자크루이 다비드가 되어 나폴레옹 1세의 대관식에 임합니다. 또 어떤 때는 제리코가 되어 거친 바다에서 조난을 당해 파도에 휩쓸리는 뗏목에 올라

탑니다. 어느새 루소는 공상 속에서 궁정 또는 황제 직속 화가가 되어 작품을 후세에 남기는 명예로운 작업에 몰두하곤 했습니다.

그러다가 마흔 살 때 루브르 미술관의 모사(模寫) 허가증을 얻었습니다. 신청하면 누구나 주는 것은 아니고, 어느 정도 그림 실력이 있는 사람만 얻을 수 있었습니다. 음악과 더불어 그림도 취미였던 루소는 루브르에서 그림을 그려도 된다는 허가를 받고 무척 기뻐했습니다.

어느 날, 루소는 모사를 하던 중 당시 한창 유명했던 아카데미 화가 윌리앙 아돌프 부그로의 작품을 보고 퍼뜩 깨닫습니다.

어라? 혹시 나도 이런 식으로 여신이나 천사를 그릴 수 있지 않을까?

그때까지 느껴본 적이 없는 기묘한 유혹이었습니다. 물론 부그로는 아카데미의 대가입니다. 아마추어가 흉내 낸다고 흉내 낼 수 있는 상대가 아닙니다. 그런데도 왜 그런지 루소는 생각하고 말았습니다. 자신은 부그로를 뛰어넘는 화가가 될 수 있을지도 모른다고.

일단 그런 생각이 들고 나니, 본격적으로 자신의 그림을 그려보고 싶다는 유혹에 안절부절못하겠습니다. 루소는 결국 화구 상점으로 가서 주머니를 탈탈 털어 최고급 캔버스와 붓, 물감, 팔레트 일습을 샀습니다. 이젤이 없으니 식탁 위에 캔버스를 세우고 신문 스크랩의 사진을 보고 한 장 똑같이 그려 봤습니다. 댄스를 즐기는 젊은이들 그림이었습니다. 결과는 놀라웠습니다. 스스로도 믿기지 않았지만, 첫 작품부터 참으로 손쉽게 부그로를 뛰어넘는 명작을 탄생시켰다는 생각이 들었습니다.

루소는 처음 그린 자신작으로 살롱에 응모했습니다. 보기 좋게 입선한 데뷔작 앞에서 부그로와 악수하는 장면을 그리며 결과를 기다렸지만, 어째서인지 낙선했습니다. 낙심한 것도 하루뿐, 그다음 날에는 이미 다음 살롱에 출품할 신작에 착수했습니다.

루소는 심사위원 중에 부그로가 없었던 게 틀림없다고 상상했습니다. 부그로가 있다면 본인과 똑같은 낭만파의 고귀한 냄새를 감지해줄 것이다. 부그로가 심사위원으로 참가해주기만 하면 문제없을 것이다.

그렇게 스스로를 격려하기는 했지만 사실 루소의 낙담은 무척 컸습니다. 자신보다 훨씬 젊은 화가들이 잇따라 살롱 데뷔에 성공합니다. 자신은 벌써 마흔한 살, 인생도 후반입니다. 살롱의 심사위원회에는 응모자의 연령을 고려해주는 대범함이 없는 걸까.

그 뒤 얼마 되지 않아 살롱 낙선자들이 모이는 전시회의 존재를 알게 됐습니다. '앙데팡당(독립)'이라는 이름의 전시회는 심사가 전혀 없이 출품자 전원의 작품을 특설 회장에 전시합니다. 그랑팔레가 아닌 게 아쉽지만, 아무튼 작품을 공개 전시할 수 있는 셈입니다. 말하자면 프랑스 국민의 심사를 받는 일 아닌가. 아카데미 화가가 대수냐, 국민의 인기를 얻어야 화가는 진정한 의미로 확립되는 것이다. 루소는 결의를 다졌습니다.

루소의 예상은 보기 좋게 적중했습니다. 앙데팡당에서 처음 대중 앞에 선보인 루소의 작품은 깜짝 놀랄 만큼 인기를 얻었습니다. 사람들은 전시회장에 도착하면 루소의 작품이 있는 전시실로 앞다투어 몰려갔습니다. 그의 작품 앞에서 어떤 이는 배꼽을 쥐고 웃고, 어떤 이는 웃다 못해 호흡 곤란을 일으킬 지경이었습니다. "이렇게 기분 나쁜 그림은 처음 보네요"라면서 얼굴이 창백해져서 나가는 노부인도 있었습니다. 신문과 미술 평론지마다 기사가 실렸습니다. "앙리 루소 씨, 앙데팡당에서 화제 만발. 조소에도 주눅 들지 않고 풋내기 그림을 계속해서 그려내는 루소 씨에게 행운이 있기를!" 이런 기사를 보고 더 많은 이들이 전시회를 찾습니다. 마치 서커스나 다름없었습니다.

루소는 자신의 이름이 실린 기사는 심지어 중상하는 내용이라 해도 모두 오려 스크랩북에 말끔하게 붙여놓았습니다. 이 정도로 국민의 이목을 모으고 이 정도로 인기를 얻었는데 어째서 그림 제작 의뢰서 한 통 오지 않는 걸까. 혹시 앙데팡당 사무국에 의뢰가 너무 많이 몰려들어 담당자가 쩔쩔매고 있는 것은 아닐까. 그렇게 생각해서 사무국에 문의도 해보았습니다. "아뇨, 므슈 루소. 그림 제작 의뢰는 한 건도 없습니다." 사무국 담당자는 차갑게 대답할 뿐이었습니다.

가족은 루소가 점차 일도 제쳐놓고 붓만 맹렬히 놀리는 것을 잠자코 바라보았습니다. 어처구니없다는 태도로. 완성된 작품을 황홀한 표정으로 요리조리 뜯어보다가 루소는 마침내 가족 앞에서 선언했습니다. "난 오늘부터 화가가 되겠어." 아내는 상대도 하지 않았고, 아이들은 어리둥절한 표정을 지을 뿐이었습니다.

루소는 그림을 그리는 게 너무나도 즐거워서 그림 그리는 일 외에 시간을 단 1초도 쓰고 싶지 않다고 절실하게 생각했습니다. 그래서 마흔아홉 살에 과감하게 세관을 그만두었습니다. 퇴직 이유는 '앞으로 붓 한 자루로 생활하고 싶다'. 상사와 동료는 비웃기도 하고 진심으로 걱정해주기도 했지만, 결의는 바뀌지 않았습니다.

그 뒤로 10년 이상 지났습니다. 어느새 아내도 아들도 세상을 떠나고 딸은 결혼해, 혼자서 생활하기 시작한 지 벌써 3년쯤 됐습니다. 빵과 수프뿐인 식사와 계단 오르내리기도 고됐지만, 무엇보다도 힘겨운 것은 이렇게 심혈을 기울여 그린 그림이 팔리지 않는다는 사실이었습니다.

루소는 매년 한 번씩 앙데팡당에 작품을 출품했습니다. 작년에는 살롱 도톤에도 출품해서 만인에게 호평을 얻었습니다. 그런데도 제대로 된 그림 제작 의뢰는 한 건도 없었습니다. 이웃 사람이 정물화를 부탁하거나 빚을 갚는 대신 이쪽에서 먼저 초상화를 그려주겠다고 제안하는 것뿐. 앙데팡당에 출품하는 작품은 해마다 사이즈가 커지는데, 사주는 사람이 없는 채 고스란히 쌓여 있습니다. 아틀리에로 쓰는 아파르트망의 거실이 좁아지는 바람에, 그리고 집주인의 집세 독촉을 견디지 못하고 몇 번씩 하숙을 옮겨야 했습니다.

언젠가 이 그림들이 모조리 팔릴 것이다. 루소는 그렇게 믿으며 여러 대작을 파라핀지로 잘 싸서 소중히 보관했습니다.

내 그림이 팔리는 것은 결코 기적이 아니다. 필연이니 그저 조용히 기다리기만 하면 된다.

하지만 대체 얼마나 기다려야 하는 걸까. 유명한 미술상, 또는 대부호, 또는 유명한 컬렉터가 나타나 므슈, 훌륭합니다, 당신은 천재로군요, 당신 작품을 통째로 사겠습니다, 라고 눈앞에서 수표를 쓰는 그날까지.

용기를 잃을 것만 같았습니다. 자신의 작품이 팔리는 것은, 아니, 자신이 세상에서 정당한 평가를 받는 일은 필연이 아니라 기적인 걸까. 캔버스 값도 물감 값도 한두 푼이 아닌데, 이제 대작은 그리지 않는 편이 나을까.

그러다가 작년 말에 이 하숙에 자리를 잡았습니다. 역시 더 큰, 더 대단한 작품을 그리자고 결심한 것은 그 일주일 뒤였습니다. 야드비가라는 이름의 여자를 알게 된 다음이었습니다.

매주 일요일 오후 3시에 루소가 사는 아파르트망의 안마당에 빨래를 하러 오는 여자. 느슨하게 웨이브 진 긴 밤색 머리, 짙은 눈썹과 기름한 눈, 이국적인 용모의 세탁부. 마침 루소가 일수를 벌려고 봉봉 장사를 시작한 무렵이었습니다. 노트르담 대성당에서 돌아온 루소는 대야 속 빨래와 격투를 벌이는 그녀를 보자마자 흠칫했습니다.

그 '흠칫'이 대체 무엇인지 그때는 몰랐습니다. 많은 화가가 '영감'이라고 부르는 것이었을지도 모릅니다. 아무튼 '이 사람을 그려보고 싶다'는 충동이 루소의 마음속에 불현듯 생겨난 순간이었습니다.

야드비가라는 이름을 그녀에게 알아내는 데 안식일을 세 번 셌습니다. 결혼했다는 정보를 얻어내기까지 세 번 더. 자나 깨나 당신 생각뿐이라고 말하기까지 앞으로 몇 번 더 안식일을 세어야 할지는 알 수 없었습니다.

일단 안식일을 두 번 세기로 했습니다. 비행선이 떠 있는 풍경화를 완성해 그녀에게 가져다 줄 때까지. 작은 풍경화 한 점을 그녀를 위해 완성한다면, 할 일이 늘어나는 것도 화구 상점에 갚아야 할 외상값이 불어나는 것도 화가에게는 기쁨이었습니다.

S

여름날 저녁, 바젤 시가는 아직 충분히 환하다.

서서히 주황색이 짙어져가는 하늘을 비추며 라인 강이 도도히 흘러간다. 강변에 덱 체어를 내다놓고 와인을 마시며 환담하는 시민들도 하나둘 보인다.

팀과 오리에를 태운 캐딜락이 라인 강변에 위치한 최고급 호텔 드라이 쾨니게(세 명의 왕) 호텔 정면 현관 앞에 멈춰 섰다. 도어맨이 뒷좌석 문을 열어주고 벨보이 둘이 달려왔다. 입구에서 호텔 지배인, 요제프 리하르트가 두 사람을 맞아주었다.

"어서 오십시오, 브라운 씨, 하야카와 씨. 저희 호텔을 대표해서 두 분을 환영합니다. 객실 준비는 이미 끝났습니다만, 혹시 피곤하시지 않다면 바에서 샴페인 한 잔 어떠십니까?"

솔직히 팀은 술을 더 하고 싶은 기분이었다. 하지만 오리에가 "죄송하지만 사양하겠습니다. 좀 피곤해서요"라고 대답하는 바람에 "아니, 저도……" 하고 어물거렸다.

"그러십니까." 리하르트는 사교적인 웃음을 지으며 대답했다. "저녁식사는 어떻게 할까요? 저희 호텔 레스토랑 아니면 시내 스위스 음식점에 예약해드릴 수도 있습니다만."

"전 아무것도 필요 없어요. 오늘은 그만 쉬고 싶습니다."

오리에가 힘없이 웃으며 말했다.

"저도…… 아니, 전, 그렇군요. 라인 강변에 생선 요리 음식점이 있죠? 거기서 간단히 요기나 할까요. 매년 아트 페어 시기에 들르거든요."

팀은 자신이 '톰 브라운'이라는 사실을 생각해내고 짐짓 그렇게 말했다.

"아, 네, '트로이메라이' 말씀이시군요. 거기 포렐레 블라우는 일품이죠. 몇 시로 예약할까요?"

"8시로."

"알겠습니다. 그쪽 지배인에게 식사 대금은 호텔로 청구하라고 전해놓겠습니다."

웃는 얼굴로 그렇게 말하더니 덧붙였다.

"저희 호텔 오너에게 지시 받은 대로, 저희를 경유해서 예약하신 것은 식사, 차, 꽃다발, 미용실 이용까지 전부 호텔에서 비용을 부담합니다. 마드무아젤도 편히 이용해주십시오."

지배인은 오리에게 웃음을 지었다. '저희를 경유해서'에 악센트가 강하게 들어가 있었다. 그렇게 해서 두 사람의 행동을 감시한다는 뜻인가.

드라이 쾨니게는 과거 나폴레옹 1세, 괴테, 엘리자베스 2세 등 유명 인사가 묵었던 유서 깊은 호텔로, 본래는 어시스턴트 큐레이터 따위가 묵을 수 있는 곳이 아니다. 오랜 역사 가운데 주인이 몇 차례 바뀌어 현재는 콘라트 바일러가 오너였다. 팀은 체크인을 할 때 여권을 요구했다가는 끝장이겠다 싶어 오싹했는데, 수속은 일절 없었다. 어쩌면 자신의 호텔 관계자에게조차 '어떤 인물이 투숙하는지' 알리지 않으려는 것일지도 모른다.

《꿈을 꾸었다》 제1장을 읽은 뒤 늦은 오찬회가 열려 팀과 오리에는 바일러와 콘츠를 상대로 대화가 뜸한 점심식사를 했다.

그리 길지 않은 제1장 〈안식일〉을 팀은 오리에와 마찬가지로 90분을 최대한 써서 읽었다. 처음에는 되도록 가볍게 읽고, 두 번째에 차분히 세부를 검증하며 읽는다. 그런 작전을 세워 임한다고 했건만, 바닷속을 향해 가라앉는 닻처럼 순식간에 이야기의 세계에 깊숙이 빠져들고 말았다.

이야기는 물론 처음 접하는 것이었다. 지극히 어려운 내용, 또는 루소와 전혀 무관한 내용이면 어떻게 하나 하는 염려는 첫 두 줄을 읽고 흔적도 없이 사라졌다. 정통 프랑스어로 쓰인 데다 맥이 빠질 만큼 단순하고 루소 본인에게 초점을 맞춘 이야기였다.

무대는 파리, 시대는 1906년이라는 것을 읽기 시작하고 바로 알았다. 루소가 페렐 거리 2번지로 이사한 게 1905년 말, 그 이듬해에 있었던 일이라고 나와 있기 때문이다. 당시 루소는 앙데팡당의 단골 출품자였거니와, 1905년에 살롱 도톤에 명작 〈굶주린 사자〉를 출품해 본격적으로 주목을 받고 있었다. 하지만 작품은 좀처럼 팔리지 않아서 일수를 얻기 위해 봉봉을 팔러 다녔다는 것도 알고 있다. 간단히 그려진 루소의 내력도 사실(史實)과 비교할 때 거의 정확할 것이다.

그나저나 기묘한 이야기다. 이것은 사실인가, 아니면 창작인가.

그 이전에 누가 이 이야기를 썼나. 대체 무슨 목적으로?

경제적으로 고생했던 루소를 묘사하는 대목은 실제와 똑같다. 화구 상점에 계속 외상을 긋다가 고소를 당하기도 했다. 집세가 밀려 대신 초상화를 그려주었다는 것은 연구자들 사이에서도 잘 알려진 사실이다. 하지만 루소가 이렇게까지 자신감이 넘치고 자기 작품이 부그로를 뛰어넘는 명작이라고 멋대로 믿는다는 부분이 이상했다.

게다가 '야드비가'의 등장. MoMA에서 소장하는 루소의 대표작 〈꿈〉에서 여주인공처럼 군림하는 나부의 이름과 일치한다. 루소는 만년에 제작한 이 작품에 바치는 시를 썼다. 문학적으로는 '못 썼다'고 할 수 있는 시. 하지만 목가적이고, 은밀하고, 감상적인 시. 그 시에 등장하는 여자의 이름, 야드비가.

자나 깨나 당신 생각뿐이라고 말하기까지 앞으로 몇 번 더 안식일을 세어야 할지는 알 수 없었다고 제1장 끝부분에 쓰여 있었다. 팀은 이 구절에 주목했다.

이것은 역시 창작, 그것도 러브 스토리 아닐까. 앙리 루소 본인의 시점에서 쓴 애달픈 사랑 이야기다.

158

그리고 마지막 구절 끝머리에 붙은 글자 S.

수수께끼 같은 대문자를 뚫어지게 쳐다보는 사이에 제한 시간이 끝나고 말았다. 이 1장을 쓴 인물의 머리글자일까.

서재로 팀을 데리러 온 사람은 콘츠가 아니라 집사 슈나젠이었다.

"고생 많으셨습니다. 이 뒤 므슈 바일러가 주최하시는 환영 오찬회에 참석해주십시오."

샹들리에가 반짝반짝 빛나는 식당에서, 바일러와 콘츠, 팀, 오리에, 겨우 네 명이 자리한 오찬회는 마치 장례식처럼 조용했다. 오리에는 내내 생각에 잠겨 있는 듯 조금도 포크를 놀리지 않았다. 팀도 마찬가지였다. 콘츠에게 '질문이나 감상은 금지'라는 말을 들은 상황에 대체 무엇을 이야기하라는 말인가.

"내일은 아침 9시에 호텔로 차를 보낼 테니 두 분이 함께 저택으로 오십시오. 오늘처럼 하야카와 씨가 선공으로 각각 90분씩 제2장을 읽으시고, 그 뒤엔 자유롭게 보내셔도 됩니다."

헤어질 때 콘츠가 말했다. 그러더니 "여기 사인해주시죠"라며 가죽 파일 홀더를 펴 서류를 내놓았다. '바일러 저택에서 보고 들은 일체를 타인에게 발설하지 않는다. 계약을 위반할 경우 책임을 진다'는 내용이 종이 한 장에 영어로 쓰여 있었다.

팀과 오리에는 얼마 동안 서류를 응시하다가 오리에가 먼저 사인했다. 팀은 잠시 망설였지만 이윽고 익숙한 상사의 사인, 마구잡이로 갈겨 쓴 'T. Brown'을 흉내 내서 사인을 했다.

아아, 결국 저지르고 말았다. 이로써 문서 위조죄 성립이다.

이 사실이 발각됐다가는 MoMA에서 당장 쫓겨날 것이다. 뿐만 아니라 미술계에 평생 발붙일 수 없을 것이다. 빌어먹을, 어떻게 책임을 져줄 거냐, 루소.

그런 이유로 술을 더 마시고 싶은 기분이었다. 하지만 오리에에게 함께 마시자고 할 수는 없다. 강평하는 날까지 감상은 봉인해야 하니까.

이렇게 되면 리하르트가 추천하는 레스토랑에서 송어 요리를 실컷 먹고 리슬링을 퍼마셔주겠다.

호텔 객실은 팀이 4층, 오리에가 5층이었다. 두 사람은 엘리베이터에 함께 올라탔다. 낡았지만 관리가 잘된 금색 밀실은 천천히 상승하기 시작했다. 두 사람 사이에 대화는 없었다. 바일러 저택에서 오리에가 서재로 안내되었을 때 이래로 지금까지 줄곧.

땡 하는 소리와 함께 엘리베이터가 4층에 멈춰 섰다. 팀은 내리면서 오리에를 돌아보고 "그럼 내일 또"라고 말했다. 오리에는 역시 침묵했지만, 문이 닫히기 직전 갑자기 엘리베이터에서 내렸다. 놀라서 우뚝 선 팀 앞에 서더니 오리에는 말했다.

160

"하나 묻고 싶은 게 있습니다. 제1장, 마지막 구절 끝머리에 대문자가 있었나요?"

오리에의 눈빛은 진지했다. 진실만을 말해달라고 호소하는 시선이었다. 팀은 저도 모르게 고개를 끄덕였다.

"그래, 있었어. 분명히 봤어."

"무슨 자였죠?"

"……'S'."

오리에의 눈초리가 문득 누그러졌다. 오리에는 "다행이네요"라며 안도의 한숨을 쉬었다.

"그래요, 분명히 'S'였어요. 그럼 내가 읽은 거랑 당신이 읽은 게 같다는 뜻이군요."

보아하니 오리에도 자신과 마찬가지로 '두 사람이 같은 이야기를 읽는가' 하는 점이 마음에 걸렸던 모양이다. 팀은 오리에가 질문했다는 데에서 약간 용기를 얻어 물어보았다.

"그 이야기를 창작한 사람의 머리글자일까? 어떻게 생각해?"

오리에는 문득 미소를 지었다. 그녀는 콧대 높은 연구자로 돌아와 말했다.

"어떻게 그걸 '창작'이라고 단언하는 거죠?"

땡 소리와 함께 엘리베이터의 금색 문이 열렸다. 오리에는 안으로 들어가 긴 검은 머리를 찰랑이며 돌아보더니 감정이 없는 목소리로 고했다.

"그럼 내일."

닫히는 문 저편으로 차가운 미소가 순식간에 사라졌다.

제
5
장

❦

파괴자
1983년 바젤 / 1908년 파리

❦

라인 강변의 레스토랑에서 바일러 앞으로 달아놓고 리슬링을 퍼마신 탓인지, 바젤에서 지낸 첫날 팀은 푹 잘 수 있었다. 하도 깊이 잠들어 꿈도 꾸지 않았다. 8시에 모닝콜이 없었다면 분명 낮까지 내처 잤을 것이다.

강이 내다보이는 테라스로 나오자 아침 햇살이 무척 상쾌했다. 선득한 공기가 기분 좋다. 뉴욕 같으면 이 시간에 이미 화씨 90도에 달한다. 무더운 맨해튼에서 탈출해 스위스 최고의 명문 호텔에서 바캉스를 즐기는 기분이었다. 팀은 기지개를 크게 켜고 난간 너머로 몸을 내밀었다. 유유히 흐르는 라인의 강물이 아침 해를 받아 반짝인다. 강에 걸린 미틀레레 다리에서 스위스 국기와 바젤 시기(市旗)가 펄럭이고 노면전차가 느긋이 오가는 게 보인다.

바로 밑으로 레스토랑 테라스가 보였다. 아침을 먹는 백발

커플 몇 쌍에 섞여 윤이 반지르르하게 흐르는 검은 머리 여자가 앉아 있었다. 흰 재킷을 입은 웨이터가 그녀의 테이블로 오블렛을 내왔다. 팀은 당장 세면실로 달려가 세수와 면도를 하고 흰 와이셔츠와 면바지로 갈아입은 다음 서둘러 방을 나섰다.

"좋은 아침. 커피 한잔 같이 해도 될까?"

팀은 오블렛을 먹는 오리에의 눈앞에 서서 아침 인사를 했다. 물론 자신이 톰 브라운이라는 것을 충분히 의식해서 표정과 목소리에 다소라도 위엄이 담기도록 주의했다. 오리에는 가느다란 눈썹을 어렴풋이 움직였으나 옅은 웃음을 띠며 "그러시죠"라고 대답했다. 팀은 오리에의 맞은편에 앉아 웨이터에게 커피를 부탁했다.

"아침은 먹지 않고 갈까 해서. 어젯밤에 혼자 과음했거든." 묻지도 않았건만 변명했다. "저기 다리 건너 있는 트로이메라이에서…… 포렐레 블라우, 지배인 말대로 일품이었어. 송어 요리가 그렇게 맛있는지 처음 알았는걸."

"바젤엔 매년 오시잖아요? 평소엔 송어 요리를 안 먹고 대체 뭘 드시는 건가요?"

오리에가 말했다.

MoMA의 치프 큐레이터다운 여유를 연출하려다가 무심코 말꼬리를 잡히고 말았다. 팀은 "아아, 그건 말이지"라며 쓴웃음을 지었다.

"난 연어는 좋아하는데 송어는 맛이 밍밍해서 안 좋아하거
든. 그 집에 갈 때는 늘 연어를 주문했었어. 지금까지는."

　스스로 생각해도 이상한 소리를 한다 싶었지만 오리에는
그냥 넘긴 듯했다. 팀은 커피를 마시면서 묵묵히 오믈렛을 먹
는 오리에의 기색을 살폈다. 오리에는 팀과 눈을 마주치려 하
지 않고 앞쪽에 펼쳐진 강 풍경에만 눈길을 주고 있었다. 하
룻밤 지났어도 팀을 강하게 경계하는 게 노골적으로 느껴졌
다.

　지난밤 트로이메라이에서 혼자 술을 마시는데 영 흥이 나
지 않아 난감했다. 모처럼 바젤에 와서 전설의 컬렉터와 대면
하고 루소의 작품으로 보이는 명화를 목격하고 기묘한 이야
기를 읽었는데도(모두 루소 연구자에게는 더없는 기쁨이었
다), 다른 사람과 이야기할 수 없다는 게 몹시 유감이었다. 본
래라면 루소와 그의 작품에 관해 이야기를 나누기에 미술사
학회의 신성인 오리에 하야카와 이상으로 적합한 인물이 없
을 것이다. 경쟁 상대만 아니면 차가운 리슬링을 함께 마시며
마음껏 토론했을 텐데. 그 이야기는 대체 누가 쓴 것인가. 언
제, 무슨 이유로. 바일러는 대체 왜 그것을 읽고 강평한다는
생각을 해냈을까. 이야기의 내용은 창작인가, 사실인가. 그리
고 이야기 속에서 루소는 앞으로 어떻게 될 것인가.

　오리에가 달칵 소리를 내며 나이프를 접시에 내려놓고 말
했다.

"전 이만 실례하겠습니다. 9시에 데리러 온다고 했죠? 그럼 나중에 뵙죠."

검은 머리를 찰랑이며 일어섰다. 팀은 반사적으로 "잠깐만"이라며 그녀를 붙들었다.

"오늘 제2장…… 어떻게 전개될 것 같아?"

갑작스러운 질문에 오리에는 눈살을 찌푸렸다. 그러나 팀이 너무나도 호기심 가득한 표정이었기 때문인지 체념한 것처럼 자리에 도로 앉았다.

"글쎄요……. 1906년 1월에서 이야기가 끝났으니까 그해 앙데팡당 전 에피소드로 시작하지 않을까요? 1장에도 앙데팡당 전에 출품할 작품 이야기가 얼핏 나왔고요."

1906년 3월, 제22회 앙데팡당 전에 루소는 〈예술가들에게 제22회 앙데팡당 전 참가를 촉구하는 자유의 여신〉 등 다섯 점을 출품했다. 제1장에 '화면 위쪽에 나팔을 부는 여신이 동그마니 떠 있습니다. 그 주변은 아직 하얀 여백입니다. 목탄으로 그린 깃발이며 나무가 희미하게 보입니다'라는 문장이 있었다. 이게 어느 작품을 가리키는지 바로 알아차리지 못하면 루소 퀴즈 초급 실격이다.

"그렇군." 팀은 그럴싸하게 고개를 끄덕이고 나서 말을 이었다. "내 견해는 좀 다른데."

오리에는 검은자위가 큰 눈으로 팀을 똑바로 바라보았다. 연구자라면 모던 아트 권위자의 견해가 어떤 것인지 흥미가 없지 않을 것이다. 오리에의 흥미를 충분히 끈 뒤 팀은 말했다.

"오늘 우리는 그 이야기 속에서 피카소를 만나게 될 거야."

오리에의 눈동자가 어렴풋이 흔들리는 게 보였다. 어지간히 뜻밖이었는지 대꾸할 말을 찾는 듯했다. 콧대 높은 연구자가 놀라움을 솔직하게 드러내는 것을 보고 팀은 기분이 살짝 유쾌해졌다. 그러나 오리에가 당혹감을 감추지 못한 것은 잠깐이었다. 금세 대찬 표정을 되찾고 말했다.

"그렇게 나오셨나요. 과연 피카소 연구의 세계적 권위자다우시군요."

그렇다. MoMA의 치프 큐레이터 톰 브라운은 피카소 연구자로서는 세계적 권위자로 간주된다. 그러나 팀은 그 점을 의식해서 말한 게 아니었다. 어제 제1장을 처음 읽었을 때부터 내내 작가가 어째서 1906년이라는 미묘한 연도를 첫 장에 선택했는지 생각하고 있었다.

루소는 1910년에 타계했다. 1906년부터 1910년까지 마지막 5년간은 그의 작품 활동 기간 중에서도 주목할 만한 사건이 이어진 시기였다. 특히 20세기 미술의 여명기를 뒷받침한 천재 화가들과 접촉했다. 그중 가장 대표적인 인물이 파블로 피카소다.

본문에서 1905년 살롱 도톤이 잠깐 언급되는데, 팀은 그 짧은 문장에 주목했다. 분명 '작년에는 살롱 도톤에도 출품해서 만인에게 호평을 얻었습니다. 그런데도 제대로 된 그림 제작 의뢰는 한 건도 없었습니다'라고 쓰여 있었다. 1905년 살롱 도톤에는 루소의 작품뿐 아니라 훗날 근대미술사상 '사건'이 된 여러 작품이 출품되었다. 앙리 마티스와 앙드레 드랭이 일으킨 '야수'의 습격이다. 색채가 거칠게 내달리고 소용돌이치는 기이한 작품들이 살롱 도톤의 전시실 하나를 점거했다. '야수 우리'라고 비평가가 야유한 이 전시실에 우연히 루소의 〈굶주린 사자〉도 전시되어 있었다.

야수파(포비슴)의 등장은 많은 화제를 모아 여러 화가가 '야수 우리'를 찾았다. 그중에 피카소도 있었다. 훗날 피카소는 루소를 발견한 예술가 중 하나가 되는데, 천재 화가의 눈에 〈굶주린 사자〉가 어떻게 보였는지 알 수 있는 문헌은 유감스럽게도 남아 있지 않다. 어쨌든 '만인에게 호평을 얻은' 〈굶주린 사자〉는, 원근법도 모르는 아마추어 화가라고 놀림을 받고 '구경거리' 취급을 받았던 기존의 루소 작품과 명백히 일선을 긋는 작품이었다. 만년의 끝자락에 가장 무르익은 열매를 얻기 위한 화가의 준비가 시작된 것이다.

그 시대의 예술적 변혁을 명실공히 체현하는 인물이 파블로 피카소다. 팀은 이야기의 작가가 풋 하고 웃음이 날 만큼 단순하고 어린애 같은 문장을 쓰는 배경에 용의주도하게 복선이 깔려 있다고 느꼈다. 어떻게도 할 수 없는 가난한 생활, 예순한 살씩이나 돼서 젊은 유부녀에게 푹 빠진 한심한 남자. 아무도 상대하지 않고 천박한 쓰레기라고 비웃는 화가를 발견해 최종적으로 20세기 미술의 변혁자로 추대한 것은 피카소가 아니었나.

"피카소가 나올 거야. 내기해도 좋아."

팀은 다시금 그렇게 말했다. 아무런 확증도 없었지만 '근대 미술의 권위자'로서 라이벌을 심리적으로 압박하고 싶었다.

"뭘 걸 건데요?"

오리에는 대차게 물었다.

"제2장에서 피카소가 등장하지 않으면 강평할 때 선공, 후공을 고를 권리를 당신한테 주지. 하지만 만약 나오면……."

팀은 테이블을 검지로 톡톡 치고 말했다.

"오늘 밤 이 테이블에서 리슬링을 같이 마셔달라고 할까."

제2장 파괴자

마르티르 거리의 골동품 상점 앞에 땅딸막한 남자가 서 있었습니다.

다 떨어진 재킷 소매는 두 쪽 모두 팔꿈치를 덧댔습니다. 남자는 두 손을 바지 주머니에 찔러 넣고 우두커니 선 채로 좀처럼 움직이지 않습니다. 벌써 얼마나 오랫동안 마치 조각상이 된 것처럼 그곳에 서 있었을까요. 커다란 두 눈은 어둠 속에서 먹잇감을 노리는 흑표범 같습니다. 시선 끝에는 포개져 있는 캔버스 무더기가 있었습니다.

"어이구, 이런, 피카소 씨 아닙니까. 헌 캔버스를 찾으십니까?"

가게 안에서 주인이 나왔습니다. 남자는 이 집 단골손님인 모양입니다.

파블로 피카소라는 이름의 남자는 8년 전 스페인 바르셀로나에서 파리로 건너왔습니다. 목적은 직업 화가가 되는 것. 그 외의 것은 안중에 없었습니다. 형형하게 빛나는 커다란 눈은 그저 새로운 예술을 찾아 반짝이고 있었습니다.

"이거 얼마지?"

피카소는 산더미처럼 쌓인 캔버스 중 하나를 가리켰습니다. 주인은 "아, 예, 어느 거 말씀이신지?"라며 층층이 쌓인 수십 개의 캔버스를 부스럭부스럭 뒤집니다.

"아니, 그거 말고. 그보다 아래…… 그래, 그거. 여자 얼굴이 보이지? 그거."

주인은 캔버스를 서너 개씩 옮겨 아래쪽에 묻혀 있던 캔버스를 꺼냈습니다. 포동포동한 몸매에 검은 드레스를 입은 여자의 초상화가 피카소 앞에 모습을 드러냈습니다.

당시 가난한 화가들은 새 캔버스를 살 돈이 없어, 이렇게 고물상 앞에 내다놓고 파는 싸구려 헌 캔버스를 사서 물감으로 빈틈없이 메운 다음 그 위에 자신의 그림을 그리는 일도 종종 있었습니다. 골동품 상점 앞에 진열되어 있던 것도 벽지만큼도 값어치가 없는, 캔버스를 재활용하기 위한 그림들이었습니다.

"아아, 피카소 씨는 역시 눈이 높으시군요. 이거라면 큼직하고 별로 낡지도 않았으니까 다시 쓰기에도 나쁘지 않겠습니다. 5프랑에 드리죠."

"5프랑?"

피카소가 눈을 부라리자 주인은 허둥지둥 덧붙였다.

"아이고, 좀 봐주십시오. 5프랑 이하는 안 됩니다. 1프랑이라도 깎으면 한 푼도 안 남는다고요."

피카소는 바지 주머니를 뒤적뒤적하더니 1프랑 동전을 정확히 다섯 개 꺼냈습니다. 주인의 손 위에 올려놓고 웃으며 말합니다.

"5프랑에 판 걸 나중에 후회하지 말라고, 주인장."

자신의 몸뚱이만 한 캔버스를 짊어지고는 의기양양하게 몽마르트르의 아틀리에로 돌아갑니다.

재활용될 운명이던 캔버스에 그려져 있던 것은 바로 앙리루소가 그린 〈여인의 초상〉이었습니다. 독수리처럼 날카로운 피카소의 눈은 수많은 헌 캔버스 중에서 그것을 발견해낸 것입니다. 이런 형태로 루소의 작품을 쉽사리 손에 넣어 피카소는 신이 나 있었습니다.

우연하게도 며칠 전 피카소는 친구인 시인 기욤 아폴리네르를 따라 페렐 거리 2번지에 있는 루소의 아틀리에를 방문한 참이었습니다. 신선한 물감으로 완성한 밀림 그림이며 고지식하게 정면을 바라보는 인물의 초상화를 보자, 평소 다른 화가의 작품은 아무렇지도 않게 본인 앞에서 비판하는 피카소가 조용해졌습니다.

"대단한데. 저 사람은 진짜 창조자야. 아니, 파괴자로군."

루소의 아틀리에에서 나와 돌아오는 길에 피카소는 혼잣말처럼, 하지만 아폴리네르의 귀에 똑똑히 들리도록 중얼거렸습니다.

파블로 피카소. 당시 '전위'를 자칭하는 파리 예술가들 중에 그의 이름을 모르는 사람은 아무도 없었습니다. 어떤 이는 그를 혁명아라 부르고, 또 어떤 이는 창조자로 부르고, 그리고 또 어떤 이는 파괴자라고 불렀습니다. 대체 어느 호칭이 옳은가. '전부'가 가장 정확한 답인지도 모릅니다.

피카소가 루소를 만나기 전 해, 20세기 미술의 향방을 결정지을 작품을 이 스페인 사람은 제작했습니다. 즉 〈아비뇽의 여인들〉을 말입니다.

그 작품을 어떻게 표현하면 좋을까요. 어쩌면 작품 자체를 이야기하기보다 피카소의 주변에 있던 예술가며 후원자의 반응을 이야기하는 편이 훨씬 이해하기 쉬울지도 모르겠습니다.

당시 피카소는 몽마르트르 언덕 위의 다 쓰러져가는 공동 작업실 '바토 라부아르(세탁선)'의 주민이었습니다. 물감과 개 냄새가 진동하고 발 디딜 틈도 없는 아틀리에에서 아름다운 연인 페르낭드 올리비에와 애견 프리카와 함께 살고 있었습니다. 스물일곱 살, 젊고 야심 많은 화가가 자리잡은 공동 작업실에는 무척 많은 예술가들이 드나들었습니다. 화가, 시인, 작가, 평론가, 음악가, 배우, 또 새로운 것을 좋아하는 미술상과 신진 컬렉터. 흡사 서커스 아니면 이동 유원지 같은 야단 법석 소동, 격렬한 토론, 주먹싸움, 연애 사건이 날마다 벌어졌습니다. 모두가 새로운 세기의 시작에 희망을 품고, 자신들의 시대가 당장에라도 저기 망가진 문을 뻥 차고 들어올 것이라고 믿었습니다. 루소가 집착해 마지않던 '살롱 드 므슈 부그로' 즉 관전(官展) 따위 엿이나 먹으라고 침을 뱉곤 했습니다.

앙데팡당 전이나 살롱 도톤 등 관전 탈피를 지향하는 발표의 장이 주목을 모으고, 세잔과 모네에 대한 평가가 높아졌으며, 루브르 미술관과 트로카데로 궁전에서는 아프리카와 이베리아의 '아르 프리미티브(미개척지의 미술)' 전시회가 열렸습니다. 자유로운 새 예술의 바람이 파리에 불고 있었던 것입니다. 피카소가 그런 것처럼 예술의 수도 파리에서 자신의 능력을 시험해보려는 사람들이 프랑스 주변 국가들과 미국에서까지 속속 모여들고 있었습니다.

독특한 색조의 청색과 장미색으로 아를르캉(할리퀸)이며 눈 먼 걸인 등 사회 밑바닥에서 살아가는 사람들을 모티프로 그리던 피카소는, 기술로 보나 야심으로 보나 동지들을 크게 앞서는 존재였습니다. 하기야 당시 화가들 사이에서 '기술'은 문제되지 않았을 것입니다. 그림을 잘 그리는 화가는 무수히 많았습니다. 하지만 예술가들이 벌이는 토론의 중심은 이미 '그림을 잘 그린다'라는 출발점을 크게 벗어나 있었습니다. '잘 그린 그림'이란 대체 무엇을 가리키는가? 대체 어떤 예술가를 가리켜 '그림을 잘 그린다'고 하는가? 그런 것에 대해 이제 아무도 명확히 정의를 내릴 수 없는 상황이었습니다. 인물이든 정물이든 풍경이든 눈앞에 있는 것을 똑같이 캔버스에 그려낸 그림만이 '잘 그린 그림'이 아니게 된 것입니다.

예리한 감성과 시대를 앞지르려는 기개에 있어 피카소는 남들보다 한 발 앞서 있었습니다. 하지만 마티스와 드랭이 '색채의 파괴자'로서 세간의 이목을 끈 것 같은 대담한 표현 방법을 아직 찾아내지 못한 상태였습니다.

대체 무엇이 새로운 건가, 대체 나는 무엇을 그려야 하는가. 피카소는 매일 탐욕스레 시내 곳곳을 서성이고 미술관을 드나들었습니다. 고갱이나 세잔의 전시회를 보고 속에서 뜨거운 뭔가가 치밀어 그게 가시처럼 박혀 있었습니다. 조금씩, 조금씩 이 젊은 화가는 자신의 머리와 가슴에 시대의 물결을 맞고 있었습니다. 그는 결코 '잘 그린 그림'을 그리고 싶었던 게 아닙니다. 그가 원하는 것은 오직 하나뿐, '새로운 표현'이었습니다.

어느 해 여름, 피카소는 연인인 페르낭드와 함께 스페인의 시골 마을 고솔에서 지냈습니다. 소박한 사람들의 성실한 생활과 거친 바위투성이 풍경이 젊은 화가의 눈에 어떻게 비쳤을까요. 여행을 다녀온 뒤 그가 그리는 그림에 변화가 나타났습니다. 그는 어떤 착상에 의해 소묘를 반복했습니다. 아직 아무도 발견한 적이 없는 대륙이 수평선 저 멀리에 어렴풋이 보이기 시작했습니다. 빗방울이 마음의 땅바닥에 투둑투둑 떨어져 이윽고 거센 비바람이 몰아치리라는 예감이 들었습니다. 그리고 마침내 작품이 완성됐습니다.

작품이 완성되기까지 몇 달간 피카소는 아틀리에에 틀어박혀 지냈습니다. 그렇게 떠들썩하던 아틀리에에 아무도 찾아오지 않는 나날이 계속됐습니다. 그가 얼마나 작품에 몰두하는지는 동거하는 페르낭드가 가장 잘 압니다. 그런 페르낭드조차 옆 아파르트망으로 이사했을 정도였습니다.

친한 친구 몇 명이 최초의 발견자로 피카소의 아틀리에에 초대받았습니다. 〈아비뇽의 여인들〉을 본 친구들은 그야말로 할 말을 잃고 우뚝 섰습니다.

"모자상(母子像)은 어디 있지? 아를르캉은?" 가장 언어에 민감할 시인 아폴리네르는 허둥댔습니다. 피카소가 그때까지 즐겨 그렸던 청색과 장미색의 인물상, 그 서정성에 누구보다도 찬사를 보냈던 사람이 아폴리네르입니다. 그런 그가 당황해서 어쩔 줄 몰라 할 만큼 신작에서 시정성을 찾아볼 수 없었습니다.

"소름 끼치네"라고 한마디 한 사람은 피카소와 마티스의 비호자, 미국에서 온 작가 거트루드 스타인입니다. "오랜 시간과 수고를 들여서 이런 걸 만들어내다니 낭비도 이런 낭비가 없어"라면서. 거트루드의 오빠인 컬렉터 레오는 "피카소는 파멸의 길로 접어들었군"이라며 한탄했습니다.

"인물을 괴물처럼 그린 이유는 뭐지?"라며 충격을 받은 사람은 화가 조르주 브라크입니다. "이 코는 대체 뭐냐고……코가 아니라 쐐기 아닌가."

앙드레 드랭은 견디지 못하고 온 몽마르트르에 떠들고 다녔습니다. "피카소의 시도는 절망적이다. 그 그림 뒤에서 그가 목을 맬 날이 올지도 모른다……."

가장 혹독하게 비판한 사람은 마티스였습니다. 그는 단호하게 말했습니다. "피카소는 근대회화의 파괴자요, 미치광이다."

그때까지 피카소를 도와주고 그의 재능에 매료되었던 사람들을 이 정도로 혼란과 노여움과 절망에 빠뜨린 〈아비뇽의 여인들〉. 그것은 분명히 종래 '회화란 이래야 한다'라고 사람들이 생각하던 개념을 완전히 뒤엎는 것이었습니다.

화면에는 나부로 보이는 다섯 여자가 그려져 있습니다. 왼쪽 여자는 커튼 같은 것을 걷어 올리고, 가운데 두 여자는 각각 한 손과 두 팔을 쳐들었습니다. 그 오른쪽에는 뒤를 돌아보고 앉은 여자, 오른쪽 맨 끝에는 화면 안쪽에서 나오는 여자가 보입니다. 여자들은 왼쪽에서 오른쪽으로 갈수록 표정이 없고, 아니, 표정이 없는 정도가 아니라 완전히 안면이 파괴되어 있습니다. 인간의 얼굴이 아니라 주술적인 가면 같은, 그야말로 괴물처럼 무시무시한 얼굴입니다. 각이 진 몸뚱이에는 관능이 그림자도 없고, 앉아 있는 여자에 이르러서는 뒤를 향해 앉아 있으면서 얼굴은 정면을 보고 있습니다. 원근법도, 입체감도 빼버린 화면에 기분 나쁜 나체 다섯 개가 철썩 붙어 있습니다.

그것은 한마디로 '추악한 회화'였습니다. 모두가 '프랑스 미술에 참으로 큰 손실'이라고 말했습니다. 애조를 띤 피카소 작품의 아름다움에 심취해 있던 사람들의 심정이 이 말에 잘 드러납니다. 피카소를 아는 사람들은 섬세하고 아름다운 인물상을 보는 즐거움을 그들에게서 빼앗은 이 작품의 출현을 진심으로 저주했습니다.

하지만 이 작품이 바로 피카소가 끊임없이 미와 미술에 관해 고민하고 몸부림치며 시행착오를 거듭한 끝에 이끌어낸 결론이었습니다. 피카소는 이 '추악한 회화'를 들이댐으로써 '미란 무엇인가?' '미술이란 무엇인가?'라는 무척 중대하고도 본질적인 문제를 제기한 것입니다.

그것은 보는 이에게 흡사 느닷없이 심장을 맨손으로 헤집힌 듯한 충격을 주었습니다. 어째서 기껏 자신을 봐주려는 이들의 마음이 멀어지는 위험을 감수하면서까지 그런 일을 해야 하나. 굳이 고생하지 않아도 다소 신경 써서 걸음만 빨리하면 변해가는 시대에 묻어갈 수 있지 않나. 하지만 피카소는 그런 것에 조금도 만족할 수 없었습니다.

당시 피카소는 어떤 책을 읽고 있었습니다. 〈지옥의 계절〉, 저 방랑의 시인 아르튀르 랭보의 시집입니다. 그중 한 구절이 화가의 마음에 진 주름에 손가락을 쿡 찔러 넣은 채 그대로 남아 있었습니다.

……어느 날 밤, 나는 '미'를 무릎 위에 앉혔다…… 무정한 여자라고 생각했다…… 나는 그녀에게 욕을 퍼부었다…….

차가운 혀가 목덜미를 핥은 것처럼 오싹했습니다. 피카소의 생각과 너무나도 똑같았습니다. 미에 관해 생각하면 짜증이 나고 성이 나 억지로 굴복시키고 싶은 마음에 사로잡히곤 했습니다. 미는 아무리 사모해도 결코 돌아봐주지 않는 자존심 강한 여자를 닮았다. 너무나도 무정해서 울화가 치민다. 가질 수 없다면 차라리 욕설을 퍼붓고 주먹을 휘둘러 죽여버리고 싶을 정도다. 젊은 천재 화가는 미에 집착하는 나머지 되레 진저리가 난 것이었습니다.

한편, 그것이 미인지 아닌지 명확히 정의할 수는 없지만 피카소의 가슴속에 뭔지 모를 느낌이 남는 만남도 있었습니다. 고솔의 거친 풍토, 4, 5세기 무렵의 이베리아 조각, 아프리카의 가면, 카탈루냐의 로마네스크 회화, 고갱이 그리는 타히티 원주민 여자들, 자연계의 모든 것을 원기둥과 구체와 원뿔로 분해한 세잔…… 그리고 앙리 루소.

피카소가 루소의 그림을 처음 본 것은 〈아비뇽의 여인들〉을 완성하기 2년 전입니다. 살롱 도톤의 '야수 우리'에서였습니다. 그때, 마티스가 그린 거친 녹색 얼굴의 여자에 다들 눈을 빼앗기는 바람에, 여느 때는 '구경거리'의 중심이었던 루소의 작품 앞에 배꼽을 쥐고 웃는 군중이 없었습니다.

피카소는 이때 마티스의 색채에 대한 도전을 굳이 따지자면 냉담하게 바라보고 있었습니다. 색채는 확실히 작품의 완성도를 결정짓는 중요한 요인 중 하나다, 하지만 한 요인에 불과하지 않나 하고. 피카소의 관심을 끈 것은 오히려 루소의 〈굶주린 사자〉였습니다.

짙은 색으로 집요하리만큼 겹겹이 칠한 초목, 그 중앙에 울음소리 하나 못 내고 사자에게 잡아먹히는 영양. 구슬 같은 새카만 눈동자에서 눈물 한 방울이 굴러 떨어집니다. 전 체중을 실어 영양을 짓누르며 물어뜯는 사자의 얼굴은 추잡스럽게 웃는 것처럼 보입니다. 흡사 저항할 방도가 없는 처녀를 강간하는 야비한 사내 같았습니다. 무대 세트처럼 깊이감이 느껴지지 않는 화면 한가운데에서 바로 이 순간 태양이 집니다. 피카소는 어둠 같은 눈을 크게 떴습니다.

대체 뭔가, 이건.

세잔도 아니다, 고갱도 아니다. 과거의 어떤 화가와도, 현재 주목 받는 누구와도 비슷하지 않다. 그 어떤 미술 계보에도 속하지 않는 그림에 피카소의 시선은 고정됐습니다.

마치 프레스코 벽화 같다. 아니, 중세의 태피스트리, 아니면 로마네스크의 제단화인가.

당시 루소의 그림을 정당하게 평가하는 평론가와 예술가는 거의 없다시피 했습니다. 사자가 영양을 잡아먹는 묘하게 드라마틱한 그림에 '아름답다'고 찬사를 보내는 괴짜는 물론 있을 리 없습니다. 하지만 피카소는 그 그림을 보고 첫눈에 감지했습니다. 어두운 밀림 깊은 곳에서 꿈틀거리는 전혀 새로운 미의 편린을.

그 뒤로도 앙데팡당 전과 이듬해의 살롱 도톤에서 피카소는 루소의 작품을 주의 깊게 지켜봤습니다. 작가인 알프레드 자리와 화가 로베르 들로네, 그리고 아폴리네르 등 몇몇 선진적인 예술가들 또한 루소에게 관심을 보이고 있었습니다. 뚜렷한 이유는 모르겠지만 어쩐지 영 신경 쓰인다. 다들 그런 식이었습니다.

이윽고 피카소는 마침내 〈아비뇽의 여인들〉을 탄생시켰습니다. 이 괴물 아이는 세상에 태어나자마자 경원되었습니다.

하지만 피카소는 침착했습니다. 그는 확신이 있었던 것입니다.

모든 걸작은 상당한 추악함을 지니고 태어나는 법이다.

이 추악함은 창조자가 새로운 것을 새로운 방법으로 표현하기 위해 싸웠다는 증표다.

미를 거부하는 추악함이야말로 새로운 예술에게 허락된 '새로운 미'다. 그게 피카소가 내린 결론이었습니다.

그처럼 대담하고 독창적인 미의 논리를 획득한 피카소는, 전 인류 중에서 유일하게 모조리 파괴하고 새로이 창조하는 것을 신에게 허락받은 듯한 절대적인 자신이 있었습니다.

그 뒤 예술의 흐름을 크게 바꾸게 될, 추악한 미를 지닌 〈아비뇽의 여인들〉, 그리고 큐비슴. 혁명을 부르짖으며 단행하는 젊은 지도자 피카소의 마음속에 앙리 루소가 살고 있었다는 것은, 그의 동지들도 후세의 미술사가들도 좀처럼 알아차리지 못했습니다.

P

바젤 체류 이틀째, 바일러 저택. 그날 오후도 전날과 마찬가지로 지나치게 넓은 식당에서 점심식사를 했다.

와인 잔에 화이트 와인이 따라졌다. 리슬링이다. 잔을 들어 가볍게 건배한다. 팀은 옆자리에 앉은 오리에에게 슬쩍 눈짓을 했다. 오리에는 오늘은 당신이 이겼네요, 라고 하듯 입술을 살짝 일그러뜨려 미소 지었다.

널찍한 테이블을 사이에 두고 팀의 맞은편에 콘라트 바일러가, 오리에의 맞은편에 에릭 콘츠가 앉았다. 전날과 마찬가지로 모두들 입을 다물고 자신의 손만 바라보고 있다. 전날과 다른 것은 팀도 오리에도 나이프와 포크를 활발하게 놀리고 있다는 점이다. 예상이 들어맞아 피카소가 등장했다는 사실에 팀은 다소 들떠 있었다.

"꼭 추모 미사 같군." 갑자기 바일러가 입을 우물거리며 프랑스어로 말했다. "아무도 말을 안 해. 이렇게 멋대가리 없을 수 있나."

팀은 황급히 냅킨으로 입을 닦고 프랑스어로 대답했다.

"강평일까지 질문도 감상도 금지라고…… 므슈 콘츠께 들어서 말입니다."

무표정한 시선으로 쳐다보며 콘츠 역시 프랑스어로 맞받아쳤다.

"생각을 말씀하시는 건 금지라는 뜻입니다. 견해라면 얼마든지 말씀하시죠, 므슈 브라운."

만만치 않은 사내라고 생각하면서도, 팀은 '견해'를 밝히고 싶어 좀이 쑤시던 차라 즉각 이야기를 시작했다.

"어제 《꿈을 꾸었다》 제1장을 읽었을 때, 머잖아 피카소가 나오겠다 싶었습니다. 이 이야기의 중요한 등장인물 중 한 명으로서. 그렇지만 이 정도로 참신한 설과 함께 등장한 건 솔직히 뜻밖이었습니다."

"참신?" 바일러가 입을 우물거리며 따라 말했다. "참신한 설이라니 그게 무슨 뜻인가?"

"〈아비뇽의 여인들〉 말입니다. 2장은 그 혁신적인 작품이 탄생한 배경에 루소의 존재가 있었다고 시사하는 걸로 맺어지죠. 제가 알기로 이건 완전히 새로운 설입니다." 그렇게 말하고 오리에를 돌아보며 동의를 구했다. "안 그렇습니까?"

오리에는 포크를 접시 위에 내려놓았다.

"'새로운 설'이라고 성급하게 결론을 내리는 데는 동의할 수 없군요."

연구자답게 지당한 말을 했다. 하여간 이쪽도 만만치 않다. 팀은 자신이 '피카소 연구의 세계적 권위자'임을 잊지 않도록 주의하며 바일러를 향해 이야기를 이었다.

"〈아비뇽의 여인들〉이 아프리카 조각과 이베리아 조각, 그리고 고갱과 세잔에 강한 영향을 받아 탄생했다는 건 연구자들 사이에선 이미 상식입니다. 고솔 여행 이후로 소묘에 변화가 나타난 것도 확실하니 이건 사실(史實)이죠. 하지만 루소의 작품이 〈아비뇽〉에 영향을 미쳤다는 설은 한 번도 등장한 적이 없습니다. 만약 사실이라면 피카소 연구에선 상당히 센세이서널한 일입니다."

　진짜 톰 브라운이 지금 이 테이블 앞에 앉아 있었다면 이렇게 침착하지는 못했을 것이다. 루소 따위가 피카소에게 영향을 줄 리 있느냐고 비웃었을 것이다. 하지만 가짜 톰 브라운은 루소를 유별나게 편애하는 노(老)컬렉터의 감정을 고려해 완곡히 의견을 말해보았다. 이런 특이한 설을 주장하는 이야기는 역시 누군가의 창작일 것이다. 루소가 20세기 미술의 변혁에 중요한 역할을 했다고 정의하고 싶은 루소 숭배자의 창작. 그게 현 시점에서 팀이 갖고 있는 견해였다.

　"제 의견은 조금 다릅니다."

　팀의 말을 받아 오리에가 입을 열었다.

　"아폴리네르나 알프레드 자리, 그리고 로베르 들로네가 루소의 발견에 기여한 건 사실입니다. 하지만 전 예전부터 그들 이상으로 실은 피카소가 '루소 발견'에 관여하지 않았을까 생각했어요. 1908년경에 피카소가 골동품 상점에서 루소의 〈여인의 초상〉을 찾아냈다는 건 너무나도 유명한 에피소드죠. 그리고 그 그림을 평생 곁에 두었다는 것도요⋯⋯. 왜 피카소가 그렇게까지 루소에게 집착했나. 그걸 명백히 밝히는 건 근대미술의 변혁이 어떻게 발생했는지를 해명하는 일과도 연결되지 않을까 하는 게 제 생각입니다."

　바일러는 흠 하고 낮게 말했다. 막힘없이 주장을 펼치는 오리에에게 감탄한 듯한 목소리였다. 이 테이블에서 의견을 서로 개진하는 게 강평회의 전초전이 아닐까. 팀은 그냥 있으면 안 되겠다 싶어 서둘러 반론을 제기했다.

"피카소와 루소가 직접 만난 건 1908년입니다. 〈아비뇽의 여인들〉은 1907년에 완성됐죠. 1905년, 1906년, 1907년의 앙데팡당 전과 살롱 도톤에 출품한 루소 작품 중에 〈아비뇽의 여인들〉과 공통점이 있는 작품이 하나라도 있던가요?"

〈아비뇽의 여인들〉 제작까지 2년간 피카소가 봤을 가능성이 있는 루소 작품은 〈굶주린 사자〉, 〈예술가들에게 제22회 앙데팡당 전 참가를 촉구하는 자유의 여신〉, 〈명랑한 어릿광대들〉이다. 〈아비뇽의 여인들〉과의 관련성은 어느 것이나 희박하다. 모티프와 표현 방법과 기법도, 미술에 대한 통찰과 사상과 철학도, 나아가 미술을 대하는 법도, 피카소와 루소는 너무나도 다르다. 루소의 연구자이고 그의 예술성과 현대성을 인정하는 사람이라도 이 둘을 동질적인 화가로 규정하기에는 무리가 있다.

그런데 오리에가 뜻밖의 말을 했다.

"앵그르는요?"

"뭐라고요?" 팀은 저도 모르게 되물었다. "앵그르?"

장 오귀스트 도미니크 앵그르. 19세기 신고전주의 화가의 이름을 꺼내며 오리에는 말을 이었다.

"1905년 살롱 도톤에서 앵그르의 회고전이 열렸잖아요? 피카소는 그걸 봤을 테죠. 그는 같은 해 '포브' 화가들이 색채

혁명에 도전하는 길 냉담한 시선으로 보고 있었지만, 앵그르에게선 도망치지 못했을 거라고 생각합니다. 그 증거로 1905년 가을에 당장, 아직 장밋빛 시대의 특징이 남아 있기는 해도 인체 표현이며 포즈가 양식화된 〈파이프를 든 소년〉과 〈부채를 든 여인〉을 그렸죠."

오리에는 눈앞에 피카소의 그림이 있는 양 허공을 응시했다.

"의미 불명의 포즈로 부채를 든 여자…… 어째선지 장미 화관을 쓴 소년……. 피카소는 앵그르에게서 표현 방법을 배운 게 아닙니다. 대상물의 '양식화'를 배운 거예요. 가령 앵그르의 〈터키 목욕탕〉은 벌거벗은 여자의 군상을 양식화합니다. 여성의 육체를 그런 식으로 덩어리로 표현하는 것 자체가 '추상화'에 가까운 '양식화'라고 할 수 있지 않을까요. 그런 의미에선 〈아비뇽〉의 뒤에 앵그르의 존재가 있었다고 가설을 수립하는 게 가능합니다. ……그런데 〈터키 목욕탕〉의 어디가 피카소의 〈아비뇽〉과 비슷한가요?"

"나체의 백인 여성 여러 명을 그렸다는 점뿐이군."

바일러가 유쾌하게 끼어들었다.

"네, 맞는 말씀이에요." 오리에는 바일러를 향해 웃었다. "바꿔 말하면 한 예술가가 다른 예술가에게서 어떤 영감을 받았다고 할 때, 그 결과 창작한 작품이 반드시 '비슷할' 필요는 없는 겁니다. 즉 전혀 비슷하지 않아도 〈아비뇽〉 뒤에 루소의 존재가 있었다고 가설을 수립하는 게 가능하다고 전 생각합니다."

팀은 할 말을 잃었다.

"자." 두 사람의 토론을 말없이 지켜보던 콘츠가 잔에 약간 남아 있던 화이트 와인을 마저 마시고 비로소 발언했다. "오늘은 이쯤 해둘까요. 강평일 전에 승부가 나면 재미없으니 말이죠."

전날과 마찬가지로 호텔로 돌아오는 차 안에서 팀과 오리에는 서로를 외면한 채 시종 말이 없었다.

바일러가 보는 앞에서 오리에에게 한 방 먹은 팀은 기분이 씁쓸했다. 마음속 한구석에 이 젊은 연구자 따위에게 질 리 없다는 자부가 있었다. 자신은 명문 하버드 대학 출신에 어쨌거나 MoMA 학예사다. 루소 작품이 상설 전시되는 갤러리 가까이에서 일하는 자신이 탁상공론만 펼치는 신인 학자에게 뒤질 리 없다고 생각했다.

자만도 그런 자만이 없었다. 오리에 하야카와는 상상 이상으로 벅찬 상대였다. 게다가 얄밉게도⋯⋯.

팀은 차창 밖 풍경을 바라보는 오리에의 옆얼굴을 몰래 훔쳐보았다.

⋯⋯아름답기까지 하다.

문득 검은 눈동자가 이쪽을 향했다. 팀은 허둥지둥 시선을 피했다. 한숨 같은 웃음소리가 들렸다. 팀은 짐짓 창밖으로 고개를 돌렸다.

"이따가 몇 시에 테라스로 가면 되죠?"

오리에의 질문에 흠칫했다. 그래, 오늘 아침 한 '내기'에 가까스로 이기지 않았나. 까맣게 잊어버리고 있었던 팀은 앞을 본 채로 "잊어버리지 않았군?"이라며 쓴웃음을 지었다.

"무참하게 짓밟혀서 그 약속도 없던 게 된 줄 알았는데."

"약속은 약속이니까요. 게다가 짓밟다니……." 오리에는 풋 웃으며 말했다. "제가 짓밟으면 그 정도로 끝나지 않아요."

오싹한 소리를 한다. 팀은 또다시 쓴웃음을 짓지 않을 수 없었다.

호텔 테라스에서 7시에 만나 식사를 같이하기로 약속하고 두 사람은 헤어졌다. 팀은 약간 기운을 되찾아 방으로 돌아왔다. 콧대가 높고 얄미울 만큼 머리가 좋은 여자이지만 제법 성실한 면도 있는 것 같다.

식사 전에 샤워를 하려고 콧노래를 흥얼거리며 셔츠를 벗었다. 문득 오늘 읽은 제2장 끝머리에 1장과 마찬가지로 적혀 있던 대문자가 아무런 맥락도 없이 떠올랐다.

P

어라? 뭔가가 마음에 걸렸다.

분명히 어제는 대문자가 'S'였다. 'P'와 'S'. 이 두 자를 이으면 뭔가 의미가 생기는 걸까.

그러고 보니 제2장은 1장에 비해 문장을 쓰는 방식이 다른 듯했다. 더 능숙해졌다고 할지, 지적이라고 할지. 혹시 1장과 다른 인물이 썼을까?

전화벨 소리에 정신이 들었다. 조금 전 테라스에 테이블을 예약해달라고 컨시어지에게 부탁해놓았다. 테라스는 예약이 다 차 있었지만 어떻게든 알아보고 연락을 주겠다고 했다. 분명 빈자리가 난 것이다.

"여보세요."

들뜬 목소리로 전화를 받았다.

"국제전화가 왔습니다만, 받으시겠습니까?"

호텔의 전화 교환원이었다. 심장이 펄떡 뛰었다.

국제전화?

"누구죠?"

반사적으로 물었다.

"매닝 씨입니다. 뉴욕의."

교환원이 대답했다.

뉴욕의 매닝? 처음 듣는 이름이다. 머릿속으로 열심히 주소록을 뒤졌다. 자기 게 아니라 톰의 주소록. 매닝, 매닝……누구지?

"받으시겠습니까?"

교환원이 재촉했다. 될 대로 되라지 하고 팀은 각오했다.

"네."

뚝 하고 회선이 연결되는 소리가 나더니 물이 쏴 흐르는 듯한 소리로 바뀌었다.

"여보세요? ……톰?"

수화기 저편에서 들려온 것은 귀에 선 목소리였다. 팀은 이마에 땀을 맺어가며 "네"라고 되도록 짧게 상사의 목소리를 흉내 내서 대답했다.

"여, 잘 있었나? 폴 매닝이네. 그쪽은 꽤 시원하지?"

흠칫했다.

폴 매닝. 세계 최대 경매 회사 크리스티의 뉴욕 지사 인상파·근대미술 부문 디렉터다. MoMA에서 열린 리셉션이며 경매 프리뷰에서 몇 번 만난 적이 있다. 그러고 보니 톰이 소개해줘서 대화도 나누었다. 매닝의 말투로 보면 톰과 꽤 가까운 관계 같다. 순식간에 등골에 식은땀이 흘렀다.

"여…… 여, 폴. 내가 있는 곳을 어떻게 알았나? 휴가를 어디로 가는지는 우리 관장한테도 비밀인데."

진정하라고 스스로를 타이르며 상사의 말투를 흉내 내 대답했다. 심장이 쿵쿵 뛰었다. 매닝은 "그거야 식은 죽 먹기지"라고 가볍게 대답했다.

"자네도 알다시피 경매 회사는 예술품의 밀정 같은 거니 말이야. 전 세계의 보물이 움직일 낌새가 있으면 누가 관여하는지 확실하게 추적한다고. 이번에 엄청난 물건이 움직일 걸로 보이는데 우리가 가만있을 리 있겠어? ……자네가 초대받은 것도 사전에 파악하고 있었다고. 자네는 저 천하의……." 매닝은 일부러 재듯 한 박자 쉬었다. "천하의 대컬렉터, 콘라트 바일러한테 초대를 받았어. 어느 명화의 감정을 위해. ……그렇지?"

오싹했다.

……들켰나? 이쪽 동태가 전부?

세계 2대 경매 회사, 크리스티와 소더비가 전 세계에 은닉되어 있는 명화의 동향에 민감하다는 것은 잘 안다. 특히 인상파·근대미술 부문은 가장 고가의 작품이 거래되는지라, 두 경매 회사의 부문 디렉터에게는 확실한 안목과 컬렉터를 설득할 수 있는 교섭 능력이 요구된다. 그들은 전 세계 컬렉터의 움직임을 추적하고 점찍은 작품을 경매장으로 끌어내기 위해 온갖 전술을 동원한다. 매닝은 이미 꽤 오래전부터 바일러의 숨은 보물을 눈여겨보고 있었을 게 틀림없다. 미술관 큐레이터들 사이에서는 '전설'이라 이야기되는 바일러 컬렉션도, 크리스티는 이미 오래전에 존재를 파악하고 있었나.

"콘라트 바일러?" 팀은 심장이 굴러 떨어질 듯한 것을 필사적으로 참으며 시치미를 뗐다. "전설의 컬렉터가 바젤에 있다고?"

"시치미 뗄 거 없어." 매닝의 목소리는 싸늘했다. "바일러가 조만간 누군가한테 소장품 감정을 의뢰할 거라는 건 이미 오래전에 알고 있었어. 어쨌거나 그 괴물은 올해 춘추가 아흔다섯이니 말이지. 컬렉션의 향후 행방은 내가 아니라도 궁금할걸. 그중에서도 저 거짓 감정서가 붙은 작품…… 〈꿈을 꾸었다〉엔 특히 주목하고 있거든."

매닝은 이쪽의 기색을 살피듯 거기서 말을 끊었다. 팀은 경악한 나머지 맞장구조차 치지 못했다. 대체 어떻게 반응하면 좋은가. 호오, 잘 아는군, 크리스티의 디렉터는 역시 다른걸, 하고 입에 발린 말이라도 하면 되는 걸까?

"보물 중의 보물 감정을 의뢰하려면 신뢰할 수 있는 인물이어야 하지. 바일러도 거짓 감정서에 아무렇지도 않게 사인하는 게 가능한 인간한테는 부탁하고 싶지 않을 거야. 그럼 전세계에서 그 작품을 감정할 수 있는 인물은 한정되거든. 테이트 갤러리의 치프 큐레이터를 제외하고 나면 그럼 그 밖에 누가 있다는 건가?"

거기까지 듣고 팀은 매닝이 그 작품의 주변 사정을 전부 파악하고 있음을 깨달았다. 바일러가 〈꿈을 꾸었다〉를 소장하고 있다는 것, 테이트 갤러리의 치프 큐레이터 앤드루 키츠가 감정서에 서명했다는 것(뿐만 아니라 그것을 '거짓 감정서'라고 단정했다), 나아가 톰 브라운 외에 루소 작품의 감정이 가능한 권위자가 존재하지 않는다는 것. 어쩌면 오리에 하야카와가 감정에 관계하는 것도 이미 알고 있을지 모른다.

"알았어, 폴." 팀은 체념하고 그제야 인정했다. "이제 나한테 일부러 전화한 이유를 가르쳐주지 않겠나?"

"솔직히 말하지. 자네가 현재 감정에 관여하고 있는 그 작품에 관해 자네와 거래를 하고 싶네." 매닝은 즉각 말했다. "아까도 말했다시피 바일러는 아흔다섯 살이야. 이미 천국의 문이 보이는 데까지 와 있는 거지. 자기 사후에 그 작품을 어떻게 할지, 그게 현재 바일러한테 최대의 관심사거든. 자네도 알다시피 바일러의 가족은 모두 세상을 떠서 상속인이 없어. 그러니 어느 미술관에 기증하든, 매각하든, 제삼자한테 위탁하든 할 수밖에 없어. 물론 우리도 온갖 수단을 동원해서 접촉하고 있는데, 그 영감이 경매 회사를 영 신뢰하지 않아서 말이네. ······감정을 의뢰할 만큼 신뢰하는 사람의 말이라면 십중팔구 받아들일 테지."

매닝은 몇 년 전부터 세심한 주의를 기울여, 또 적잖은 경비를 들여서 바일러 주변에 접촉을 시도했다고 했다. 그 결과 알아낸 상황은······.

바일러의 현재 방침은 컬렉션 중에서도 가장 편애하는 〈꿈을 꾸었다〉를 감정할 수 있는 인물에게 작품의 취급 권한을 전면적으로 양도하는 것이었다. 바일러가 낙점한 인물은 한 명이 아니며 '또 한 명 있다'는 것도 매닝은 이미 알고 있었다.

"나더러 어쩌란 말인가?"

팀은 조금 짜증스러운 목소리로 말했다. '또 한 감정인'의 존재(오리에 하야카와의 이름까지는 나오지 않았지만)까지 파악하고 있다니, 하여간 무시무시한 조사 능력이다. 어쩌면 바일러와 가까운 인물을 포섭했는지도 모른다. 운전기사, 하인, 간호사, 집사…… 법정 대리인.

"진정하라고. 나쁜 거래는 아니니까." 매닝은 여유 있게 대답했다. "솔직히 말하지. 바일러와 자네와 또 한 감정인 사이에 어떤 약속이 오갔는지, 유감스럽게도 우리는 그것까진 모르지만, 아무튼 〈꿈을 꾸었다〉의 소유권을 바일러에게서 넘겨받아줘. MoMA가 아니라 자네가."

"……내가?" 팀은 그대로 따라 읊었다. 매닝이 하는 말의 의미를 잘 알 수 없었다.

"그래, 자네가." 매닝이 한 번 더 말했다. "즉, 자네가 〈꿈을 꾸었다〉의 소유자가 되는 거야. 그리고 그걸 우리 크리스티 뉴욕의 경매사한테 넘기라고. 물론 이름은 공개하지 않겠지만 매각자는 자네야. 작품의 예상 낙찰가는 3백만 달러. 우리는 자네한테 10퍼센트, 낙찰자한테서 10퍼센트, 합계 20퍼센트를 수수료로 챙겨. 자네는 망치 한 번 휘두르는 걸로 억만장자가 되는 거야."

저도 모르게 목에서 꿀꺽 소리가 났다. 수화기에 갖다 댄 귀가 저릿저릿하고 뜨거웠다.

"그런……." 팀은 초라한 목소리로 말했다. "그런 일이 가능할 리 없잖아. MoMA의 창구로서 작품을 기증 받는다면 또 몰라도……. 도대체가 그 작품이 3백만 달러라니…… 아무리 그래도 그 정도 가치는 없어."

무심코 본심을 말하고 말았다. 앙리 루소의 작품은 경매에 등장한 적이 거의 없거니와, 미술 시장에서 어느 정도 값으로 매매되는지 기준이 될 전례도 거의 없다. 피카소나 모네라면 모르지만, 루소 작품이 백만 달러를 넘으면 기절초풍할 만큼 비싼 것이다. 예상 금액으로 3백만 달러를 매기다니 대체 무슨 생각인가.

"MoMA에 들어가고 나면 경매 탁자에 놓인 그 작품을 볼 날은 영영 오지 않을걸."

매닝의 목소리는 진지했다. 보아하니 자신의 커리어를 통째로 걸고 그 작품을 경매에 끌어내리려는 속셈 같다. 그것을 위해서라면 친구인 MoMA 치프 큐레이터를 이용하는 것도 마다하지 않는다. 매닝의 어두운 정열에 팀은 다시금 오싹했다.

진짜 톰 브라운이라면 당당하게 맞설까. ……생각해봤자 소용없는 일이다.

팀은 깊게 한숨을 쉬고 대답했다.

"유감이지만 그런 어이없는 제안은 받아들일 수 없어. 난 MoMA의 치프 큐레이터로서 바일러의 초대를 받았어. 만에 하나 작품의 소유권을 양도 받는다면 그대로 MoMA에 넘기는 게 도리 아니겠나? 그 작품이 우리 컬렉션에 들어오면 나한테도 그 이상의 행운은 없어……."

"서툰 연극은 그쯤 해두지, 팀."

움찔했다.

……방금 분명히, 팀이라고 하지 않았나?

"자네가 누군지 벌써 다 알고 있어. 쇼타임은 이제 끝이네."

"뭐…… 뭐라고?" 팀은 말라붙은 입술을 바르르 떨며 가까스로 대꾸했다. "무, 무슨 소리를 하는 건가, 폴. 농담하지 말……."

"바일러의 손님이니 자네가 그 호텔에 묵고 있을 게 틀림없다고 생각하고 전화했거든. 드라이 쾨니게는 초일류 호텔인 건 분명하지만, 전화 교환원은 이류더군. 브라운 씨와 통화하고 싶다고 했더니 이렇게 곧바로 연결해주지 뭐야, 톰 브라운이 아니라 팀 브라운한테."

이번에야말로 팀은 완전히 할 말을 잃었다. 매닝은 추리소설의 복선을 설명하듯 천천히 말했다.

"어제 아침 자네는 취리히 공항에 있었어. 그리고 금색 'B' 봉랍인이 찍힌 편지봉투를 보였지. 바일러가 보낸 운전기사한테. 정말이지 운 좋게도 내가 그곳을 지나친 거야. 제네바 보세 금고에 갔다가 귀국행 비행기를 타려고. 그렇지만 행선지는 뉴욕이 아니었거든. 하와이 오아후 섬이지."

팀의 뇌리에 어제 아침 취리히 공항에 도착했을 때 장면이 섬광처럼 되살아났다.

아아, 그래. 난 분명히 봉투를 들어보였다. 한순간, 정말 한순간 있었던 일이다.

그 순간, 겨우 2초 내지 3초 사이에 벌어진 일을, 아아, 이럴 수가, 매닝은 목격했다는 말인가.

"오아후에서 친구랑 저녁식사를 같이하기로 약속해서 말이야. 휴가를 겸해서 가기로 돼 있었거든. 방금 전까지 저녁식사 자리에서 내가 누구랑 로미로미 연어를 먹었을 것 같나? 그래, 자네 상사, 톰 브라운이야."

머릿속에서 종이 땡땡 울리는 것 같았다. 온몸의 핏줄에서 피가 슥 달아났다. 공동(空洞) 같은 귀 속에서 매닝의 의기양양한 목소리가 메아리쳤다.

사랑하는 MoMA에서 쫓겨나기 싫으면 내 말대로 하라고. 알겠나, 팀?

~∞~

예언

1983년 바젤 / 1908년 파리

~∞~

전날과는 달리, 그날 밤 팀은 좀처럼 잠을 이루지 못했다.

새벽이 다 되어 겨우 깜박깜박 졸기 시작했으나 악몽에 시달리다가 깨고 말았다. 시계를 보니 6시 전이었다. 커튼 틈으로 아침 햇살이 비친다. 침대에서 나와 커튼을 걷고 창문을 활짝 열었다. 순식간에 상쾌한 강바람이 불어들었다.

나는 지금 악몽을 꾸는 걸까.

팀은 라인 강에 면한 테라스 난간에 몸을 기대고 생각했다.

어젯밤에 걸려온 전화. 크리스티 뉴욕 인상파·근대미술 부문 디렉터 폴 매닝에게서 온 국제전화는 느닷없이 목에 칼날을 들이댄 것 같았다.

자네랑 거래를 하고 싶네. 〈꿈을 꾸었다〉의 소유권을 바일러에게서 넘겨받아줘. MoMA가 아니라 자네가.

사랑하는 MoMA에서 쫓겨나기 싫으면 내 말대로 하라고.

알겠나, 팀?

팀은 숨을 하아 하고 내쉬고 오른손으로 이마를 꽉 눌렀다.

악몽 같은 전개가 되고 말았다.

매닝은 하와이 오아후 섬에서 휴가 중인 톰 브라운을 만났다고 말했다. 사실인지 아닌지는 알 수 없다. 하지만 자신이 톰 브라운인 척하고 이곳에 있다는 게 발각되고 말았다. 어쨌든 자신의 운명은 완전히 매닝의 수중에 떨어지고 말았다.

일이 이렇게 된 이상. 팀은 멍하니 라인 강물을 바라보며 생각했다.

매닝이 시키는 대로 오리에와의 강평 대결에서 승리해 그 작품의 취급 권한을 차지하는 수밖에 없다. 취급 권한은 곧 매각 권한이다. 그리고 그 작품을 크리스티의 경매 탁자에 올려놓는 것이다. 녀석 말대로 3백만 달러에 낙찰되면 난 순식간에 억만장자가 되는 것이다.

그렇게 되면 업타운에 2천 제곱피트(180제곱미터)짜리 고급 아파트를 살 수 있다. 고향 시애틀에서라면 수영장 딸린 호화 저택이다. 부모님을 모셔다 같이 살아도 된다. 주식이라도 하면서 가끔 미술사 학회에서 논문을 발표하며 일생을 보낸다. 미국인이라면 누구나 한 번은 꿈꾸는 행복한 조기 은퇴 생활 아닌가.

그렇게 자신을 설득해보았다. 하지만 마음은 눈곱만큼도 밝아지지 않았다.

만약 그런 상황이 됐다가는…… 루소와 완전히 정반대다.

루소는 마흔 살 나이에 뒤늦게 공부해서 그림을 시작했다. 세관에서 그냥 일했다면 평온한 은퇴 생활이 기다리고 있었을 텐데.

재주 없다, 쓰레기다 하고 조롱을 당하면서도 구태여 험한 길을 선택한 사람. 가난 탓에 봉봉 장사를 하면서까지 오로지 자신이 믿는 길을 나아가려 한 화가.

그런 루소가 십중팔구 인생 최후로 심혈을 기울여 완성한 작품, 〈꿈을 꾸었다〉.

그 작품이 온갖 눈치 보기 작전이 난무하는 경매장으로 끌려나와 수백만 달러라는 거금에 거래된다는 말인가. 그리고 그 돈으로 나는 고급 아파트를 산다고?

팀은 또다시 크게 한숨을 쉬었다.

어떻게 하지.

이거고 저거고 모조리 당신 탓이야…… 루소.

"안녕히 주무셨습니까, 브라운 씨. 오늘은 아침에 테라스에서 뵙지 못했는데…… 편히 쉬셨는지요?"

그날도 바일러 저택에서 보낸 차가 9시 5분 전에 호텔에 도착했다. 팀이 로비에 모습을 드러낸 것은 9시 10분이었다. 정면 현관의 회전문 앞에서 지배인 요제프 리하르트가 말을 걸었다. 팀은 "안녕하세요"라고만 하고 쓸데없는 말은 하지 않은 채 바로 차에 올라탔다.

"안녕하세요. 컨디션은 어떠신가요?"

어젯밤 약속대로 호텔 테라스에서 차가운 리슬링으로 건배를 했지만, 팀은 정신이 딴 데 팔려 있어 도무지 대화가 이루어지지 않았다. 오리에는 팀의 상태가 이상한 것을 금세 알아차린 듯했지만 아무것도 묻지 않았다.

오리에는 술을 마시지 않는지 거의 입에 대지 않았다. 팀의 술잔이 비기까지 짧은 시간 동안 두 사람은 침묵을 지키다가 각자 객실로 돌아갔다. 팀은 엘리베이터에서 뒤늦게 시차의 영향이 나타난 모양이라고 짤막하게 변명했다.

팀은 애써 밝게 대답했다.

"잘 잤어? 시차에 영 적응이 안 되네. 이거 난감한걸."

오리에는 풋 웃었다.

"그런가요. 그럼 이야기 뒷부분을 읽기 힘드시겠네요……."

팀은 오른손을 뻗어 가죽 시트를 검지로 톡 쳤다. 오리에가 팀을 의아스레 쳐다보았다. 팀은 입을 굳게 다물고 고개를 보일 듯 말 듯 가로저었다. 아무 말도 하지 말라는 의사 표시였다.

이제 주위 사람 모두를 의심하지 않을 수 없는 상황이었다. 리하르트도, 이 운전기사도 그렇다. 누가 어떤 식으로 매닝과 연결되어 있는지 알 수 없으니까.

오리에는 잠시 당황한 듯했지만, 아무 일 없었던 것처럼 잠자코 창밖으로 시선을 돌렸다. 팀은 그녀의 빠른 눈치에 감사했다.

바일러 저택에 도착하자 정면 현관 앞에서 대기하던 집사 슈나젠이 "안녕하십니까?"라며 재빨리 뒷좌석 문을 열었다.

"도착이 10분쯤 늦어진 것 같습니다만…… 도중에 길이 막히기라도 했는지요?"

은근슬쩍 비아냥거린다. 당연히 이 남자도 수상하다. 팀은 대답하지 않고 바로 집 안으로 들어갔다.

여느 때와 같은 응접실에서 바일러의 법정 대리인 에릭 콘츠가 두 사람을 맞이했다. 팀은 의식적으로 콘츠의 시선을 피했다. 머릿속에서 경고등이 깜박였다.

이 사내가 가장 위험하다.

"므슈 바일러는 시간에 대단히 엄격하신 분입니다." 콘츠가 눈썹 하나 까딱하지 않고 말했다. "두 분 다 그 점을 잊지 마시길. 그럼 갈까요, 하야카와 씨."

두 사람은 발길을 돌려 응접실에서 나갔다. 문이 덜컹 닫힌 뒤, 팀은 감시 카메라를 의식하며 일인용 소파에 털썩 앉았다.

이 게임에 응하는 이상 일이 엄청나지리라는 것은 예상하고 있었다.

그나저나 왜 이렇게 피곤한지.

아직 겨우 사흘째, 이야기 《꿈을 꾸었다》는 이제야 제3장이 시작된다.

나는 과연 이레째의 마지막 장까지 갈 수 있을까.

제3장 예언

그날도 가난한 세탁부 야드비가에게 그림 한 장이 배달됐습니다.

센 강변을 산책하는, 아니, 걷고 있는 게 아닙니다. 꼿꼿이 부동자세로 선 콩알 같은 사람들. 강 건너편에 에펠탑인 듯한 탑이 보이고, 하늘에는 비행선인 듯한 물체가 떠 있습니다. 야드비가는 두 손을 허리에 얹고 "하여간, 저 돌팔이 화가가!"라고 기가 차다는 듯 한숨을 쉬었습니다.

"그야 난 못 배운 인간이니까 예술이란 게 어떤 건지 몰라. 그렇지만 이 그림에 값어치가 전혀 없다는 것쯤은 알 수 있다고. 이 괴상야릇한 인간들을 좀 봐. 뒤에 그린 이거…… 에펠탑이랍시고 그린 건가? 내 눈엔 웃기게 생긴 파리채로만 보이는데."

낡아빠진 아파르트망의 비뚤어진 바닥에 펴놓은 유화를 보며 투덜거리는 것을, 남편 조제프는 등을 돌린 채 듣고 있었습니다. 이윽고 바닥을 삐걱거리며 아내 곁으로 다가오더니 말했습니다.

"내가 몇 번을 말했어? 그림이란 건 그렇게 보는 게 아니라니까. 벽에 기대놓고 보는 거야. 이렇게."

두 손으로 조심스레 그림을 들어 초라한 식탁 위에 살짝 올려놓고 벽에 기대놓았습니다. 야드비가는 흥 하고 코웃음을 치고는 "어떻게 보든 똑같아"라며 더욱 거칠게 욕했습니다.

"저번에 좀 큰 걸 그려왔길래 집에 안 들고 오고 그 길로 마르티르 거리의 골동품 상점에 가져갔거든. 이 근처 고물상보다 캔버스 값을 더 잘 쳐준다는 소문을 들어서 말이야. 그런데 글쎄 고작 4프랑 주지 뭐야! 기가 차서 그 자리에 주저앉았다고. 고생해서 들고 갔더니만……."

"큰 그림?" 조제프는 눈을 반짝였습니다. "어떤 그림이었는데?"

"잊어버렸어." 야드비가는 실쭉해서 대답했습니다. "못 그렸더란 건 기억나는데."

"이거 봐, 그건 예술가한테 실례잖아. 못 그렸건 뭐건 최소한 어떤 그림이었는지 정도는 기억하라고."

이번에는 조제프가 어처구니없다는 듯 말했습니다. 야드비가는 "당신 뭐야?"라며 남편을 노려보았습니다.

"자기 마누라한테 추근대는 놈 편을 드는 거야? 예술가는 무슨 개뿔. 그런 돌팔이가 예술가라면 땅바닥에 낙서하는 어린애도 예술가겠네."

나 참 어이없어서, 라고 내뱉고 야드비가는 허름한 침대에 누워 남편에게 등을 돌렸습니다.

화내지 마, 라고 다정하게 한마디 하면서 뒤에서 안아주면 좋을 텐데.

그렇게 생각해도 입 밖에 내어 말하지 않습니다. 야드비가는 두 팔로 자기 몸을 끌어안고 속으로 중얼거립니다.

이이한테는 이제 다정함 같은 거 기대하지 말아야 해.

동갑내기 남편과 열여덟 살에 결혼한 지 2년. 젊은 부부에게 아이는 아직 없었습니다. 야드비가는 자신은 애를 못 낳는 몸이 틀림없다고 자포자기하고 있었습니다.

남편은 분명 조만간 이혼을 요구할 것이다. 어서 아이를 갖고 싶다고 해서 결혼했는데 소식도 없으니까. 정말이지 운이 없다.

조제프도 자신도 가난의 구렁텅이 같은 가정에서 자라 어렸을 때부터 우유를 배달하고 아기를 보며 집에 보탰다. 조제프는 고지식하고 다정한 청년이었다. 이 사람과 함께라면 가난해도 행복한 가정을 꾸릴 수 있을 줄 알았는데.

아이에게는 자신들 같은 고생을 시키고 싶지 않다. 우리 아이는 학교에 보내 훌륭한 사람으로 키우자. 야드비가에게 청혼할 때 조제프는 얼굴을 빛내며 그렇게 말했습니다.

결혼한 뒤 조제프는 배달부 일을 시작해 상품이며 가구, 도구 등을 상점에서 집, 아파르트망에서 아파르트망으로 운반하고 품삯을 받았습니다. 1년 전부터 화랑의 의뢰가 늘어 그림 배달이며 작품의 전시회장 반출입 등도 거들게 되었습니다. 그 무렵부터였을까요, 아내에게 그림을 보는 법이며 놓는 법을 가르치려 들기 시작한 것은. 야드비가가 보는 그림이라곤 저 돌팔이 화가 앙리 루소 것뿐이었습니다만.

남편 있는 여자에게 잇따라 그림을 선물하는 화가. 연애편지를 곁들이는 것은 아닙니다. 그러니 사실 부지런히 그림을 그려 선물하는 이유는 명확하지 않습니다. 완곡하게 구애하는 것이라는 느낌은 드는데…….

그나저나 그가 그리는 그림들은 빈말로도 '잘 그렸다'고 할 수 없습니다. 하지만 어떤 정열 같은 게 느껴진다는 것을 깨달은 사람은 야드비가가 아니라 남편 조제프였습니다.

물론 남편이 아내에게 그런 말을 할 리 없습니다. 조제프는 그저 잠자코 앙리 루소라는 수수께끼의 화가가 준 그림에 대해 아내가 욕설을 퍼붓는 것을 지켜보고, 이윽고 그림이 어디론가 사라져도 아무 말 하지 않았습니다.

야드비가는 루소가 선물한 그림을 받는 족족 팔았습니다. 처음에는 '살롱'이라는 것에 출품되는 작품이 어마어마한 금액에 매매된다는 소문을 듣고, '회화'니까 어느 정도 값을 쳐줄 것이라고 기대했습니다. 하지만 어느 화랑에 들고 가도 문전박대를 당할 뿐이었습니다. 하는 수 없이 고물상에 들고 가니 2, 3프랑 주었습니다.

벽지만큼도 값어치가 없는 그림을 선물이랍시고 주는 건가. 그렇게 생각하니 자신까지 값어치 없는 여자라고 낙인찍히는 것 같아서 화가 났습니다.

그래도 1프랑이라도 받을 수 있는 한 잠자코 받아두자. 조금이라도 살림에 보탬이 될 수 있으면 그것으로 충분하다. 그런 체념 비슷한 기분도 있었습니다.

야드비가는 루소의 그림을 팔아 얻은 돈으로 압생트를 사서, 녹초가 되어 돌아온 남편과 함께 조촐한 식탁을 둘러싸고 앉아 같이 마십니다. 그것만이 젊은 부부에게 허락된 작은 사치였습니다.

독일인 같은 화랑 주인의 의뢰를 받고 터무니없이 기묘한 그림을 비농 거리에 새로 생긴 화랑으로 운반했어.

어느 날 밤, 조제프가 야드비가에게 그런 이야기를 했습니다. 야드비가는 별반 관심이 없는 듯 "그랬어?"라고만 대답했습니다. 조제프는 흥분한 표정으로 말을 이었습니다.

"그게 참 얼마나 기분 나쁜 그림이던지. 완성된 유화가 아니라 습작 같았는데…… 괴물 같은 여자가 다섯 명…… 그중 한 명은 뒤를 향해 앉아 있는데 얼굴은 정면을 보고 있지 뭐야. 괴물 같다고 할지…… 뭔지 몰라도 굉장히 마음에 걸리더라고."

"흥." 야드비가는 식탁에 팔꿈치를 괴고 눈을 가늘게 뜬 채 흥미 없다는 듯 대답했습니다. "그런 게 예술이라면 이 그림도 좀 더 나은 값에 팔릴 만도 한데 말이야."

식탁 위에는 바로 어제 또 루소가 준 어린아이의 초상화가 놓여 있었습니다. 방긋 웃지도 않고 정면을 쳐다보는 갓난아기 얼굴. 인형이며 꽃다발을 함께 그렸는데도 으르는 듯 보이는 갓난아기의 표정은 흡사 늙은 여자 같습니다. 야드비가는 당장 고물상으로 가져가려고 했는데, 웬일로 조제프가 말렸습니다. 2, 3일 더 곁에 두고 보고 싶다고 말했습니다. 아이가 없어 외로운 탓인가, 이렇게 무서운 갓난아기 그림에도 애착이 가는 건가 싶어 야드비가는 마음이 복잡했습니다.

"그러니까…… 당신, 그 화랑에 그림을 가져가보지 않겠어? 잘은 모르지만 전위라나 뭐라나, 세상에서 아직 가치를 인정받지 못하는 그림을 사들인다던데."

"이 따위 그림, 어디에 가져가든 3프랑 이상 못 받아."

야드비가는 여전히 흥미 없는 목소리로 말했습니다.

"돈 문제가 아니야. 그런 괴물 같은 그림에서 가치를 발견해내는 인간이 있다는 게 재미있잖아. 어쩌면 이 그림도 가치를 인정해주는 사람이 있을지도 몰라. 뭐랄까…… 이런 그림을 보고 '근대적'이라고 하는 게 아닐까."

야드비가는 턱을 괸 채 "이상해"라며 쓴웃음을 지었습니다. "'근대적'이라니, 그게 뭐야?"

"나도 잘 모르지만 독일인 같은 화랑 주인이 여러 번 말했어. 아마 새롭다는 뜻 아닐까. 새로운 그림…… 새로운 가치관 같은."

야드비가는 이상하게 생각했습니다.

남편은 왜 그런지 이 화가의 그림에 관심이 있다. 근대적이라느니, 새로운 가치관이라느니, 그런 어려운 소리를 하는 사람이 아니었건만. 신진 화랑에 드나들게 되면서 어쩐지 변한 것 같다.

"알았어. 그럼 내일 가볼게."

이튿날, 야드비가는 남편이 '괴물 같은 그림을 운반했다'고 말한, 비뇽 거리에 새로 생긴 화랑 '다니엘 칸바일러'로 갔습니다.

파라핀지에 싼 캔버스를 들고 화랑의 쇼윈도 너머로 몰래 안을 들여다보았습니다.

천으로 싼 커다란 캔버스가 여럿 벽에 기대어 놓여 있는 가운데, 젊은 화랑 주인인 듯한 인물과 몸집이 작고 땅딸막한 남자가 마주 서서 뭐라 이야기를 나누고 있었습니다. 화랑 밖에서 초라한 행색의 여자가 캔버스를 들고 서성이는 것을 맨처음 깨달은 사람은 몸집이 작은 남자 쪽이었습니다.

"뭐지? 당신 화가인가?"

남자는 화랑 문을 열고 호기심 어린 목소리로 물었습니다. 새카맣고 날카로운 두 눈이 야드비가를 똑바로 쳐다보았습니다. 야드비가는 고개를 흔들고 간신히 대답했습니다.

"이걸…… 팔고 싶은데요."

두 남자는 서로 마주 보았습니다.

야드비가는 처음으로 문전박대를 당하지 않고 화랑 안으로 안내되었습니다.

파라핀지 속에서 나타난 그림을 보고 두 남자는 동시에 조용해졌습니다. 팔짱을 낀 채 꼼짝도 하지 않고 심각한 표정으로 그림을 바라봅니다. 그거 봐, 내 말이 맞지. 야드비가는 가슴속을 손톱으로 긁히는 기분이었습니다.

이런 그림을 '새롭다'고 생각하는 인간이 세상에 어디 있다고.

"당신이 왜 이 그림을 갖고 있는지는 모르겠지만."

얼마 뒤 남자가 한숨 섞인 목소리로 말했습니다. 눈이 크고 새까만 남자 쪽입니다.

"이 그림을 그렇게 간단히 화랑에 팔려고 하지 마. 손해가 이만저만이 아닐 테니까."

야드비가는 눈을 깜박이며 남자를 보았습니다. 남자는 어둠처럼 깊은 눈으로 쳐다보며 느닷없이 "내가 예언 하나 해줄까"라고 했습니다.

"이 그림은…… 언젠가 엄청나게 값이 오를 거야. 왜냐하면 이 화가는 천재니까."

야드비가는 남자를 뚫어지게 쳐다보았습니다. 남자가 무슨 말을 하는지 의미를 전혀 이해할 수 없었습니다. 문득 남자의 뺨에 흰색 그림물감이 조금 묻은 게 보였습니다. 재킷 팔꿈치에도, 손끝에도.

"당신 화가구나."

야드비가는 그제야 깨닫고 말했습니다.

"그래, 화가야." 남자는 대답했습니다. "그리고 난 이 그림을 그린 화가가 누군지 알아."

"값이 오른다는 말 진짜야?" 야드비가는 갑자기 펄쩍 뛰어오르고 싶은 기분이 들어 물었습니다. "당신 생각도 그래? 어때, 화랑 주인."

화랑 주인인 듯한 남자는 쓴웃음을 지었습니다. 그러더니 독일어 억양이 강한 프랑스어로 대답했습니다.

"글쎄요, 난 확실히는 모르겠습니다. 하지만…… 뭐, '새로운 그림'인 건 틀림없군요."

"그거 '근대적'이란 뜻?"

생각지도 못한 말이 여자의 입에서 나오자, 두 남자는 또다시 서로 마주 보더니 웃었습니다.

"네, 그렇군요. 근대적. 그렇게 말할 수도 있겠습니다."

독일어 억양의 남자가 꼭 부정할 생각은 없다는 듯 말했습니다. 야드비가는 기대의 우물에서 수동 펌프로 물을 길어 올리는 기분이 들었습니다.

"그럼 지금 사주면 안 돼? 부르는 값으로 팔게, 그러니까……."

"지금 팔면 손해가 이만저만이 아닐 거라고 말했을 텐데. 기다리라고, 그때가 올 때까지."

참지 못하고 몸을 앞으로 내밀며 말하자, 남자가 매섭게 말허리를 잘랐습니다. 야드비가는 하려던 말을 꿀꺽 삼켰습니다.

자신과 나이 차가 별로 나지 않을 듯한 젊은 화가. 하지만 이 남자의 '예언'은 '예언'이라 부를 수 없을 만큼 확신에 차 있었습니다.

"값이 엄청나게 오를…… 천재."

야드비가는 남자의 예언을 되뇌었습니다.

"그렇지." 남자가 씩 웃으며 고개를 끄덕였습니다. "이게 바로 '새로운 그림'이야."

결국 그 화랑에서는 들고 간 그림을 사주지 않았습니다. 야드비가는 고물상에도 들르지 않고 낡아빠진 아파르트망으로 터벅터벅 돌아왔습니다.

초라한 식탁에 원래대로 그림을 올려놓고, 턱을 괴고 바라보았습니다. 조제프가 돌아올 때까지 몇 시간이고. 어두워진 다음에는 램프를 켜고.

새로운 그림이란 게 뭐지? 무슨 뜻이지?

기다린다고? 그때가 올 때까지.

가난한 세탁부가 처음으로 예술에 관해 생각한 밤이 고요히 깊어갔습니다.

O

오후 2시 반. 팀은 바젤 시내를 달리는 노면전차에 타고 있
었다.

옆 좌석에는 오리에가 앉았다. 창문을 전부 기분 좋게 활짝
열어놓아 시원한 바람이 전차 앞쪽에서 뒤쪽까지 단숨에 지
나간다. 오리에의 머리카락이 바람의 형태로 흔들리고, 그때
마다 달콤한 꽃향기가 팀의 코끝을 간질였다.

전차는 바젤 동물원으로 가고 있었다. 미술관이 아니라 동
물원이다. 설마 그런 곳에 라이벌과 함께 가게 될 줄이야. 오
늘 점심식사가 끝날 때까지는 상상도 못 했던 일이다.

제3장을 다 읽은 뒤, 팀과 오리에는 어느새 정례 행사가 된
오찬회에 참석했다. 전날과는 달리 팀은 포크로 음식을 뜰 때
를 제외하고는 입을 거의 열지 않았다.

"역시 추모 미사 같군."

바일러가 자못 재미없다는 듯 중얼거렸다.

"오늘은 아무런 견해도 없는 겁니까?"

콘츠가 묻기에 팀은 "뭐, 그렇습니다"라고 시치미를 뗐다.

이 사내와는 앞으로 가급적 대화를 줄여야 하거니와, 오찬회 자리에서 어제처럼 오리에와 쓸데없이 토론을 벌이는 것은 위험하다. 브라운 씨보다 하야카와 씨 쪽이 유리해 보입니다, 하고 매닝에게 알렸다가는 큰일이다.

매닝이 이미 오리에와 접촉했는지 아닌지는 알 수 없지만, 승산이 있을 듯한 플레이어를 포섭하고 싶어 해도 이상할 것 없다.

그렇게 되면 오리에까지 의심스러워진다.

벌써 매닝이 비슷한 조건을 제시하며 '반드시 이겨라'라고 한 것은 아닐까. 자신과 오리에를 각각 포섭해서 어느 쪽이 이기든 크리스티가 그 작품을 경매장으로 끌어낼 수 있도록 준비해놓은 것은 아닐까.

팀은 별안간 일어섰다. 메인 요리의 접시를 아직 치우기 전이었지만, 더는 못 견디겠다는 듯이 말했다.

"죄송합니다만 몸이 좋지 않아서…… 오늘은 이만 실례하겠습니다."

테이블에 등을 돌리고 빠른 걸음으로 식당을 나섰다. 현관을 향해 긴 복도를 걸어가는데 뒤에서 또각또각 하는 구두 소리가 쫓아왔다. 현관 포치에서 하인에게 "차를 불러줘요"라고 부탁했다. 곧이어 뒤에서 오리에의 목소리가 들렸다.

"저도 같이 가겠어요."

팀은 돌아보았다. 검은 눈동자가 걱정스레 쳐다보고 있었다. 진심으로 걱정해주는 것이라면 고맙지만 하고 생각하며 팀은 "혼자 있고 싶어"라고 대답했다.

"어제부터 이상해요. 무슨 일 있었나요?"

"아무 일 없어." 팀은 짤막하게 대답했다. "시차 때문에 그래. 원래 그런 체질이라."

"그럼 시차를 금방 극복할 수 있는 방법을 가르쳐드리죠." 오리에도 즉각 맞받아쳤다. "당신은 뉴욕에서, 전 파리에서 왔어요. 생각하면 공정하지 않죠. 우리 둘 다 완벽한 컨디션으로, 같은 조건에서 자료를 조사하고 강평일을 맞이해야지, 아니면 공정하게 겨룰 수 없어요."

캐딜락이 현관 앞에 도착했다. 오리에가 뒷좌석에 올라타기 직전에 말했다.

"아무튼 호텔로 돌아가면 그 뒤에 절 따라오세요. 대번에 시차를 극복할 수 있는 곳으로 데려가 드릴게요."

그렇게 해서 간 곳이 동물원이었다.

"이거 뜻밖인걸……. 바젤 동물원이란 데가 이렇게 넓었나."

총 면적 32에이커(약 13헥타르)나 되는 바젤 동물원은 1974년에 개원한 세계에서 가장 오래됐고 가장 인기 있는 동물원 중하나다. 팀도 존재는 알고 있었다. 하지만 미술계에 몸을 둔 사람으로서, 유럽 최고의 미술관과 아트 페어가 있는 이 도시에 와서 미술관에 간다는 것 외의 발상은 없었다. 설마 자신이 동물원에 가게 될 줄이야.

팀이 하도 두리번거리는 바람에 오리에가 결국 웃음을 터뜨렸다.

"역시 바젤에 여러 번 와도 동물원에는 안 오시나 보죠?"

"보통 큐레이터는 그렇지 않겠어?" 팀은 쓴웃음을 지었다. "시차 극복에 도움이 되는 곳인 줄 몰랐어. 당신은 자주 오나?"

"네, 바젤에 올 때마다." 오리에는 경쾌하게 대답했다. "그래봤자 파리에서 비행기로 한 시간 반이니까 시차를 극복하려고 오는 건 아니지만요. 단순히 여기가 좋아요."

사자가 드러누운 곳(우리가 아니라 수풀이 우거진 오아시스 같은 장소였다)에 다다른 두 사람은 철책에 몸을 기대고 구경했다. 낮잠을 자는 사자들은 어찌나 느긋한지, 바라보다 보니 덩달아 잠이 올 정도였다. 팀이 무심코 하품하는 것을 보고 오리에가 "그거 보세요"라며 또 웃었다.

"마음이 가벼워져서 잠이 오잖아요? 시차 때문에 고생할 때는 억지로 자려고 애쓰지 말고 동물원이나 식물원에 가면 좋아요. 미술관 아닌 곳에 가라고 가르쳐주셨어요, 아버지가."

"아버지가?"

오리에는 고개를 끄덕였다.

"전 아버지 직장 관계로 어렸을 때부터 외국에 살아서……

가족끼리 외국에 가는 일도 많았기 때문에 늘 시차 때문에 고생했어요. 게다가 어렸을 때부터 미술관에 가는 걸 너무너무 좋아했거든요. 아무리 시차 때문에 힘들어도 처음 가는 도시에 가면 바로 그곳 미술관을 찾곤 했어요. 아트는 저한테 전 세계 어느 곳에 가나 기다려주는 친구. 그리고 미술관은 '친구네 집' 같은 곳이었으니까요."

재미있는 소리를 한다. 이번에는 팀이 무심코 웃었다.

"아트는 친구, 미술관은 친구네 집이라. 그러고 보면 나도 그렇게 생각하던 시기가 있었지."

"그렇죠? 아트를 좋아하는 사람은 분명히 다들 그럴 거예요." 오리에가 티 없는 웃음을 보였다. "그렇지만 제가 너무 아트에 푹 빠져서 진지하게 대하니까…… 미술관 말고 미술관이랑 비슷하되 다른 곳에 가는 편이 긴장을 풀 수 있을 거라고 아버지가 가르쳐주셨어요. 시험 삼아 가봤더니 아, 정말 이네, 싶었던 거예요. 그 뒤로는 시차 때문에 고생할 때면 동물원이나 식물원에 먼저 가서 컨디션을 되찾은 다음 기운차게 친구네 집에 놀러간답니다."

오리에의 아버지는 동물원과 식물원을 '미술관과 비슷하되 다른 곳'이라고 표현했다. 소녀 시절에는 의미를 잘 알 수 없었지만 최근 비로소 깨달았다고 말했다.

미술관이란 예술가들이 표현해서 탄생시킨 '기적'이 집적된 장소. 동물원과 식물원은 태곳적부터 예술가들이 표현 대상으로 바라봤던 동물과 꽃, 이 세계의 '기적'이 모여 있는 곳.

아트를 이해한다는 것은 곧 이 세계를 이해한다는 것. 아트를 사랑한다는 것은 곧 이 세계를 사랑한다는 것.

아무리 아트를 좋아해도 미술관이나 화집에서 작품만 보면 되는 게 아니잖니? 정말로 아트를 좋아한다면 네가 살고 있는 이 세계를 보고 느끼고 사랑하는 게 중요한 거야.

"한번은 아버지가 제 곁에 서서 그렇게 속삭여주는 것 같았어요. ……이미 오래전에 천국으로 갔을 아버지가."

사고로 아버지를 여의고, 어머니는 본가에서 홀로 지내는 할머니를 돌보기 위해 일본으로 돌아가고, 자신 혼자 파리에 남았다. 돌아가신 아버지와 멀리 떨어져 사는 어머니의 기대에 부응하기 위해 미술 연구에 모든 것을 바치고 가진 에너지를 전부 쏟아왔다.

그러다가 어느 날 문득 깨달았다. 루소도 뻔질나게 다녔다는 파리 식물원에 시차에 적응하려고 갔을 때였다.

어쩌면 나는 오로지 아트만 쳐다보느라 미와 경이로 가득 찬 이 세계를 보지 않았던 게 아닐까?

"그때 어쩐지 알겠더라고요. 루소의 기분을. 그는 아트만을 본 게 아니다. 이 세계의 기적을 줄곧 쳐다봤던 게 아닐까 하고."

고지식한 인물상도, 기묘한 형태의 에펠탑과 비행선도, 숨막히는 밀림도, 저물어가는 새빨간 석양도. 사자도, 원숭이도,

물새도, 피리를 부는 검은 피부의 남자도, 긴 머리의 나부도.

화가의 눈이 이 세상에 살아 있는 모든 것, 자연의 신비와 인간이 영위하는 생활의 기적을 계속해서 쳐다봤기에, 그렇게 순수하고 아름다운 생명과 풍경이 화폭에 그려질 수 있었던 것이다. 유일무이한 낙원으로서.

자신의 마음을 조용히 이야기하는 오리에의 옆얼굴은 어렴풋이 애수를 띠었으면서도 이상하게 충족되어 보였다.

팀은 뜻하지 않게 오리에의 말에 가슴이 떨렸다.

그래. 소년 시절 자신도 지금과 마찬가지로 가슴이 떨렸다.

MoMA에서 루소의 〈꿈〉과 처음 만났을 때. 처음 본 순간, 마치 마법에 걸린 양 작품을 쳐다보았다. 소년 팀은 밀림 속으로 한 발짝 발을 내딛고, 옆얼굴을 보이며 소파에 누운 여자에게 말을 걸었다.

뭐가 그렇게 슬픈 거야?

이 사람은 뭔가가 무척 슬프고, 외롭고, 괴로운 것이다. 이유는 알 수 없다. 하지만 소년 팀은 이 사람을 도와주고 싶다고 생각했다.

그리고 지금.

어째서일까, 오리에의 아름다운 옆얼굴을 보며 팀은 같은 마음에 가슴이 떨렸다.

그날 오후, 팀과 오리에는 오랜 시간 동물원 곳곳을 구경하고 다녔다.

바젤 동물원에서는 특별히 인간에게 해를 입히거나 도망칠 위험이 없는 동물을 풀어놓고 있었다. 오솔길을 걷다 보면 거대한 펠리컨이 눈앞을 가로지르고 왈라비가 유유히 풀밭을 껑충껑충 뛰어갔다. 그때마다 팀과 오리에는 놀라고 함께 소리 내어 웃었다.

오리에는 역시 눈치가 빨랐다. 팀이 문제의 이야기, 그리고 루소와 주변 예술가들에 대해 언급하고 싶어 하지 않는 것을 이해한 듯했다. 어제 점심식사 자리에서 날카로운 지론을 전개했던 젊은 연구자는 오늘은 어디에도 없었다.

팀은 사실 《꿈을 꾸었다》 제3장에 대해 오늘에야말로 오리에와 이야기하고 싶은 기분이었다.

제3장 〈예언〉은 제2장 〈파괴자〉와 전혀 다른 식으로 쓰였다는 생각이 들었다. 끝머리의 대문자는 'O'였는데, 역시 쓴 사람이 바뀌었나. 그렇다면 이 이야기는 연작처럼 이 사람에서 저 사람으로 릴레이하듯 이어지는 걸까.

단순하고 유치한 문장은 굳이 따지자면 제1장에 가까운데, 그보다 더 퇴화했다는 인상을 받았다. 그러면서도 이제까지 읽은 장 중에서 가장 풋풋한 감성이 있었다. 가난하고 배우지 못한 야드비가가 '예술에 눈을 뜬다'. 봄기운 같은 생명감이 그녀 안에 싹트는 모습이 책장에서 생생히 느껴졌다.

게다가 루소 본인은 작중에 한 번도 등장하지 않는데도 압도적인 존재감이 있었다.

이름은 명확히 밝히지 않았어도 피카소로 보이는 화가와 근대미술을 세계에 전파한 전설의 미술상 다니엘 칸바일러의 짧은 대화, 그리고 '예언'. 20세기 미술의 기반을 닦은 인물들이 루소의 존재를 얼마나 중요하게 여겼는지 자연스럽게 전달된다. 연애편지를 곁들이는 것도 아니고, 매끄러운 언변으로 구애하는 것도 아니고. 그런데도 무뚝뚝하게 그림을 그려 선물하는 화가 루소의 연심이 무엇보다도 가슴 아팠다.

연애에 서툰 이 화가를 야드비가가 받아들여주면 좋을 텐데. 그런 생각을 하며 팀은 서재에서 나왔다. 어제까지는 행간에 숨어 있을 비밀을 찾아내려고 기를 쓰고 있었건만.

당신은 어떻게 느꼈지?

팀은 오리에에게 그렇게 물어보고 싶었다.

당신이 야드비가라면…… 이름도 없고 가난한 늙은 화가의 연심을 받아들였을까?

"꽤 많이 걸었네요. 잠깐 쉴까요? 커피라도 사올게요."

벤치가 있는 광장에 이르자 오리에가 말했다. 팀은 즉각 "커피라면 내가 사오지"라고 대답했다. "시차 적응을 도와준 답례로. 잠깐 여기 있어."

오리에를 벤치에 남겨놓고 오솔길 도중에 있었던 커피 스탠드로 서둘러 돌아갔다. 꼭 고등학생 시절 하던 데이트 같다 싶어 어쩐지 유쾌한 기분이 들었다.

"커피 두 잔 주세요. 하나는 블랙으로."

콧노래를 흥얼거리며 커피가 나오기를 기다렸다. 좋은 냄새와 더불어 김이 모락모락 나는 컵 두 개를 받아든 순간이었다.

"잠깐 실례할까요, 므슈. 여쭙고 싶은 게 있습니다만."

느닷없이 뒤에서 여자 목소리가 들렸다. 부드러운 프랑스어였다. 팀은 "위?" 하고 기분 좋게 대답하며 돌아보았다.

눈앞에 낯선 여자가 엷은 미소를 띠고 서 있었다.

"왜 그러시죠, 마담? 무슨 문제라도……."

말하다 말고 흠칫했다.

흰색 마 바지 정장, 웨이브 진 긴 밤색 머리, 어딘지 모르게 이국적인 외모. ……눈에 익었다. 어디서 본 적이 있었다. 하지만 누군지는 모르겠다.

여자는 미소를 지은 채 침착한 목소리로 말했다.

"당신은 지금 콘라트 바일러의 저택에 드나들고 있어요. 어떤 작품을 감정하러. 맞죠?"

느닷없이 날아든 말에 팀은 숨이 멎을 뻔했다.

설마 매닝의, 크리스티의 스태프인가?

"대답하기 싫으시면 안 해도 됩니다. 그렇지만 우리는 당신이 지금 무슨 일을 하고 있는지, 또는 하려고 하는지 전부 파악하고 있으니까, 그렇게 알고 들으시죠."

여자는 재킷 속주머니에서 조그만 수첩 같은 것을 꺼냈다.

그리고 그것을 펴서 팀의 눈앞에 내밀었다. 팀은 놀라 커진 눈으로 표면에 새겨진 글자를 읽었다.

I……C……P……O…….

"제 이름은 줄리에트 를루. 인터폴(국제 형사 경찰 기구)의 예술품 코디네이터입니다. 이번에 **어떤 작품**을 조사하러 파리에서 왔습니다. 당신과 **또 한 감정인**이 현재 그 작품을 감정하는 중이라는 것은 이미 내사를 통해 밝혀냈습니다."

팔이 휘청 흔들려 커피를 엎지르고 말았다. "앗 뜨거……" 하고 소리치자, 줄리에트라고 이름을 밝힌 여자가 냉랭하게 말했다.

"조심하시죠. 커피가 식기 전에 이야기가 끝날 겁니다."

팀은 굳은 얼굴로 여자를 보았다.

"이야기라니…… 제가 무슨 체포당할 일이라도 했습니까?"

"체포라니 무슨 그런 말씀을." 줄리에트는 쓴웃음을 지었다. "말씀드렸을 텐데요. 전 아트 코디네이터이지, 형사가 아닙니다. 당신이 무슨 짓을 하든 체포할 마음도 없고, 또 그럴 권한도 없어요."

그러고 보니 전에 MoMA 소장 작품을 조회하고 싶다고 인터폴에서 연락 온 적이 한 번 있었다. 그 인물도 형사가 아니라 아트 코디네이터라고 신분을 밝혔다. 전 세계에서 암거래되는 도난 미술품의 목록을 관리, 조사하는 게 그들의 일이다.

조금 전 보여준 신분증이 진짜라면, 자신은 그녀가 조사하는 '어떤 작품'에 관해 꼭 이야기해야 하는 걸까.

"저한테 무슨 용건이 있어서 오신 겁니까?"

일단 듣고 보자고 결심을 굳힌 팀은 컵을 스탠드에 올려놓고 물었다. 그 작품에 관여하는 한 이런 사태도 결코 피할 수 없으리라는 것을 깨달았다.

"질문이 있습니다." 줄리에트는 관찰하듯 팀을 똑바로 보며 말했다. "당신이 감정을 수락한 그 작품…… 므슈 바일러가 소장하는 〈꿈을 꾸었다〉가 도난품이란 걸 알고 계시죠?"

팀은 저도 모르게 "뭐라고요?" 하고 소리쳤다. 줄리에트의 입이 어렴풋이 일그러졌다.

"모르셨습니까?"

줄리에트는 나지막이 한숨을 쉬었다.

"도난품이라니…… 그럼 원래는 누가 갖고 있었던 겁니까?"

"과거 러시아의 부호였던 인물이에요. 소련에서 스웨덴으로 망명하면서 들고 나온 은닉 재산이었습니다만…… 지금으로부터 10년 전쯤 국제적인 절도 조직에게 도난당해 암시장에서 거래됐습니다. 그러다가 어마어마한 금액으로 치솟았죠."

몇 차례 전매된 끝에 마지막으로 바일러가 사들였다. MoMA의 톰 브라운에 필적하는 모던 아트의 세계적 권위자,

테이트 갤러리의 치프 큐레이티 앤드루 키츠가 서명한 감정서에 힘입어 구입을 결단했다. 금액은 3백만 달러.

팀은 저도 모르게 침을 꿀꺽 삼켰다. 매닝이 말한 예상 낙찰가와 정확히 일치한다.

"그럴 리 없다 싶으시죠? 루소 연구자인 당신이 가장 잘 아실 테니까요. 앙리 루소의 작품은 아직도 시장 가격이 확립되지 않았으니 그런 고액으로 거래될 리가 없다고."

줄리에트는 팀의 속마음을 정확히 알아맞히고 눈으로만 웃었다. 팀은 겁이 났다.

이 여자는 그 작품에 관해 속속들이 아는 것 같다. 매닝 이상으로.

그렇지만 십중팔구 긴 시간을 들여 조사해서 알아낸 극비 사항을 어째서 이 자리에서 자신에게 이야기하는 걸까.

"방금 처음 만난 저한테 그런 중대한 사실을 알려도 되는 겁니까?"

팀은 떨리는 목소리를 애써 억누르며 물었다.

"방금 당신이 하신 이야기는 인터폴의 기밀 사항이죠? 제가 제삼자한테 절대로 누설하지 않을 거라고 생각하십니까?"

줄리에트는 싸늘한 시선으로 팀을 쳐다보았다. 진의를 확인하듯. 이윽고 침착한 목소리로 말했다.

"이번 건은 인터폴과 관련해서 움직이는 게 아닙니다. 제

개인적인 재량으로 움직이고 있어요. ……그 작품을 구하고
싶어서."

팀은 낯선 외국어를 들은 것처럼 눈을 크게 뜨고 줄리에트
를 쳐다보았다.

구한다고?

"전 그저께부터 다음 주 수요일까지 이레 간 〈꿈을 꾸었다〉
의 감정을 진행한다는 바일러 측의 동향을 파악하고 있었습
니다. 바일러가 가장 애정을 쏟는 그 작품의 운명은, 그저께
바일러 저택에 발을 들여놓았다가 이레째에 떠날 인간의 수
중에 있어요. 바일러는 보다 우수한 감정을 한 루소 연구자에
게 그 작품을 맡기기로 한 것 같으니까요. 그리고 감정하는
사람은 아마도 한 명이 아니라 두 명……."

담담히 이야기하는 줄리에트를 바라보는 사이 팀의 머릿속
에서 기억의 회선이 불꽃을 튀기며 합선을 일으켰다.

난 이 여자를 분명히 만난 적이 있다. 아니, 본 적이 있는 것
같다.

모르겠다. 언제, 어디서 봤지?

"감정인으로 대체 누구를 초대할지 그것까지는 파악하지
못했는데 우연히 당신을 본 거예요. 바일러 가의 캐딜락에 타
는 걸. 그저께 취리히 공항에서."

앗.

기억의 회선이 단번에 연결됐다.

그저께 취리히 공항에서. 시계탑 밑에 서 있던 그 여자다.

흰색 투피스, 긴 곱슬머리, 이국적인 이목구비. 분명히 그때도 어디서 본 것 같다 싶어 무심코 시선을 빼앗겼다.

인터폴 인간이었을 줄이야……

"당신이 탄 차를 당장 택시를 타고 쫓아갔답니다. 바일러 저택에 들어서는 순간까지."

이럴 수가.

팀은 저도 모르게 어깨를 축 늘어뜨렸다. 씁쓸한 기분이 온 몸을 훑었다.

공항에서 매닝과 줄리에트, 두 명이나 되는 사람에게 목격 당했다는 말인가. 얼간이도 그런 얼간이가 없다.

한편으로 팀은 미술품 전문가의 무시무시한 집념에 압도되었다. 한번 점찍은 보물 주변은 이렇게까지 철저하게 조사하는 것이다. 자신 같은 일개 큐레이터는 상상도 할 수 없을 만큼 사람과 돈과 네트워크를 동원해서 땅끝까지라도 추적한다.

말문이 막힌 팀을 바라보던 줄리에트는 이윽고 물었다.

"만약 당신한테 그 작품이 양도되면…… 어쩔 생각이죠?"

팀은 눈을 감았다.

"대답할 수 없습니다."

딱 한마디만 했다. 그렇게 말하는 게 고작이었다. 저녁바람이 줄리에트의 긴 머리를 살랑이며 두 사람 사이를 지나갔다.

"······진작이라고 생각하나요?"

줄리에트의 물음에 팀은 입꼬리를 씰그러뜨리며 웃었다.

"지금 여기서 대답할 수 있는 문제가 아니죠."

"그러네요." 줄리에트도 괴로운 듯 웃음을 지었다. "당신이 그 작품을 진작이라고 판정하든 위작이라고 하든 아무래도 상관없어요. ······구해주기만 하면."

팀은 줄리에트의 눈동자를 응시했다. 다갈색 홍채가 어렴풋이 흔들렸다. 두 사람은 잠시 말없이 서로를 쳐다보았다.

이윽고 줄리에트가 여전히 흔들리는 눈빛으로 속삭였다.

"그 작품에 감추어진 비밀을 가르쳐드리죠. 대신 무슨 일이 있어도 그 괴물에게서······ 바일러에게서 빼앗아 지키겠다고 약속해줘요."

예언을 하듯 엄숙한 목소리가 팀의 귓전을 고요히 때렸다.

〈꿈을 꾸었다〉에는 또 하나의 비밀이 숨어 있어요.

그 낙원 밑에······ 블루 피카소, 즉 피카소의 '청색 시대' 대작이 잠들어 있는 거예요.

방문 – 야회

1983년 바젤 / 1908년 파리

저녁바람에 실려 멀리서 종소리가 들려온다.

아아, 5시를 알리는 바젤 대성당의 종소리가 틀림없다. 15세기에 재건된 고딕 양식 대성당. 어제는 활짝 열어놓은 호텔 객실 창문으로 저 소리가 들렸다.

멍하니 넋이 나간 머리 한구석으로 팀은 그런 생각을 했다. 두 손에는 커피가 싸늘하게 식어버린 종이컵 두 개가 들려 있다. 한 발 내디딜 때마다 갈색 액체가 손 안에서 찰랑였다.

오리에는 벤치에서 기다리고 있었다. 무료해하던 얼굴이 팀을 보고 순식간에 웃음을 띠었다. 그녀는 일어서서 팀을 맞이했다.

"꽤 오래 걸렸네요. 멀리까지 사러 갔던 거예요?"

"아, 응…… 그게, 저…… 갑자기 현기증이 나서 말이야. 벤치에서 잠깐 쉬다 오느라고. 기다리게 해서 미안해."

그런 말로 변명하며 커피를 내밀었다. 손이 보일 듯 말 듯 떨렸다. 오리에는 컵을 받고 고맙다고 인사했다. 불평도 하지 않고 식은 커피를 한 모금 마셨다.

원래라면 커피를 다시 사야 했겠지만, 팀은 그런 것도 깨닫지 못할 만큼 동요하고 있었다.

'그 낙원 밑에…… 블루 피카소, 즉 피카소의 '청색 시대' 대작이 잠들어 있는 거예요.'

방금 전 인터폴의 아트 코디네이터 줄리에트 를루라고 신원을 밝힌 여자에게 들은 충격적인 사실. '진실'인지 아닌지는 알 수 없지만, 그녀는 막힘없이 담담하게 그런 '사실'을 이야기했다.

〈꿈을 꾸었다〉는 의심의 여지없이 앙리 루소의 진필이다. 단 피카소의 알려지지 않은 청색 시대 걸작이 그 밑에 그려져 있다.

원 소유자였던 러시아 부호는 그 사실을 모르고 루소의 사후, 어느 프랑스인 미술상에게 50프랑을 주고 사들였다. 그 뒤 러시아 혁명 당시 스웨덴에 망명했는데, 20년쯤 전에 절도단에게 그림을 도둑맞았다. 그 밖에도 피사로며 보나르 등의 회화를 소유하고 있었는데, 그것들은 모두 무사했다. 마치 노린 것처럼 〈꿈을 꾸었다〉만 가져갔다.

러시아 부호는 망명 당시 그 그림을 '가치 없는 것'이라고 스웨덴 당국에 재산으로 신고하지 않았다. 이제 와서 시끄러워지면 곤란할 것이라고 판단해 울며 겨자 먹기로 포기했다고 한다. 그 때문에 인터폴 도난품 목록에 그 작품이 오르지 않았고, 추적 대상이 되지도 않았다.

작품은 암시장에서 여러 차례 전매되면서 막대한 금액으로 가격이 올랐다. 피카소의 청색 시대 작품이 낙원의 그림 밑에 숨어 있다는 비밀이 어느 단계에서 밝혀졌는지는 알 수 없다. 하지만 루소와 피카소의 희귀한 '이중 작품'이기 때문에 엄청난 액수로 거래됐던 것이다. 바일러가 암시장에서 그 작품을 사들이는 데 쓴 금액은 3백만 달러. 루소 작품치고는 파격적인 가격이었는데도 바일러는 흥정도 하지 않고 그 자리에서 현찰로 샀다고 한다.

그냥 믿기는 힘든 이야기였다. 팀은 진위를 가리려고 필사적으로 생각했다.

〈꿈을 꾸었다〉에 피카소의 그림이 감추어져 있다면, 어째서 크리스티의 폴 매닝이 그렇게까지 그 작품에 집착하는지 수긍이 간다. 예상 낙찰가는 3백만 달러라고 했던 것도 앞뒤가 맞는다. 미발견 블루 피카소라면 3백만 달러도 쌀 지경이다.

그 작품이 경매장에 등장해 크리스티의 유능한 경매사가 경매를 주도하면 낙찰가는 5백만, 아니, 어쩌면 1천만까지 뛰어오를 가능성이 있다. 그렇게 되면 틀림없이 과거 최고 낙찰가를 경신할 것이다. 큰 공을 세운 매닝은 향후 크리스티 뉴욕 사장 자리도 바라볼 수 있다.

하지만 바일러는 어떨까. 그런 줄 알고 그 작품을 구입했을까.

루소와 피카소의 이중 작품이라는 것을 알고 있었다면, 일부러 자신과 오리에에게 감정을 의뢰한 이유는 무엇인가. 전문가에게 '위작'이라는 감정만 받으면 안심하고 표면의 루소 작품을 제거해 감춰져 있던 블루 피카소를 구해낼 수 있다는 뜻일까. 그 뒤 '루소'가 아니라 '피카소'를 이 게임의 승자에게 양도할 생각인가?

애초에 줄리에트는 왜 〈꿈을 꾸었다〉를 추적하는 걸까. 분명히 '그 괴물에게서…… 바일러에게서 빼앗아 지키겠다고 약속해줘요'라고 말했다. 그 말은, 바일러는 루소가 아니라 피카소를, 줄리에트는 피카소가 아니라 루소를 구하려 한다는 뜻인가?

"그 작품에 관해 어떻게 그런 것까지 알고 있는 겁니까?" 팀은 견딜 수 없는 기분이 들어 물었다. "인터폴 코디네이터가 아니라 당신 개인의 재량으로 움직이고 있다고 했죠. 왜 그 작품에 그렇게까지 집착하는 거죠?"

그래, 이 여자도 나를 이용해 작품을 손에 넣으려고 하지 않나. 역시 매닝과 한패인가. 눈 깜짝할 새 의혹이 팀의 가슴을 뒤덮었다.

"난 지난 20년간 다양한 도난품과 분실된 미술 작품의 추적 조사를 해왔어요."

줄리에트는 차가운 표정으로 팀의 눈을 똑바로 보며 대답했다. 그 방면에서 당신보다 더 전문가예요, 라고 하듯.

"러시아 혁명 당시 망명한 러시아 부호는 여럿입니다. 그때혼란의 와중에 행방불명된 컬렉션과 망명 뒤 도난당한 작품이 있어요. 그쪽을 조사하다가 우연히 〈꿈을 꾸었다〉의 존재를 밝혀낸 거예요."

앙리 루소의 숨은 대작. 개인적인 관심으로 조사를 거듭하던 중, 분실되었다고 여겨지는 피카소 초기 작품의 조사 의뢰를 받았다. 의뢰한 사람은 근대미술 컬렉터이자 세계 굴지의 미술 평론가 고(故) 크리스티앙 제르보의 대리인이었다.

제르보는 피카소 생전부터 그의 전작 도록을 편찬, 발간한 것으로 이름을 세계에 떨쳤다. 제르보의 사후에도 피카소의 전작 도록은 편찬 작업이 계속되어 99권에 이르렀다. 피카소는 91년간의 생애 동안 왕성한 창작 활동을 한 터라, 조사를 하면 할수록 작품이 끝도 없이 나온다. 미발견 작품이 어느정도 존재하는지조차 확실치 않을 정도다. 특히 '청색 시대'의 미발표 작품 등은 공개되지 않은 채 어딘가에 감춰져 있을 가능성도 있다.

'청색 시대'는 신진 화가였던 피카소가 파리로 나와 도시의 가장 밑바닥에서 가난에 허덕이는 사람들을 그린 시기, 즉 초기 작품군을 가리킨다. 맹인, 걸인, 가난한 모자(母子) 등이 애조 띤 청색을 기조로 그려져 있는데, 20대 초반이라는 젊은 나이에도 불구하고 피카소는 이때 이미 놀라운 기술과 풍부한 감성을 개화시켰다. 피카소는 평생 10만 점 이상의 작품을 남겼는데, 그중에서도 '청색 시대'에 그린 작품은 '블루 피카소'라고 불리며 미술사에서도 미술 시장에서도 특별시된다.

제르보의 대리인은 인터폴 아트 코디네이터인 줄리에트 를루에게 비밀리에 접촉했다. 죽은 제르보가 찾던 행방불명의 '블루 피카소'가 있는데, 그게 아무래도 특별한 작품 같다는 것이다. 제르보는 자신이 죽은 뒤로도 그 작품을 찾도록 대리인에게 의뢰하면서 '다른 중요한 화가의 작품 밑에 감추어져 있을 가능성이 있다'는 말을 남겼다.

피카소와 제르보는 생전에 친교가 있었는데, 어느 날 피카소가 불쑥 '아무도 본 적이 없는 초기 작품이 어딘가에 있다'고 제르보에게 속삭였다. 1903년에 청색 시대 대표적 〈인생〉을 그린 것과 전후해서 '2m x 3m' 정도 되는 최대급 작품을 그렸다는 것이다. 그런데 그 작품은 아무에게도 보여주지 않았다. 단 한 명만 빼고. 그게 어떤 작품인지, 또 누구 손으로 넘어갔는지, '그 단 한 명의 명예를 위해'라며 피카소는 일절 가르쳐주지 않았다.

제르보는 피카소가 속삭인 말이 진실이라면 어쩌면 그 작품은 당시 교류가 있었던 가난한 화가에게 선물했을지도 모른다고 추리했다. 벨 에포크의 화가들은 그림을 서로 교환해서 아틀리에에 장식하거나 전매했고, 심한 경우 자신의 그림을 그릴 캔버스로 재활용했던 모양이다. 피카소도 가끔 그렇게 했다. 그 정도로 당시 그들의 그림은 값어치가 없었다.

제르보가 아무리 찾아도 그럼직한 그림은 나오지 않았다. 그는 결국 죽음을 앞두고 대리인에게 맡겼다. 자신이 죽고 난 뒤에도 계속해서 찾아달라, 그리고 편찬 도중인 피카소의 전작 도록에 반드시 실어달라고. 단 만에 하나 다른 중요한 화가의 작품 밑에서 발견될 경우…… 그때는 어떻게 할지 피카소에게 의견을 물어달라고.

그런데 제르보가 1970년에 타계한 3년 뒤 피카소도 세상을 떠났다. 결국 그 작품에 대한 화가의 공적인 언급이 없는 채, 그럼직한 작품도 발견되지 않은 채.

대리인의 이야기를 듣고 줄리에트는 비밀리에 조사를 개시했다. 도난품이라면 인터폴을 정식으로 움직일 수 있지만, 그때는 아직 뜬구름 잡는 듯한 이야기였다. 그러나 동시에 〈꿈을 꾸었다〉에 관해 조사하던 줄리에트는 그 작품의 크기 '204cm x 298cm'가 MoMA에서 소장하는 〈꿈〉과 똑같다는 사실을 깨달았다. 동시에 피카소가 말했다는 '2m x 3m'라는 작품 사이즈와 거의 일치한다는 것도.

피카소와 루소가 처음 만난 것은 1908년이다. 루소의 재능을 꿰뚫어본 피카소가 가난한 화가를 도우려고 자신의 작품을 선물했다면…….

줄리에트는 〈꿈을 꾸었다〉를 실물로 본 적이 한 번도 없었다. 정말로 '이중 작품'인지 아닌지 조사하려야 할 방도가 없다. 간신히 작품이 있는 곳을 밝혀냈더니 그것은 이미 콘라트 바일러 저택 내에 있었다. 그러나 고령인 바일러가 조만간 세상에 남기게 될 작품을 둘러싸고 미술계의 이면에서 온갖 음모가 꿈틀거리는 것을 줄리에트는 감지했다.

"그건 앙리 루소의 작품이지, 파블로 피카소 작품이 아니에요. 그런데도 다들 '낙원 아래 피카소'를 노리고 있는 거예요."

줄리에트가 초췌한 표정으로 말했다.

팀은 "설마…… 그런 일이" 하고 소리 내어 말했다. "거기까지 알면서 왜 그 '사실'을 바일러한테 말하지 않는 겁니까?"

"인터폴 코디네이터가 하는 말에 귀 기울일 사람이 아니에요."

줄리에트는 조금 짜증스러운 목소리로 대꾸했다.

"바일러는 압니까? 그 작품이 루소와 피카소의 이중 작품이란 걸?"

줄리에트는 소리 없이 비웃었다

"당신은 자신이 왜 바젤로 불려왔는지 모르는군요. 바일러는 당신한테 그걸 판정하게 하려는 거예요."

팀은 주먹을 꽉 쥐었다.

이래서는 다람쥐 쳇바퀴 돌기다. 어째서 바일러가 자신에게 그 작품의 감정을 의뢰했는지, 어째서 줄리에트가 그런 중요한 이야기를 자신에게 하는지, 어째서 루소를 지켜달라고 하는 건지. 결국 아무것도 모르겠다. 아는 것은 단 하나뿐.

모두가 그 작품을 노리고 있다는 것이다.

혼란에 빠진 팀에게 줄리에트는 흡사 몰아붙이듯 말했다.

"당신의 라이벌, 그 일본인 연구자…… 오리에 하야카와. 그 사람을 조심해요. 만약 나와 마찬가지로 루소를 구하고 싶은 마음이라면…… 당신은 반드시 그 사람한테 이겨야 합니다."

그 사람이 이겨서 〈꿈을 꾸었다〉의 취급 권한을 빼앗기면…… 그 작품은 영원히 세상에서 사라지게 돼요.

왜냐하면…….

"그만 가는 게 낫겠네요. 안색이 아주 안 좋아요."

오리에의 목소리에 정신이 퍼뜩 들었다. 팀은 얼굴을 들어 오리에를 보았다.

식은 커피가 든 컵을 두 손으로 감싸고 차분한 눈으로 자신을 바라보고 있다. 팀은 도망치듯 다른 데로 눈길을 돌렸다.

"그렇군……. 갈까."

중얼거리고는 힘없이 일어섰다.

오리에가 앞장서고 팀은 그 뒤를 따라, 조금 떨어져서 출구를 향해 동물원 오솔길을 걸었다. 팀의 머릿속에서는 줄리에트의 말이 주문처럼 울려 퍼지고 있었다.

왜냐하면 그 사람은 테이트 갤러리의 치프 큐레이터 앤드 루 키츠와 한편이니까.

오리에 하야카와는 키츠의 정부예요. 키츠한테 처자가 있는 걸 알면서 관계를 맺었죠.

키츠는 소더비 런던의 프라이빗 세일즈 부문 디렉터 스티븐 오언과 결탁해서 루소 밑의 블루 피카소를 손에 넣으려고 하고 있어요.

그래요, 테이트 갤러리의 새로운 소장품으로서…… 이사들이 무슨 수를 써서라도 갖고 싶어 할 최대의 간판 작품으로 말입니다.

그렇게 되면 키츠는 테이트 관장 취임으로 이어지는 계단을 단숨에 달려 올라갈 수 있겠죠.

❧

제4장 방문

루소가 살고 있는 아파르트망의 계단을 삐걱거리며 올라가는 한 여자가 있었습니다. 세탁부 야드비가입니다. 그녀는 그날 마침내 결심하고 루소의 아틀리에를 방문하려 하고 있었습니다. 때 묻은 치맛자락을 걷어 올리고 가파른 계단을 빙글빙글, 빙글빙글, 5층까지. 문 앞에 다다를 무렵에는 숨이 찼습니다.

그전에도 루소에게 초대를 받은 적이 몇 번 있었습니다. 내 아틀리에에 언제 놀러와, 차와 과자를 대접할 테니까. 아니, 당신 혼자가 아니라도 괜찮아. 당신 남편 조제프와 함께 와. 조제프는 나한테 참 친절하게 대해줘. 저번에도 작품 반출을 도와줬거든. 그래, 맞아, 공짜로. 그러니까 나한테는 조제프의 부인인 당신을 잘 대접할 의무가 있는 거야.

어디 내가 가나봐라 하고 야드비가는 처음에 생각했습니다. 그런데 요새 들어 마음이 약간 기울었습니다. 남편 조제프가 루소의 집에 드나들며 작품 반출입을 도와주는 것은 알고 있었는데, 집에 올 때면 표정이 달랐습니다. 마치 꿀을 빨아먹은 어린애처럼 황홀한 얼굴입니다. 왜, 돌팔이 화가네 집에서 누드모델이라도 만났어? 하고 빈정거린 적도 있었습니다. 그런데 조제프는 들뜬 표정으로 대답했습니다.

그래, 저게 바로 새로운 그림, 근대회화란 거야.

남편은 대체 어떻게 된 건가. 묘한 술이나 약이라도 먹은 걸까 하고 야드비가는 의아하게 생각했습니다. 하지만 그런 자신도 돌팔이 화가가 그리는 그림에 어쩐지 마음이 끌리기 시작했습니다. 최근에는 남자에게 받은 그림을 고물상에 내다 파는 것을 조제프가 허락해주지 않습니다. 압생트 살 돈이 없어도 좋아? 라고 해도 상관없다고 말합니다. 싸구려 술 따위 마시는 것보다 이 그림을 보고 있는 편이 훨씬 취할 수 있다고.

야드비가의 눈에 루소가 그리는 그림은 어딘지 모르게 섬뜩하고 보면 안 되는 것으로 비쳤습니다. 검은 옷을 입은 여자가 서 있는 그림은 쥐 죽은 듯 조용하고 살아 있지 않다는 느낌이 들어 기분 나빴습니다. 한편 어째선지 이 그림 앞에서는 절대 시선을 피하면 안 된다는 느낌도 강하게 듭니다. 마치 눈꼬리에서 피를 흘리는 기적의 성모상과 마주 선 듯한. 그것을 깨달았을 때 공포가 가슴속을 휩쓸었습니다.

견딜 수 없어져서 식탁 위에 세워놓은 그림을 뒤집었습니다. 이윽고 집에 돌아온 조제프가 알아차리고 원래대로 돌려놓으려는 것을 "하지 마!" 하고 찢어질 듯한 목소리로 제지했습니다.

"나 그 그림이 무서워. 보고 싶지 않아."

공포에 떠는 아내에게 조제프는 루소의 아틀리에에 한번 찾아가보라고 권했습니다. "싫어"라고 해도 "그러지 말고"라며 끈덕지게 권합니다. 늙다리 화가가 자기 아내에게 마음이 있다는 것을 알면서 만나러 가라고 하는 남편. 그 사실이 야드비가는 불안했습니다.

"어째서야?"라고 묻자 조제프는 초연히 대답했습니다.

"그 사람이 그리는 걸 전부 다 봐. 그런 **시대**가 왔다는 걸 분명히 알 수 있을 거야."

아무래도 남편은 신진 화랑과 예술가의 아틀리에에 드나드는 사이에 나쁜 물이 든 것 같았습니다. 정체를 알 수 없는 '근대회화'라는 것에.

그래서 결국 야드비가는 결심하고 루소의 방문을 두드렸습니다.

무방비하게 열린 문 너머에 루소가 나타났습니다. 경악의 벼락을 맞은 얼굴에 금세 기쁨의 천사가 내려앉았습니다.

"안녕, 와줬군."

화가는 문을 활짝 열고 야드비가를 안으로 들였습니다.

"조제프가 꼭 가보라고 해서."

핑계를 대며 방 안에 발을 들여놓습니다. 다음 순간, 목에서 조그맣게 끅 소리가 났습니다.

녹색, 녹색, 녹색. 사방을 뒤덮은, 어마어마한, 신비스럽게 젖은 녹색이 작은 방을 가득 메우고 있었습니다. 울창한 숲, 그 중심에 빠끔히 나타난 달. 나뭇잎 뒤에서 꿈틀거리는 이름 모를 동물들. 방 중앙에서는 호랑이가 들소의 숨통을 끊으려고 이빨과 발톱을 드러내며 달려듭니다. 공격을 피하려고 필사적으로 몸부림치는 들소. 생명과 생명의 충돌, 감미로운 살육이 소리 없이, 조용히, 이렇게 작은 공간에서 침묵 속에 벌어지고 있습니다.

야드비가는 숨이 막혀 저도 모르게 목을 문질렀습니다. 그 모습을 보고 루소가 "저런, 당신도?"라며 미소를 짓습니다.

"이 방에서 그림을 그리다 보면 어쩐지 숨이 막히거든. 숲 속으로 점점 빨려드는 것 같고. 그래서 가끔 이렇게 창문을 열곤 하지."

루소는 창가로 걸어가 끼익 하고 적적한 소리를 내며 창문을 열었습니다. 그러고는 선선한 초가을 공기를 쐬듯 그대로 창가에 서서 돌아보았습니다.

"미안하지만 오늘은 과자도 차도 준비가 안 돼 있어. 그게…… 당신이 와줄 줄은 꿈에도 몰랐거든."

야드비가는 얼마 동안 잠자코 밀림 속의 호랑이와 물소의 싸움을 쳐다보고 있었습니다. 이윽고 "몰랐어"라고 중얼거렸습니다.

"지금까지 당신이 준 그림은 여자랑 애랑 센 강 풍경뿐이었는데. 이런 그림도 그렸구나. 이런 이상야릇한……."

들소에게 덤벼드는 호랑이는 무척 잔인해 보였습니다. 하지만 야드비가는 이상하게도 그 그림을 '아름답다'고 생각했습니다. 그렇습니다, 아름다웠습니다. 목숨을 건 맹수들의 싸움과 그것을 둘러싼 깊은 밀림, 농밀한 공기. 모든 소리를 빼앗으며 작고 초라한 방을 뒤덮는 무자비한 초목. 야드비가는 가볍게 현기증이 났습니다. 근처에 있던 다 해진 빨간 벨벳 소파에 앉아 저도 모르게 후 하고 숨을 내쉬었습니다.

"저런, 아름다운데." 루소가 뜻밖의 풍경을 발견한 것처럼 말했습니다. "이 낡은 소파에 당신이 앉으니 꼭 한 폭의 그림 같군."

화가의 말에 야드비가는 눈 깜짝할 새에 귀가 화끈 달아올랐습니다. 얼른 일어나 루소에게 무뚝뚝하게 말했습니다.

"차도 과자도 없다니 시시해. 그만 갈게."

"그래." 루소는 의외로 붙들려 하지 않았습니다. "아무 대접도 못 해서 미안해. 다음번에 올 때는 꼭 준비해놓지."

루소는 방문해준 답례라며 밀림을 그린 소품 한 점을 야드비가에게 주었습니다. 물감이 아직 마르지 않았으니 조심해서 들고 가라는 말을 곁들여서.

빙글빙글, 빙글빙글, 계단을 내려갑니다. 가슴속에 아직 뭔가가 걸려 있었습니다. 계단은 흡사 향기로운 이국의 숲에서 돌아오는 길, 출구는 초라한 현실로 통하는 입구 같았습니다.

아파트망의 좁다란 출입구에 이르렀을 때, 맞은편에서 두 남자가 다가왔습니다. 야드비가는 어째선지 타인에게 얼굴을 보이고 싶지 않아서 고개를 숙이고 나가려 했습니다. 그러자 한 남자가 "어이, 당신" 하고 말을 걸었습니다. "그 그림을 또 어느 화랑에 가져갈 건가?"

흠칫 놀라 얼굴을 들었습니다. 그 순간 새까만 두 눈과 마주쳤습니다. 어둠 같은 눈에 야드비가는 즉각 생각났습니다.

칸바일러 화랑에서 '예언'을 했던 화가입니다.

"파블로, 아는 사이인가?" 키가 큰 남자가 돌아보았습니다. 지난번 만난 화랑 주인인 듯한 남자와는 다른 인물이었습니다. 파블로라고 불린 화가는 "아는 사이까지는 아닌데"라고 대답했습니다.

"먼저 가 있으라고, 기욤. 루소를 기다리게 할 순 없으니까. 난 잠깐 이 여자한테 할 말이 있어."

기욤이라고 불린 남자는 아파르트망 계단을 삐걱삐걱 올라갔습니다. 파블로는 야드비가를 돌아보더니 "그래, 당신이 루소의 여신인 셈인가"라고 느닷없이 말했습니다.

'여신'이란 말에 야드비가는 또다시 귀가 화끈 달아올랐습니다. 그것을 들키고 싶지 않아서 "여신이라니 무슨 소리야"라고 황급히 대꾸했습니다.

"저 돌팔이 화가랑 난 아무 관계도 없어. 이 그림도, 난 전혀 관심 없는데 억지로 들려 보냈다고."

"당신, 내 '예언'을 잊었나?" 파블로는 까만 눈으로 바라본 채 말했습니다. "관심이 있든 없든 좌우지간 갖고 있어. 언젠가 그 그림은 당신의 운명을 바꿔놓을 만큼 큰 힘을 발휘할 테니까."

처음 만났을 때도 그랬던 것처럼 이상하게도 이 남자의 '예언'은 확신에 찬 말로 들렸습니다. 야드비가는 대꾸할 말을 찾으며 오른손에 들고 있던 그림을 왼손으로 훌쩍 옮겼습니다.

"어이쿠, 조심하라고." 파블로가 말했습니다. "녹색 물감에 지문이라도 찍혔다간 최소한 1백 프랑은 손해야. 기억해둬."

도발적인 젊은 화가는 씩 웃음을 짓고 어둑어둑한 계단을 삐걱삐걱 올라갔습니다.

A

~~~

바젤, 나흘째.

팀과 오리에가 읽고 있는 이야기 《꿈을 꾸었다》에서 드디어 야드비가가 루소의 아틀리에를 방문했다. 팀은 두 사람의 거리가 조금씩 좁아지는 것을 기뻐하고 싶었다. 하지만 날이 갈수록 마음이 무겁고 괴로워졌다.

이야기 속에서 피카소의 존재감이 명백히 커졌다. 이 이야기의 진짜 주인공은 피카소가 아닐까 싶을 만큼. 그렇다면 역시 작품 〈꿈을 꾸었다〉 밑에 피카소가 감춰져 있다는 메시지일까.

오리에는 어떻게 읽었을까. 매일 밤 앤드루 키츠에게 전화로 보고하고 있을까. 아니, 국제전화를 걸면 바일러 측에 곧바로 알려질 것이다. 그녀는 그런 위험을 무릅쓸 만큼 바보가 아니다.

바일러와도, 오리에와도 만나고 싶지 않았다. 팀은 마치 범죄자라도 된 양 무거운 발걸음으로 식당으로 향했다. 그런데 팀과 오리에가 테이블에 앉기 전에 바일리가 뜻밖의 세안을 했다.

"오늘 점심은 밖에서 먹어볼까. 어떤가, 므슈, 마드무아젤?"

팀은 놀라 무의식중에 오리에를 돌아보았다. 오리에의 반응도 똑같았다. 오리에와 눈이 마주치자 팀은 금세 시선을 돌렸다.

"그건 저…… 물론 상관없습니다만."

팀은 더듬더듬 대답했다. 오리에도 곧바로 "좋습니다" 하고 말했다. 허둥댄 사람은 법정 대리인 에릭 콘츠였다.

"이것 참…… 꽤나 갑작스러운 제안이시군요. 오븐에 벌써 오늘의 메인 요리인 어린 양고기가 들어 있는데요."

"상관없어." 바일러는 오만한 부호답게 딱 잘라 말했다. "슈나젠, 지금 당장 내 차를 현관 앞에 대게. 손님용 캐딜락도."

"그럼 저도 함께 가죠."

콘츠가 일어섰다. 이 대컬렉터가 한번 말을 꺼내면 절대로 뜻을 굽히지 않는다는 것을 누구보다도 잘 아는 듯했다.

"테이블은 어디에 준비시킬까요? 드라이 쾨니게의 식당, 트로이메라이의 테라스, 아니면……."

"자네는 올 필요 없네." 바일러가 전에 없이 차가운 목소리로 말했다. "내가 이 두 사람을 안내할 테니까."

주변이 갑자기 부산해졌다. 하인들이 문을 열고 차를 부르고 하며 분주히 저택 안을 뛰어다닌다. 바일러는 태연한 얼굴로 집사 슈나젠에게 휠체어를 밀게 하며 정면 현관으로 향했다. 팀과 오리에는 서둘러 그 뒤를 따랐다.

바일러가 돌연한 제안을 한 지 겨우 5분 지났는데, 휠체어에 앉은 채 탈 수 있는 검정 마이크로버스가 이미 현관 앞에 대기하고 있었다. 물론 캐딜락도 그 뒤에 와 있다. 바일러의 전용 차량에는 준비성 철저하게 주치의와 간호사까지 동승한다. 하인 일동이 오랜만에 외출하는 주인을 배웅하기 위해 현관 앞에 일렬로 늘어서서 대기하고 있었다.

캐딜락에 타려는 팀과 오리에에게 콘츠가 빠른 말투의 영어로 말했다.

"강평일은 사흘 뒤입니다. 현 시점에서 그 어떤 감상이나 의견도 바일러 씨에게 피력하면 반칙이 됩니다. 그 점 잊지 마십시오."

어미에 힘이 들어가 있다. 팀은 기묘한 적의를 감지했다. 자신이 제외된 게 뜻밖이어서인가, 아니면 '감시'의 눈이 미치지 않는 곳으로 바일러와 함께 가는 데 대해 불안을 느끼는 걸까.

"어째 재미있는 전개가 됐네요." 검은 마이크로버스에 이어 캐딜락이 출발하자, 오리에가 즉각 팀의 귓가에 입을 대고 속삭였다. "철가면 에릭 콘츠가 허둥대던데요. 고소해라."

후후 웃는다. 숨결이 느껴질 만큼 오리에의 입술이 가까이 접근한 귀가 뜨거웠다.

어제 바젤 동물원에서 나온 뒤 팀은 또다시 녹초가 되고 말았다. 회복한 듯 보였던 팀이 또다시 생기를 잃은 데 대해 오리에는 아무 말도 하지 않았다. 그녀는 매우 현명하고 점잖았다. 그 점이 팀의 마음을 한층 어지럽혔다.

크리스티 폴 매닝의 전화로 의심이 싹트고, 인터폴 줄리에트의 출현으로 충격을 받았다. '루소 밑의 피카소'에 관해 알고, 나아가 오리에가 앤드루 키츠의 정부라는 말을 듣고, 대번에 낙담했다.

자신이 운명의 벼랑 끝에 서 있다는 것은 이미 알고 있었다. 이렇게 된 이상, 앞으로 무슨 일이 벌어지든 (상사인 톰을 가장한 채로) 루소 연구자의 위신을 걸고 최고의 강평을 해내는 수밖에 없다고 각오를 다지고 있었다.

'루소 밑의 피카소'라는 설에 전율했다. 하지만 어째서일까, 오리에 일이 그보다 더 타격이 컸다.

오리에가 키츠의 정부라는 이야기도 믿기 어려웠지만, 그녀가 키츠와 소더비 런던의 스티븐 오언과 짜고 '루소 밑의 피카소'를 노린다는 게 도무지 믿기지 않았다. 루소 작품을 통해 피카소를 보고 있다는 게.

자신은 어느새 오리에라는 연구자에게 어렴풋한 희망을 걸고 있었을지도 모른다. 만에 하나 자신이 오리에에게 패해 〈꿈을 꾸었다〉를 차지하지 못하고 MoMA와 미술계에서 영구히 추방되더라도······ 오리에가 루소를, 〈꿈을 꾸었다〉를 지켜줄 것이라고, 끝까지 지켜줄 것이라고 기대했는지도 모른다.

그렇다면 결과가 어떻든 상관없다. 승패를 생각하지 않고 강평에 집중할 수 있다. 취급 권한이니 출세니 호화 저택이니 쓸데없는 생각을 하지 않아도 된다. 그저 앙리 루소라는 화가를, 우직하게 예술을 추구했던 화가를, 웃음이 날 만큼, 눈물이 날 만큼 훌륭한 그를, 온 정열을 담아서 칭송하면 그만이다.

그렇게 바라고 있었는지도 모른다. 강평의 중압을 견디지 못하고 빠져나갈 구멍을 찾고 있었다는 생각도 든다. 어느새 오리에를 구실로 삼고 있었던 것이다.

그랬건만.

차가 도착한 곳은 바젤 시립미술관이었다. 바일러는 직원 출입구 앞에 휠체어를 탄 채 내렸다. 간호사가 휠체어를 밀려고 하자, 바일러는 갈라진 목소리를 한껏 높여 캐딜락에서 내린 팀에게 말했다.

"자네가 밀어주겠나, 므슈 브라운."

오늘 바일러는 평소와 조금 다른 것 같다. 그렇게 생각하면서도 팀은 두말없이 수락했다.

미술관은 희대의 명사의 갑작스러운 방문을 당연히 환영했다. 관장 비서가 달려와 공교롭게도 관장은 오늘 없지만 대신 큐레이터가 안내하겠다고 제안했다.

"상관없네. 세계 최고 수준의 전문가가 둘이나 있으니까."

바일러는 거침없이 그렇게 대답하고 팀과 오리에를 올려다보았다.

"오늘 점심식사의 메인 요리는 어린 양고기 구이가 아니네. 〈시인에게 영감을 주는 뮤즈〉야."

팀과 오리에는 바일러의 휠체어를 밀며 엘리베이터를 타고 2층 근대회화 컬렉션 전시실로 올라갔다.

미술관 입구는 큰길에서 안마당을 지난 곳에 있다. 1층 로비에 들어서면 정면에 보이는 완만한 계단이 1층에서 3층까지 이어지며 각층의 널따란 로비로 통한다. 로비 좌우로 전시실 출입구가 있어, 안마당을 따라 빙 돌며 관람할 수 있도록 설계되어 있다. 고풍스러운 인테리어도 거들어, 17세기에 이미 미술관으로 공개되어 있던 이곳의 오랜 역사가 차분한 분위기를 자아냈다.

팀은 파리 대학원생 시절 한 번 방문했을 뿐이지만, 발을 들여놓는 순간 뭐라 말할 수 없는 평온한 기분에 젖었던 게 기억났다. 얼마 지나자 흡사 어머니 배 속으로 돌아온 듯한 안도감이 느껴졌었다. 어쨌거나 큐레이터가 된 지금은 미술관에 가면 전문가로서 냉철한 시선으로 바라보고 관계자와의 면담에 긴장할 때가 많지만, 바젤 미술관에서는 역시 이상하리만큼 차분히 호흡하게 된다. 전설의 컬렉터를 태운 휠체어를 밀면서 비로소 엄청난 중압에서 해방된 기분이 들었다.

한여름의 점심시간대라 전시실은 한산했다. 조용한 실내에서 세 사람은 앙리 루소의 〈시인에게 영감을 주는 뮤즈〉 앞에 섰다.

1909년에 제작된 이 작품은 그 전 해 1908년부터 루소가 교류하기 시작한 시인 기욤 아폴리네르와 그의 연인이요 '시인에게 영감을 주는 뮤즈'인 화가 마리 롤랑생의 초상화다.

"완성된 건 1909년이네만 그리기 시작한 건 1908년, 아폴리네르를 만난 해이네."

바일러가 갈라진 목소리로 말했다.

"아폴리네르를 통해 피카소를 만난 해이기도 하죠." 오리에가 호응하듯 말했다. "필자는 그해를 상당히 중요시하더군요. 제3장, 4장 둘 다 같은 해였습니다."

오리에는 아주 자연스럽게 그 이야기를 화제에 올렸다. 저택에서 출발하기 전 콘츠가 못을 박았으니 어쩌면 위험을 감수하고 일부러 언급한 것일 수도 있었다. 전시실에는 그들 세 사람뿐이었지만, 어디에서 누가 엿듣고 있을지 모르는 일이다. 하지만 바일러가 이 시점에 두 사람을 이 그림 앞으로 데려온 것은 생각하는 바가 있어서일 수도 있다. 팀과 마찬가지로 오리에도 진의를 파악하고 싶었던 게 틀림없다.

바일러는 고개를 끄덕였다.

"그래, 맞네. '벨 에포크'라고 불리던 당시 파리는 무척 들떠 있었어. 모든 가치관이 바뀔 것이라고 젊은이는 누구나 그렇게 믿었지. ……이 나도."

팀은 문득 바일러의 나이를 생각했다. 폴 매닝이 분명 '그 괴물은 올해 춘추가 아흔다섯'이라고 말했다. 그렇다면 1908년 당시 스무 살이었나. 그때 어디서 뭘 하고 있었을까.

그러고 보니 바일러에 대해 아는 게 거의 없다. '전설의 컬렉터'라는 것, 앙리 루소를 편애한다는 것, 고령에도 불구하고 두뇌 회전이 무섭게 빠르다는 것 외에는. 대체 어떻게 크리스티와 소더비, 그리고 인터폴까지 동향을 탐지할 만큼 대단한 컬렉션을 이루었을까. 어쨌거나 매닝과 줄리에트가 이 인물을 '괴물'이라고 부르는 것은 수긍이 갔다.

"그야말로 '축연의 시대'죠." 오리에가 말했다. 팀은 즉각 "로저 새턱이 말하는 시대 말이군"이라고 덧붙였다.

《축연의 시대》란 미국의 문화학자 로저 새턱이 1955년에 발표한 책 제목이다. 20세기의 도래에 들떠 있던 파리의 문화 커뮤니티를 독특한 시점에서 바라보는 흥미로운 저서인데, 팀도 루소와 그의 시대를 연구하면서 책장이 닳을 만큼 읽었다. 새턱이 새로운 시대의 파리의 총아로 발굴해낸 인물이 음악가 에릭 사티와 시인 알프레드 자리, 아폴리네르, 그리고 루소였다.

20세기 초두의 파리에서 전위 예술의 물결이 거세게 밀려드는 한복판에 앙리 루소가 있었다. 본인이 바란 것은 아니겠지만 역사적으로 그렇게 된 것은 사실이다.

"므슈도 '축연의 시대'를 누리셨습니까?"

팀은 되도록 자연스럽게 물었다. 바일러는 입을 우물거리며 "글쎄" 하고 느긋하게 대답했다.

"이런 식이면 내일쯤 읽을 수 있을 것 같군요, '루소의 야회'에 관해."

오리에가 《꿈을 꾸었다》로 화제를 되돌렸다. 대화의 자연스러운 흐름을 만드는 재주는 팀보다 오리에가 훨씬 뛰어난 것 같았다. 바일러는 침묵했다. 팀은 끼어들어보았다.

"1908년에 피카소의 아틀리에에서 루소를 초대해 연 '야회' 말이야?"

오리에는 고개를 끄덕였다.

"그래요. 피카소, 아폴리네르, 앙드레 살몽, 거트루드 스타인…… 반짝이는 별들 같은 재능들이 모여 루소를 기린 그 '야회'예요."

그러더니 꿈꾸는 듯한 눈초리로 "얼마나 부러워요……"라고 중얼거렸다. 바일러가 얼굴을 들었다.

"부럽다고 했나, 마드무아젤?"

"네, 부러워요." 오리에는 미소를 지으며 대답했다. "저도 그 자리에 있었으면 좋았을 텐데요."

진심으로 타임머신을 타고 싶어 하는 소녀 같은 눈동자에는 조금도 그늘이 없었다. 그 순간, 오리에가 순수하게 바란다는 것을 알 수 있었다. 루소와 피카소, 별처럼 빛나는, 재능 있는 예술가들과 함께 초라해도 떠들썩한 테이블을 둘러싸고 싶었다고.

바일러 저택의 식탁에서 긴장해 있던 오리에가 아니었다. 그녀 역시 바젤 시립미술관의 평온한 공기에 안심한 듯 보였다.

"그래…… 나도 그렇군."

바일러는 주름투성이 얼굴로 미소를 지었다. 그런 표정을 보인 것은 지난 나흘 동안 처음이었다.

루소가 누굴까. 저는 몰랐습니다. 하지만 축하 잔치가 열려 남들이 간다 하고 우리도 초대 받았다면, 루소가 누구든 그런 건 상관없었습니다.

아무 맥락도 없이 《앨리스 B. 토클러스의 자서전》의 한 구절이 떠올랐다. 미국의 여류 작가이자 벨 에포크의 비호자 거트루드 스타인이 당시 자신의 비서였던 앨리스의 시선으로 쓴 자전적 소설이다. 피카소와 마티스, 아폴리네르, 로랑생, 조르주 브라크…… 동경하는 예술가들이 잇따라 등장한다. 야단법석 소동, 짝사랑과 실연, 싸움, 우정, 숨 막힐 듯한 참신한 예술의 탄생. 마치 모험소설처럼 꼬리에 꼬리를 물고 가슴 뛰는 에피소드가 이어진다. 빛나는 축제의 나날, 이윽고 발발하는 두 차례의 대전…….

학창시절 푹 빠져 읽었다. 거듭해서 읽으며 꿈을 꾸었다. 이 시대에 살고 있었더라면, 자신도 루소의 친구였더라면 하고.

루소. 외로운 당신 곁에 서서 어깨를 두드려줄 수 없을까.

괜찮습니다, 당신의 예술이 바로 새로운 예술입니다. 지금은 아직 너무 일러요. 시대가 당신을 쫓아오지 못하는 것뿐입니다. 이제 곧 그날이 올 겁니다. 반드시. 암요, 오고말고요.

"그런데 므슈, 마드무아젤, 만약 루소가 '당신 그림을 그리고 싶다'고 하면 어쩔 건가?"

바일러가 장난스러운 눈빛으로 물었다. 팀과 오리에는 저도 모르게 마주 보았다.

"그 말은…… 그러니까 모델이 돼서 온몸의 치수가 측정된다는 뜻인지요?"

"물론이지. 눈도, 입도, 팔도, 다리도 전부. 루소는 모델을 눈앞에 두어야 그림을 그릴 수 있었으니 말이네. 이 아폴리네르와 로랑생처럼."

오리에가 쓴웃음을 지으며 묻자 바일러가 심술궂게 대답했다.

"글쎄요, 어떻게 하지."

오리에는 진심으로 난처한 듯했다.

"전 받아들이겠습니다."

팀은 즐겁게 말했다. 실제로 그것은 유쾌한 상상이었다. 자신의 모습이 루소의 붓에 의해 남겨진다. 영원한 삶을 살며 후세에 전해진다.

그 순간, 옆 전시실 바닥에서 사람 그림자가 움직였다. 팀은 흠칫해서 그림자를 응시했다.

옆은 조각이 전시된 곳이다. 스포트라이트가 조각상을 비추는데, 그 옆에 숨은 누군가의 그림자가 바닥에 드리워진 것이다.

그림자가 흔들 움직였다. 웨이브 진 긴 머리의 그림자.

"루소는 죽을 때까지 모델이 눈앞에 없으면 그림을 못 그렸지?"

바일러가 누구에게랄 것 없이 확인하듯 중얼거렸다. 다음 순간 그림자가 사라졌다. 그림자의 임자는 세 사람이 있는 전시실과는 반대 방향으로 발소리를 죽이며 가버렸다.

제5장 야회

생활비를 아껴 어렵사리 마련한 돈으로 야드비가는 작은 꽃무늬 무명 원피스를 마련했습니다. '야회'에 초대받았기 때문입니다. 앙리 루소에게. "젊은 예술가 친구한테 초대를 받았는데 같이 가지 않겠어?"라고.

진짜인지 거짓말인지는 알 수 없지만, 루소를 숭배하는 젊은 예술가들이 루소의 작품 활동을 기리고 그를 위해 축배를 드는 모임이라고 했습니다.

가야 하나, 말아야 하나. 야드비가는 루소에게 받은 초대장을 남편 조제프에게 보였습니다. 조제프의 얼굴이 빛을 받은 것처럼 금세 빛났습니다.

"대단한데. '피카소의 아틀리에에서'라고 쓰여 있잖아. 피카소는 지금 '전위'적인 화랑에서 큰 인기를 끌고 있는 화가란 말이야. 그런 화가의 아틀리에에 초대를 받다니 역시 그 사람은 굉장한 화가구나."

당분간 빵도, 술도 없어도 되니까 새 옷이라도 맞춰 입고 다녀와. 그렇게 권한 사람은 역시 남편이었습니다. 야드비가는 여우에게 홀린 기분이었지만, '야회'라는 말에 어쩐지 가슴이 설렜습니다. 동네 양장점 여주인에게 떼를 써 되도록 싼값으로 원피스를 맞췄습니다. 값싼 것이기는 해도 새 옷을 입으니 마음이 들떴습니다.

그리고 드디어 '야회'가 열리는 날이 왔습니다.

루소는 아파르트망 안마당의 우물가에서 안절부절못하며 야드비가를 기다리고 있었습니다. 중절모를 쓰고 여기저기 기운 연미복을 입고, 왼손에는 바이올린 케이스를 들었습니다. 야드비가를 보더니 무의식중에 그리는 것처럼 호오, 한숨을 내쉬었습니다. 그러고는 말했습니다.

"정말 아름답군. 꼭 그림 같아."

진심이 담긴 말이었습니다. 야드비가는 귀까지 빨개져 "그래?"라며 수줍게 웃었습니다.

"오래 기다렸지, 앙리. 바로 갈까. 큰길에 마차를 대기해놨네."

숨을 몰아쉬며 우물가로 달려온 사람은 언젠가 아파르트망 출입구에서 엇갈려 지나쳤던 기욤이라고 불린 키 큰 남자였습니다. 기욤은 야드비가를 보더니 "이 사람은 누구지?" 하고 루소에게 물었습니다.

"응, 이쪽은 야드비가. 오늘 저녁 내가 에스코트하려고 초대했네. 야드비가, 이쪽은 내 친구고 아주 고명하신 시인 므슈 기욤 아폴리네르야."

루소가 소개했습니다. 느닷없이 '고명한 시인'과 대면한 야드비가는 어떻게 하면 좋을지 몰라 우물쭈물하며 눈을 내리깔았습니다. 아폴리네르는 의아한 표정으로 쳐다보더니 "안녕하세요, 마드무아젤"이라고 했습니다. 야드비가는 고개를 휙 쳐들고 "전 마드무아젤이 아니라 마담이에요"라고 엉겁결에 이상한 소리를 하고 말았습니다.

"어이쿠, 이거 실례. 그럼 같이 가시죠, 마담."

아폴리네르는 후후 웃으며 큰길로 걸어갔습니다. 루소가

오른쪽 팔을 야드비가에게 쑥 내밀었습니다. 야드비가는 한순간 당황했지만 될 대로 되라고 그의 팔을 붙잡았습니다. 여기저기 덧댄 연미복 차림의 초로의 남자와 싸구려 무명 원피스를 입은 젊은 유부녀. 기묘한 커플이 시인의 안내를 받아 마차에 올라탔습니다.

마차가 도착한 곳은 몽마르트르의 약간 높은 언덕 위에 위치한 광장입니다. 광장에 면한 곳에 가난하고 젊은 예술가들이 모여 사는 공동 아틀리에 '바토 라부아르'가 있었습니다. 떠들썩한 파티는 이미 오래전에 시작된 듯 웃음소리와 쿵쿵 발을 구르는 소리가 광장까지 들립니다. 루소와 야드비가는 둘 다 긴장해서 어느새 손을 꽉 맞잡고 있었습니다.

다 쓰러져가는 건물의 복도는 한 발짝 디딜 때마다 끼익끼익 노를 젓는 듯한 불길한 소리가 납니다. 남편이 인기 있는 화가의 아틀리에라고 했겠다, '야회'라는 말에서 막연히 저택 같은 곳을 상상했던 야드비가는 이 허름한 건물은 뭔가 싶어 맥이 탁 풀렸습니다. 아폴리네르가 어느 문 앞에서 멈춰 서더니 돌아보고 말했습니다.

"알았지, 문을 열면 내가 바로 소개할 테니까 당당하게 있어줘, 앙리."

루소는 고개를 끄덕끄덕 두 번 움직였습니다. 야드비가도 덩달아 두 번 고개를 끄덕했습니다.

"……신사숙녀 여러분! 앙리 루소 씨가 도착하셨습니다!"

아폴리네르가 문을 벌컥 열자마자 큰 소리로 외쳤습니다. 얼굴, 얼굴, 얼굴. 작은 아틀리에를 가득 메운 얼굴이 일제히 이쪽을 돌아보았습니다.

루소는 머리 위에 얹은 중절모를 벗어 한 손에 들고 낯선 얼굴들 전부를 향해 정중하게 말했습니다.

"봉수아르, 여러분. 초대해주셔서 고맙습니다."

박수가 일었습니다. 이윽고 그 자리에 있는 모든 이가 아낌없는 박수를 보냈습니다. 감동 비슷한 밝은 공기가 그곳을 에워쌌습니다. 야드비가는 어리둥절해서 그 모습을 구경했습니다.

아틀리에 천장에 랜턴이 가득 매달려 있습니다. 온 방 안에 만국기를 두르고 리본을 잔뜩 달았습니다. 방 맨 안쪽에 피카소가 골동품 상점에서 산 루소의 작품 〈여인의 초상〉이 이젤에 세워져 있었습니다. 마치 이 방의 여주인인 것처럼 압도적인 존재입니다. 그 앞에 마련한 이상야릇한 모양의 '옥좌'에 루소가 인도되었습니다. 그들은 야드비가도 끌어다 그 옆에 앉혔습니다.

"어서 와, 앙리. ……어이쿠, 자네 '여신'도 같이 왔군."

두 사람 사이에 얼굴을 훌쩍 내민 것은 파블로라고 불렸던 눈이 크고 까만 남자였습니다.

"어머나, 당신." 야드비가는 웃었습니다. "뭐야, 당신이 왜 이런 데 있어?"

"이거 너무한데." 파블로도 웃었습니다. "뭐, 좋아. 자, 앙

리, 예의 차릴 거 없어. 실컷 마시라고. 당신을 위해서 내 애
인 페르낭드가 파에야를 요리했다고. 맛은 내가 보증하지.
자, 당신도, 얼른 잔을 들어, 여신님."

잔을 내밀자 와인을 넘치도록 따릅니다. 마리 로랑생이 오
래된 노르망디 노래를 부릅니다. 한 사람이 노래를 마치면 또
다른 사람이 노래합니다. 한 사람이 춤을 추면 전원이 춤추기
시작합니다. 아폴리네르가 낭랑한 목소리로 즉흥시를 낭독합
니다.

우리는 당신의 영광을 기리고자 여기 모였네
피카소는 당신의 명예를 위해 술을 따르지
자, 마시자, 지금이 그때다
모두 한 목소리로 만세, 루소 만세 하고 외치며

만세, 루소 만세. 만세, 루소 만세. 그 구절에 이르면 모두
가 합창합니다. 루소는 빙글빙글 웃으며 한 사람, 한 사람 둘
러봅니다.

그때 야드비가의 기분을 대체 어떻게 표현하면 좋을까요.
그녀의 가슴은 신 나무딸기 같았습니다. 호의와 악의, 경의와
경멸. 상반되는 두 개의 감정이 동시에 그 자리에 있음을 그
녀는 민감하게 감지했습니다. 젊은 예술가들은 누구나 앙리
루소와의 시간을 즐기고 있었습니다. 동시에 그를 놀리고, 업

신여기고, 재미있어하는 심술궂은 분위기가 곳곳에 존재했습니다.

만세, 루소 만세. 만세, 루소 만세.

루소를 칭송하는 척하는 합창이 거듭될수록, 어째서일까요, 야드비가는 울고 싶은, 귀를 틀어막고 싶은 기분에 사로잡혔습니다.

루소가 답례로 바이올린을 연주하기 시작한 것을 기회로 야드비가는 몰래 아틀리에에서 빠져나왔습니다. 그리고 복도에 맥없이 웅크리고 앉았습니다. 얼마나 그러고 있었을까요. 커다란 손이 등을 두드렸습니다. 야드비가는 창백한 얼굴을 들었습니다.

"괜찮아, 여신님?" 파블로가 말을 걸었습니다.

"괜찮아, 좀 취한 것뿐이야."

야드비가는 일어서려다가 휘청했습니다. 파블로가 억센 팔로 가느다란 몸뚱이를 부축했습니다.

"왜 이렇게 말랐어. 식사는 제대로 하는 건가?"

야드비가는 피카소의 팔을 뿌리치고 얼굴을 붉히며 "웬 참견"이라고 말했습니다. 파블로는 어둠 같은 눈으로 야드비가를 물끄러미 쳐다보더니 불현듯 물었습니다.

"당신, 루소하고 사귀나?"

하여간 이 사내는 늘 엉뚱한 소리를 합니다. 야드비가는 소리 내어 웃었습니다.

"농담도 잘하시네. 누가 그런 가난뱅이랑……."

"글쎄, 과연 그럴까." 파블로는 날카로운 눈빛에 어렴풋이 웃음을 머금고 말했습니다. "진짜로 그 사람의 여신이 돼주라고. 그렇게 해서 영원을 사는 거야."

기이한 말에 야드비가는 피카소의 눈을 응시했습니다. 빨려들 것처럼 깊은 눈을.

"영원을 산다고? 그게 무슨 소리야?"

"글쎄." 파블로는 한층 뻔뻔한 웃음을 입가에 머금었습니다. "이제 곧 알게 될 거야."

루소와 야드비가가 '바토 라부아르'에서 나온 것은 새벽 3시가 지나서였습니다.

포석을 깐 길을 마차가 달카닥달카닥 나아갑니다. 루소는 잠이 깊이 들어서는 이따금 겸연쩍은 웃음을 짓습니다. 행복한 꿈을 꾸는구나 하고 야드비가는 생각했습니다.

난 행복한 꿈 따위 한 번도 꾼 적 없는데.

새벽하늘에 달이 집니다. 야드비가는 가로등에 꽂힐 듯한 달을 바라보았습니다.

그러고 보니 루소의 아틀리에에서 본 낙원의 달도 저렇게 하늘에 빠끔히 걸려 있었지.

꿈속 같은 달이었습니다. 꿈을 꾸는 것처럼 아름다운 그림이었습니다.

S

~~~

낙원

1983년 바젤 / 1909년 파리

~~~

바젤에서 보내는 닷새째 날 밤, 팀과 오리에는 뜻밖에 바일러의 법정 대리인 에릭 콘츠에게 저녁 초대를 받았다.

이야기 《꿈을 꾸었다》 제5장 〈야회〉를 읽은 다음이었다. 팀은 이 장을 읽고 가슴이 욱신거려 견딜 수 없었다.

앙리 루소를 초대해 연 예술가들의 '야회'는 축연의 시대, 20세기의 도래를 가장 특징적으로 표현하는 사건으로서 미술사상 전설로 남아 있다. 야회에 참석했던 예술가들이 그에 관해 기록을 남긴 덕에 이 시대의 분위기를 여실히 알 수 있는 자료로 많은 연구자들이 참고해왔다. 새로운 세기를 맞이해 들뜬 공기와 젊고 무모하고 재능 넘치는 예술가들의 찰나적인 교환(交驩)이 어느 자료에서나 느껴졌다. 팀도 물론 이들 자료를 가까이해왔다. 지식으로는 그게 대체 어떤 자리였고 누가 참석했으며 무슨 일이 있었는지 속속들이 알고 있었다.

하지만 《꿈을 꾸었다》 제5장에 감도는 깊이를 알 수 없는 적막감은 어떤가. 평가가 확립되지 않은 루소의 작품, 어린애 낙서만도 못 하다고 멸시를 받으면서도 화가가 묵묵히 그린 그림. 피카소의 아틀리에로 끌려나온 루소를 추어올린 젊은 예술가들의 본심은 대체 어떤 것이었을까. 호의와 악의, 경의와 경멸. 상반되는 두 개의 감정이 동시에 그 자리에 있음을 민감하게 감지한 야드비가. 신 나무딸기 같았다고 표현된 그녀의 가슴속은 팀의 심정 자체였다.

이야기가 사실(史實)에 준해 진행된다면, 루소는 누구의 관심도 받지 못한 채 세상을 떠나게 된다. '야회'가 열린 것은 1908년. 루소의 사망연도는 1910년. 남은 2년 사이에, 아니, 이야기의 남은 두 장 중에 역사를 바꿔놓을 진실이 밝혀질까.

이야기를 읽기 시작한 이래로 나흘간, 마치 난파선처럼 성난 파도가 출렁이는 바다를 떠다녔다. 자신이 왜 여기 있으며 무엇을 하려고 하는 건지 이제 알 수 없을 지경이었다.

의도치 않게 참가하게 된 오리에와의 일대일 대결. 이기면 매닝의 말대로 억만장자가 될 수 있을지도 모른다. 하지만 패자가 된 오리에는 입장이 난처해져 학계에서 모습을 감출 것이다. 키츠가 그녀를 어떻게 할 생각인지는 모르지만 오언은 모든 사정을 아는 오리에를 추방하고 싶어 할 게 틀림없다. 지면 자신이 MoMA에서도, 미술계에서도 쫓겨날 것이다. 상사인 톰이라고 책임을 면하지 못할 수도 있다. 반면 MoMA

의 라이벌인 테이트 갤러리는 전설의 작품을 차지해 아주 흡족해할 것이다. 그림물감 뒤에 가려진 피카소를 드러내기 위해 표면의 '위작 루소'는 제거되고 〈꿈을 꾸었다〉는 세상에서 영원히 사라지게 된다.

팀은 악마의 승부에 말려든 자신의 운명을 저주하지 않을 수 없었다. 이대로 가다가는 무사히 강평일을 맞이할 수 있을 것 같지 않다.

그런 때 바일러가 밖으로 데리고 나와주었다. 오리에와 함께, 바젤 시립미술관에 전시된 루소 작품을 보러. 그곳에서 한순간, 시원한 샘물에 발을 담근 듯한 청량한 놀라움을 경험했다. 잡음이 사라지고 마음의 눈이 뜨인 것 같았다.

어쩌면 그게 바일러의 목적이었을 수도 있다. 느닷없이 두 사람을 밖으로 데리고 나온 괴물은 마치 화가의 영혼이 옮겨 붙은 것처럼 꾸밈없고 유쾌했다.

제정신으로 돌아와서 닷새째를 맞이해 제5장을 읽었다. 또 다시 가슴이 욱신거렸다. 루소는 역시 누구에게도 인정받지 못한 채 죽음을 향해 나아갈 뿐인가. 아니면 엄청난 구세주가 나타날 것인가.

그날 점심식사는 모두들 말이 없었다. 바일러는 제5장의 무대가 된 '야회' 장면을 팀과 오리에가 각자 속으로 되새기는 것을 확인이라도 하듯 전날과는 달리 침묵으로 일관했다. 그 옆에서 콘츠는 못마땅한 표정이었다. 전날 점심식사에서 제외된 게 어지간히 언짢았던 모양이다.

그런데 호텔로 돌아온 두 사람을 초대장이 기다리고 있었다. 객실 열쇠를 받을 때 컨시어지가 두 사람에게 각각 봉투를 건넸다. 캉커러 사의 상표가 비쳐 보이는 크림색 봉투. 바일러가 보낸 메시지인가 싶어 순간 덜컥했는데, 보낸 사람은 에릭 콘츠였다. 오늘 저녁식사에 초대합니다, 6시 반에 차를 보내겠습니다, 라는 짧은 메시지가 적혀 있었다.

"무슨 바람이 분 걸까요? 점심식사 때만 해도 저녁에 초대한다는 말은 한 마디도 없었으면서."

마중 나온 차에 올라타 오리에가 투덜거렸다. 하지만 별달리 성가셔하는 눈치는 없었다. 팀도 그랬다. 마침 좋은 기회다. 콘츠가 대체 누구와 짜고 이 게임에 참가하고 있는지 단서를 잡을 수 있을지도 모른다.

차창을 열자 시원한 저녁바람이 불어들었다. 오리에의 머리가 살랑살랑 흔들려 달콤한 꽃향기가 팀의 코끝을 간질인다. 저녁식사를 위해 갈아입은 정장 원피스는 가슴이 조금 넓게 파여 젊고 싱싱한 피부가 석양에 빛났다. 보면 안 되는 것을 본 것 같아 팀은 고지식하게 다른 데로 시선을 돌렸다.

콘츠는 아담하지만 청결한 분위기의 가정집 같은 레스토랑에서 그들을 기다리고 있었다.

"초대해주셔서 고맙습니다."

팀은 경계심을 늦추지 않은 채 인사하며 콘츠와 악수했다.

"갑자기 초대하셔서 놀랐습니다. 대체 무슨 바람이 부셨나요?"

이어서 오리에가 악수를 나누며 태연하게 말했다.

"뭐, 강평을 앞두고 잠시 노고를 위로하는 자리라고 할까요." 콘츠는 천연덕스럽게 대답했다. "여기는 바젤에서 알 만한 사람은 다 아는 음식점이랍니다. 유명한 독일 와인도 종류가 웬만큼 갖춰져 있죠. 모젤, 라인가우…… 화이트와인은 부르고뉴의 몽라셰보다 나으면 낫지, 결코 못 하지 않은 것도 있습니다. 브라운 씨는 꽤 마시는 편이죠?"

"네, 뭐."

팀은 어물어물 대답했다. 설마 자백제라도 넣는 건 아니겠지.

"우선 젝트로 건배를 들면 어떻겠습니까, 하야카와 씨?"

"전 뭐든 상관없어요."

오리에는 미소를 지으며 대답했다.

샴페인 잔 세 개에 독일산 발포주, 젝트가 따라졌다. 콘츠가 잔을 들었다.

"그럼 두 분의 건투를 기원하며…… 건배."

쨍그랑 잔을 맞부딪쳤다. 산뜻한 기포가 부드럽게 목을 넘어간다. 오리에는 가볍게 입만 대고 바로 잔을 내려놓았다. 그 모습을 지켜보더니 콘츠가 메뉴를 펴며 말했다.

"와인과 식사 선택은 제게 맡겨주시겠습니까? 특별한 메뉴를 준비하게 하겠습니다."

"그러시죠." 팀은 될 대로 되라는 듯 대답했다. 이렇게 된 이상 자백제가 들었든 수면제가 들었든 올 테면 와봐라. 오리에는 "전 생선 요리가 좋아요. 사이드디시는 샐러드로 부탁합니다" 하고 희망을 말했다.

작은 와인 잔에 리슬링이 따라졌다. 팀은 단숨에 술을 들이켜고 선제공격에 나섰다.

"《꿈을 꾸었다》에 관해 질문도 감상도 일절 받지 않는다고 하셨는데…… 당신에 대한 질문은 받아주시는지요?"

콘츠는 눈썹 하나 까닥하지 않고 "이거 뜻밖이군요"라고 대꾸했다. "부호도, 컬렉터도, 미술 전문가도 아닌 제게 관심을 가져주실 줄이야."

"당신은 므슈 바일러의 법정 대리인이시죠. 어떤 계기로 지금 입장에 서게 되신 겁니까?"

괴물의 신뢰를 얻었다면 상당히 유능할 게 틀림없다. 콘츠는 표정이 달라지지 않은 채 "전 오랫동안 그분의 전속 변호사로 일해왔습니다. 아주 성실하게"라고 단적으로 이야기했다. "그게 다입니다."

"그게 다는 아닐 텐데요. 오랫동안 그분 변호사로 계셨을 정도이니 당신은 상당한 수완가입니다. 므슈 바일러는 '괴물'이라고 불린다던데요. 평범한 인물한테 괴물을 길들이는 일은 불가능합니다."

"어이쿠, 이거……." 콘츠는 비로소 눈썹을 까닥하며 엷게 웃음을 지었다. "그분의 이명을 아시는군요. 대체 누가 그런 귀띔을 했는지……."

"미술 전문가가 아니라고 말씀하셨죠. 하지만 므슈 바일러의 변호사로 계시려면 미술에 관한 지식이 다소는 필수일 듯합니다만."

타이밍 좋게 오리에가 끼어들었다. 콘츠는 오리에에게 얼핏 시선을 던지며 말했다.

"자산으로서 미술품의 가치에 관해서는 잘 안다고 생각합니다. 하지만 솔직히 좋고 나쁜 건 잘 모르겠군요. 제 의뢰인이 즐겨 사는 작품은 제 이해의 범주를 넘는 게 많아서 말입니다."

"그럼 어떤 아티스트를 좋아하시는지요?" 오리에가 슬쩍 물었다. "저택에 그렇게 뛰어난 작품이 많잖아요. 마음에 드시는 작품이 하나쯤은 있을 것 같은데……."

"자산적 가치라는 관점에서라면 뭐니 뭐니 해도 피카소죠." 콘츠는 오리에의 말이 채 끝나기도 전에 대답했다. "므슈 바일러는 대단히 귀중한 피카소 작품을 몇 점 소유하고 계십니다. 다만 애석하게도 블루 피카소는 한 점도 없습니다만……."

그러고는 표정 변화를 관찰하듯 두 사람의 얼굴을 번갈아 유심히 바라보았다. 팀은 오르되브르로 나온 훈제 소시지를 열심히 떠먹고 꿀꺽 삼켰다. 오리에는 오른손에 포크를 들고 곁들여 나온 자우어크라우트를 뒤적이고 있었다. 콘츠는 독일어로 웨이터를 불러 두세 마디 뭐라 했다. 곧 소믈리에가 다가와 콘츠에게 와인의 이력을 설명했다. 콘츠는 두 사람을 돌아보고 말했다.

"이건 라인가우의 리슬링 그레이트 빈티지입니다. 맛이 꽤 있을 겁니다. 자, 드시죠. 사양 말고 마음껏 드십시오. 이 집 명물인 칼바도스 소스를 곁들인 포크 스테이크를 주문했으니 그에 어울리는 부르고뉴 레드와인도 준비시키겠습니다."

팀은 빠른 속도로 잔을 비웠다. 맛이 진한 고기 요리가 나왔다. 오리에가 메인은 생선 요리가 좋겠다고 일부러 말했건만, 콘츠는 상관하지 않은 모양이다. 하여간 너무 제멋대로다.

오리에는 잔에 입을 전혀 대지 않고 메인 요리에도 손을 대지 않았다. 팀은 오리에가 마음에 걸렸다. 콘츠의 독기에 질리기라도 했나.

"그런데……." 술기운이 다소 돌았는지 눈가가 붉어져서 콘츠가 말했다. "앙리 루소의 가치는 전 솔직히 모르겠더군요. 그 화가의 작품이 장래 평가받을 것 같지도, 자산 가치가 오를 것 같지도 않은데요."

분주히 움직이던 팀의 두 손이 딱 멎었다. 옆자리에 앉은 오리에도 긴장한 게 느껴졌다. 의도적으로 그러는지 콘츠는 더욱 호전적으로 말을 이었다.

"하여튼 그러지 마시라고 말씀드렸건만…… 므슈 바일러는 글쎄 그 작품을 현찰로 사셨지 뭡니까. 어쨌거나 증명서가 붙어 있었으니 말이죠. 근대 미술사 분야의 세계적 권위자 앤드루 키츠의."

오리에의 하얀 목이 보일 듯 말 듯 움직였다. 팀은 자신의 잘못을 비난받은 양 황급히 냅킨으로 입을 닦고 변명했다.

"아니, 그건…… 그런 유혹은 누구한테나 있습니다. 뭐랄까…… 의뢰를 받고 별 생각 없이 작품 증명서에 사인한다고 할지."

"저런, 그건 그냥 넘겨들을 수 없는 발언이군요." 콘츠는 팀을 똑바로 바라보며 말했다. "그 말은 브라운 씨도 그런 경험이 있다는 뜻입니까? 진위가 분명치 않은 작품의 증명서에 진작이라고 사인하신 적이 있는 겁니까? 중개인의 보수에 눈이 멀어서?"

오리에는 완전히 얼어붙었다. 구조선을 띄운답시고 부서진 배를 내보내고 말았다. 팀은 혀를 차고 싶은 것을 애써 참았다. 콘츠는 와인 잔에 든 금색 액체를 들이켠 뒤 오리에에게 말했다.

"와인 더 드시죠, 하야카와 씨. 아까부터 잔에 전혀 입을 안 대시는군요. 오늘 오찬회에서도 그러셨는데…… 아니, 잠깐, 처음부터 거의 안 드셨던 것 같은데요. 어디 몸이라도 편찮으십니까?"

오리에는 창백한 얼굴을 숙이고 "아뇨……"라고 짤막하게 대답하는 데 그쳤다. 손을 대지 않은 채 치워진 오리에의 접시를 보며 콘츠는 말했다.

"고기 요리는 드시지 않는다. 기름진 건 안 된다. 오찬회에서도 늘 그러시죠. 자우어크라우트만 겨우 좀 드시고 말입니다. ……알코올과 기름진 육류는 모체의 건강에 해로워서 그럽니까?"

벌안간 오리에가 일어섰다. 팀은 숨을 삼키고 오리에를 올려다보았다. 옆얼굴에 핏기가 하나도 없었다.

오리에가 떨리는 목소리로 말했다.

"몸이 좋지 않아서 먼저 실례하겠습니다."

두 사람에게 등을 돌리고 돌아서더니 머리를 찰랑이며 빠른 발걸음으로 떠났다. 팀이 바로 일어나 뒤를 쫓으려 하자 콘츠가 "잠깐" 하고 날카로운 목소리로 제지했다.

"당신한테는 아직 할 이야기가 남았습니다."

팀은 어금니를 악물고 거칠게 앉았다.

이 철면피한 자식. 네놈이 뒤집어쓴 거죽을 내가 벗겨주마.

콘츠는 흥 하고 코웃음을 치고는 오리에가 사라진 쪽을 똑바로 보며 내뱉듯 말했다.

"생각했던 대로군. 살짝 떠봤더니 아니나 다를까. 십중팔구 임신했을 겁니다. 부도덕한 관계로 맺어진 상대방의 자식을."

팀은 거만한 옆얼굴을 후려갈겨주고 싶은 것을 꾹 참고 낮은 목소리로 물었다.

"무슨 근거로 그런 소리를 하는 거지? ……당신은 대체 뭐야?"

"당신도 아시다시피 괴물의 법정 대리인입니다. 이번 건에 대해 내막을 다소 너무 많이 알기는 합니다만." 콘츠가 태연한 표정으로 대답했다. "어느 인물이 제공해준 정보로 오리에 하야카와의 주변 사정은 전부 파악하고 있습니다. 젊고 총명한 연구자 아닙니까. 게다가 미인이죠. 남자라면 누구나 끌릴 겁니다. 하지만 선택한 상대가 나빴습니다. 미술계 이면에선 위선자로 널리 알려져 있는데 거기까지는 몰랐던 모양이죠. 키츠한테 이번 승부에 반드시 이기란 말을 들었겠지만, 사랑은 맹목이니 말입니다, 키츠가 **누구와 한편인지**까지는 아마 모를 겁니다."

그 말을 들은 순간 팀은 확신했다. 이 남자가 바로 크리스티의 매닝에게 정보를 유출한 장본인이다.

"하지만 키츠도 참 번거로운 짓을 하는군요. 임신한 애인한테 이렇게 위험한 승부를 시키다니 말입니다……."

조소를 머금은 콘츠의 얼굴을 똑바로 보며 팀은 밉살스럽다는 듯 말했다.

"승부를 시킨 건 키츠가 아니라 므슈 바일러일 텐데. 초대장을 보낸 건 댁이고."

"맞습니다." 콘츠는 즉각 맞받아쳤다. "이번 승부에 대한 초대장은 내 이름으로 보냈습니다. 앤드루 키츠 앞으로 말입니다. 그런데 그 여자가 온 겁니다. '키츠 씨의 의뢰를 받고 왔다'면서."

팀은 할 말을 잃었다.

그 말은…… 이 승부는 원래 MoMA의 톰 브라운과 테이트 갤러리의 앤드루 키츠의 일대일 대결이 될 예정이었다는 뜻인가.

"키츠는 사실 진위를 확실히 알지도 못 하면서 증명서에 사인을 한 입장상, 그 작품을 '위작'이라 판정할 수 없단 말이죠. 그런데 나중에 와서 알게 된 겁니다. 그 작품에 감추어진 비밀을."

루소와 피카소의 이중 작품. 테이트와 소더비가 노리는 것은 당연히 피카소 쪽이다. 하지만 표면의 루소가 '진작'일 경우, 그것을 제거하는 게 옳은 일인지 그른 일인지 논란이 벌어질 것이다. 그렇기에 표면의 루소가 '위작'임을 입증해서 누구도 뭐라 할 수 없게 한 다음 지운다. 그게 키츠 일파가 노리는 것임을 팀은 비로소 깨달았다.

콘츠는 조용해진 팀을 놀리는 듯한 시선으로 바라보았다.

"키츠는 교활한 사람입니다. 므슈 바일러의 기질을 꿰뚫어 봤군요. 아름답고 이국적인 여자 연구자가 갑자기 나타났는데 돌려보낼 사람이 아니다, 오히려 재미있어하리란 걸 처음부터 예측한 겁니다."

거기까지 말하더니 콘츠는 한숨을 쉬며 고개를 가로저었다.

"아아, 무자비하기도 하지! 저 위대한 큐레이터는 십중팔구 이기고 돌아오면 결혼해주겠다고 약속이라도 했겠죠. 그럼 그 여자는 분명히 기를 쓰고 이기려 들 테니까…… 가엾어라. 결국 버려질 운명인데."

유리가 와장창 하고 요란한 소리를 내며 깨졌다. 테이블 위의 와인 잔을 팀이 쳐서 떨어뜨린 것이다. 손님들이 일제히 그들을 돌아보았다. 웨이터가 황급히 달려오는 것도 아랑곳하지 않고 팀은 노기 어린 목소리로 말했다.

"댁이야말로 한패면서. 어딘가의 뱃속 시커먼 놈하고."

콘츠는 입가에 주름을 잡으며 뻔뻔하게 웃었다.

"저런, 무슨 말씀이신지?"

두 사람은 테이블을 사이에 두고 얼마 동안 서로 노려보았다. 콘츠가 먼저 얼굴을 돌리고 한 손을 들어 "계산서"라며 신호를 보냈다. 테이블에서 계산을 하는 동안에도 팀은 이 사악한 변호사에게서 증오 어린 시선을 떼지 않았다. 계산을 끝내자 콘츠는 불타는 듯한 눈을 들어 "이겨야 합니다"라고 말했다. "당신이 반드시 이겨야 합니다. 저 여자에게 지는 건 결단코 용납되지 않습니다."

그러고는 칙명을 내리는 군주처럼 위압적인 시선으로 못을 박았다.

"아까도 말했죠. 난 이번 건에 대해 내막을 다소 너무 많이 알고 말았다고. 난 당신이 누군지 벌써 오래전에 알고 있습니다. 그 점을 부디 잊지 마시길, 브라운 씨."

제6장 낙원

주렁주렁 열린 오렌지와 바나나, 흐드러지게 핀 이름 모를 꽃들, 숨 막히는 달콤한 향기. 울창한 푸른 숲 속에서 그날도 야드비가는 길을 잃어 헤매고 있었습니다.

"당신 어디 있어, 앙리?" 야드비가는 큰 소리로 화가의 이름을 부릅니다. "하나도 안 보여, 풀고사리 잎에 가려서."

"이쪽이야, 야드비가." 멀리서 목소리가 메아리처럼 들려옵니다. "조심해, 당신 발 근처에 뱀이 있어." 발바닥에 부드러운 감촉이 느껴져 야드비가는 숨을 훅 들이마십니다. 어둑어둑한 색의 뱀이 피부를 반들반들 빛내며 발치를 스르르 지나갔습니다. 앗 하고 짤막하게 비명을 지르며 잠에서 깨어났습니다.

야드비가는 퇴색된 붉은 벨벳 소파에 누워 있었습니다. 주위를 둘러보니 가난한 화가의 아틀리에입니다. 야드비가는 크게 한숨을 쉬었습니다.

또 꿈을 꾸었다. 어느새 잠들어서…….

"아, 깼군? 잘 자던데. 약간 괴롭게 숨 쉬는 것 같긴 했지만."

캔버스 앞에 앉아 붓을 놀리던 루소가 돌아보았습니다. 옆 테이블에 팔레트를 내려놓고 "차 마실까. 나도 슬슬 피곤하니까 좀 쉬어야겠어. 물을 길어올 테니 잠깐만 기다려"라면서 방에서 나갔습니다. 야드비가는 일어나 창가로 다가가서 창문을 활짝 열었습니다. 봄이 아직 깊지 않은 3월의 바람이 선득하게 뺨을 어루만집니다.

최근 야드비가는 날마다 루소의 아틀리에에 찾아왔습니다. 남편 조제프가 주는 물감이며 빵, 싸구려 와인을 갖다 주러 오는 것입니다. 그때마다 루소는 과장되게 고마워하며 들렀다 가라, 신작을 보여주겠다, 차를 대접하겠다고 야드비가를 불러들였습니다. 처음에는 거부감이 들었지만 점점 괜찮아져, 지금은 스스로 아틀리에에 들어와 소파에 몸을 기대고 짧지 않은 시간을 보내곤 했습니다.

조제프는 틀림없이 루소의 첫 번째 숭배자였습니다. 작년에 따라갔던 '야회'에도 루소를 숭배한다고 자칭하는 예술가들이 잔뜩 모여 있었지만, 야드비가에게는 그들 중 대다수가 루소를 숭배하는 게 아니라 야유하는 것처럼 느껴졌습니다.

유일한 예외는 파블로 피카소라는 저 젊은 화가였습니다. 그만은 진심으로 루소에게 관심이 있는 것 같았습니다. 숭배하는지 아닌지는 알 수 없지만 어쨌거나 그 남자가 루소의 그림에 강하게 이끌리는 것만은 확실했습니다.

조제프는 바야흐로 그때 만난 젊은 예술가들보다 훨씬 본격적으로 루소를 돕고 있었습니다. 진짜 숭배한다 해도 될 정도였습니다. 최근에는 야드비가가 받아오는 그림을 흡사 성화처럼 받들어 모시며 작은 방 안 가득 장식해놓고 날이면 날마다 오랜 시간 바라보며 지냈습니다. 그러면서 혼자 중얼중얼합니다. "이 사람 그림은 우리가 죽은 뒤에도 영원히 남을 테지. 세대에서 세대로 전해질 테지""아아, 좀 더 미술을 공부하고 싶다. 새로운 예술을 더 많이 알고 싶다" 운운. 심지어 "나도 화랑을 해보고 싶다. 이 사람 그림이 평가 받지 못하면, 평가 받을 수 있도록 내가 밀고 싶다"라고까지 합니다. 루소의 이상야릇한 그림을 매일 바라보는 사이에 정말로 머리가 이상해졌는지도 모릅니다.

하지만 이상한 것은 야드비가도 마찬가지입니다. 매일 좁은 방 안에서 루소의 그림에 둘러싸여 살고 화가에게 이것저것 갖다 주는 사이에 조금씩 루소에게 관심이 생겼습니다. 아틀리에에서 루소와 마주 앉아 잡담을 하는 것은 아닙니다. 화가는 말없이 붓을 놀리고, 야드비가는 용수철이 망가진 소파에 앉아서, 집에 있는 것보다 더 큰 그림들에 둘러싸여 멍하니 바라볼 뿐입니다. 평론가 왈 '어린애처럼 서투른 기술'로 그린 센 강변 풍경과 딱딱하게 굳은 인물상, 그리고 화면 가득한 밀림을 싫증도 내지 않고 바라보다 보면, 문득 정신이 아득히 멀어지면서 잠드는 모양입니다. 그런 때면 반드시 밀림에 길을 잃고 들어서는 꿈을 꿉니다. 루소와 둘이서 깊고 깊은 숲 속으로 들어갑니다.

기묘하게 현실적인, 현실보다도 훨씬 현실적인 꿈이었습니다. 뺨을 때리는 풀고사리 이파리의 보드라움, 벌거벗은 발에 닿는 뱀의 미끌미끌하고 축축한 피부, 울창한 수풀이 내뿜는 숨 막히는 짙은 공기. 썩어 문드러진 과일의 달고 부패한 냄새, 꽃들이 날리는 꽃가루의 간지러운 감촉. 모든 게 그곳에 있고, 이곳에 없었습니다.

너무 오래 그리다 보면 겁이 나거든. 자기가 그리는 숲 속으로 빨려드는 것 같아서. 그래서 가끔 이렇게 창문을 열곤 해, 라고 루소는 말했습니다. 창가에 몸을 기대고 야드비가는 눈 아래 보이는 안마당 우물가에서 루소가 열심히 펌프질을 하는 모습을 바라보았습니다.

야드비가는 루소가 끓여준 차를 마시다가 퍼뜩 물어보았습니다.

"당신, 정말로 밀림에 가본 적 있어? 이런 숲 속에서 무서운 동물을 만난 적이 있는 거야?"

"왜 그런 걸 묻지?"

반대로 루소가 물었습니다.

"왜라니⋯⋯." 야드비기는 조금 당황했습니다. "실제로 본적이 없으면 이런 식으로 정글을 그리는 거 무리 아냐? 이파리 하나하나가 빛나는 것도 그렇고, 맹수의 무서운 느낌도 그렇고, 꽃 냄새랑 오렌지의 달콤새큼한 맛이랑⋯⋯ 이렇게 보기만 해도 온몸으로 느껴지는걸."

그렇게 말하며 야드비가는 캔버스에 그리는 중인 새로운 밀림을 향해 눈을 감고 숨을 들이쉬었습니다. "봐, 느껴져."

그 모습을 바라보는 루소의 눈동자가 별이 깃든 것처럼 반짝였습니다. 화가는 말했습니다.

"그럼 물론이지. 가본 적 있고말고."

멕시코의 막시밀리안 황제를 지원하기 위해 프랑스 군에서 원군을 보낸 적이 있었거든. 난 스무 살쯤 됐을 때 그 부대 대원이었어. 군악대에도 소속되어 있었기 때문에 용맹한 나팔 소리에 맞춰 정글 안에서 바이올린을 연주하곤 했지. 그랬더니 글쎄, 놀랍게도 원숭이에 뱀에, 기이한 동물들이 모여들지 뭐야. 우리 연주를 넋 놓고 듣더군.

이국적인 여인도 있었어. 피부는 커피 원두 같은 갈색이고 눈만 하얗게 반짝였어. 허리에 야자 잎을 둘렀을 뿐 거의 알몸이나 다름없었지. 머뭇머뭇 인사했더니 생긋 웃어줬어. 이가 얼마나 하얗던지, 놀랍던걸. 몸뚱이는 야생 표범처럼 나긋나긋하고 유연했어. 아름답고 관능적이었어. 하기야 그때는 젊었으니까 그런 생각이 들었는지도 모르지만.

대지를 뒤덮는 푸른 나무들, 그 틈새로 떨어지는 새빨간 태양. 세계는 정적에 싸이고 멀리서 이름 모를 짐승의 울음소리가 들렸어. 난 그 한복판에서, 이유는 모르겠지만 눈물이 그치지 않았어.

루소의 이야기를 듣던 야드비가는 어느새 루소와 단둘이 밀림 속에 있었습니다. 아니, 밀림이라기보다 낙원이라고 부르는 게 더 나을지도 모르겠습니다. 그곳에는 그 어떤 불안도, 괴로움도, 가난도 없습니다. 넘쳐흐르는 초목과 흐드러지게 핀 꽃들, 머리 위를 스치며 날아다니는 극채색의 새들, 나비들의 날개, 꿀벌의 날갯짓소리. 어디선가 들려왔다가 사라지는 짐승들의 포효. 잎이 무성한 가지들 사이로 새어드는 천상의 빛. 그곳은 그야말로 낙원이었습니다.

다채로운 정적 한가운데에서 루소는 야드비가의 손을 살며시 잡았습니다. 날이면 날마다 빨래를 해서 노파처럼 뻣뻣해진 손을, 물감으로 더러워진 손이 잡습니다. 두 사람은 손을 맞잡고 나아갔습니다. 향기로운 숲, 깊은 나뭇잎 그늘 너머로.

진짜로 그 사람의 여신이 돼주라고. 그렇게 해서 영원을 사는 거야.

고막 뒤에서 되살아나는 것은 파블로의 말입니다. 여신? 영원? 무슨 소리지? 하지만 야드비가는 이제야 아주 조금 알 듯했습니다.

영원을 산다. 그게 대체 어떤 것인지.

I

◦◦◦◦◦◦◦

바젤 엿새째. 제6장을 다 읽고 여느 때보다 더욱 울적한 오찬회를 마친 뒤 바일러 저택에서 나온 팀과 오리에는 말없이 호텔로 돌아왔다.

오리에와는 아침에 차에 탈 때 인사를 주고받았을 뿐 대화는 한 마디도 하지 않았다. 오리에의 표정은 내내 긴장되어 있었다. 지난밤 콘츠와 있었던 일을 생각하면 당연하다. 팀도 어떻게 말을 걸면 좋을지 알 수 없었다.

신경 쓸 거 없다고 하면 될까. 그 인간은 뱃속이 시커먼 녀석이라고 가르쳐줘야 하나. 뭐라 말을 하면 할수록 상처가 벌어질 것 같아서 결국 팀도 침묵할 수밖에 없었다.

자신도 콘츠에게 꼬리를 꽉 잡힌 상황이다. 만약 이 승부에 지면 어떤 형태로 보복을 당할지 모른다. 매닝이 전화로 한 협박보다 콘츠의 위압적인 태도에 훨씬 오싹했다.

하지만 자신이 승자가 된다 치면 오리에는 어떻게 될까. '위선자' 키츠와 소더비의 오언이 패자가 된 그녀를 대체 어떻게 대할 것인가. 콘츠는 버림받을 뿐이라고 말했다. 아니, 그럴 리 없다. 그 정도로 끝날 리 없다.

침통한 분위기 속에 팀과 오리에는 각자의 방으로 돌아갔다. 팀은 곧바로 창을 열고 테라스로 나왔다. 기분을 전환하려고 난간에 몸을 기대고 오늘 읽은 제6장을 되새겨보았다.

지금까지 읽은 중 가장 짧은 장이었다. 루소와 야드비가가 공상의 낙원에 들어가는 환상적인 서술이 이어졌다. 거의 창작이라 봐도 좋을 만큼 사실(史實)은 전혀 쓰여 있지 않았다.

1909년은 루소의 인생에 오점을 남긴 해이기도 하다. 루소는 1907년 말, 옛 친구 루이 소바제가 벌인 은행 사기 사건에 연루됐다. 위조 수표로 현금을 취하려 한 소바제는 루소에게 수표를 운반하고 현금을 수취하는 역할을 부탁했다. 루소는 체포, 투옥되었다가 며칠 만에 가석방되었다. 1909년 초에 이 사건으로 법정에 서서 나는 예술가다, 사기 따위 칠 리 없다, 사기인 것을 알고 소바제에게 가담한 게 아니라고 눈물을 흘리며 주장했다. 결국 집행유예 2년을 선고 받았다.

성실하게, 착실하게, 소박하게 살아온 게 앙리 루소라는 사람이건만, 이 기묘한 사기 사건은 화가의 인생에 작지 않은 오점을 남겼다. 좀 도와줘, 내 보수 후하게 줄 테니까, 우리 친구잖아? 라고 소바제가 구슬렸다고 루소 본인은 고백했고, 주위 사람들도 그렇게 이해했다. 그렇기에 집행유예가 선고된 것인데, 그렇게 되면 어째서 자신까지 유죄 판결을 받아야 하는지, 루소는 분명 부끄럽고 창피했을 것이다.

하지만 그 이야기에서는 이 '오점'이 한 번도 언급되지 않는다. 흰 식탁보에 묻은 얼룩을 세심하게 지운 것 같다. 거기에서 작가의 의도가 느껴졌다.

당신은 대체 뭐야?

팀은 지난밤 콘츠에게 던졌던 질문을 마음속으로 《꿈을 꾸었다》의 작가에게 던졌다.

이제 7장 한 장 남았다. 즉, 강평일까지 하루 남았다. 하지만 작품의 진위를 가려낼 실마리도 찾지 못하고, 그 작품이 대체 '뭐인지'조차 알 수 없었다.

소나기구름이 솟은 하늘을 우러르며 눈을 감았다. 6장의 대문자는 I. 누군가의 머리글자인가. 대체 무슨 뜻이 있는 걸까.

지금까지 장 끝머리에 적혀 있던 대문자를 하나씩 떠올려보았다. 맨 처음이 S. 다음이 P. S-P-O-A-S-I. S-P-O-A-S-I······.

별안간 뇌리에 섬광이 스친 듯했다. 팀은 서둘러 방 안으로 들어가 전화기 옆 메모지를 잡아 뜯었다. 여섯 장의 메모지에 대문자를 하나씩 적어 침대 위에 늘어놓았다. 몇 번씩 바꿔보았다.

P-I-A-S-S-O

"피카소······." 팀은 소리 내어 말했다. "설마 피카소란 말이야?"

I와 A 사이에 한 글자 빠졌다. 하지만 만약 제7장 끝에 C가 적혀 있다면⋯⋯ 이 퍼즐은 완성된다.

이게 어떻게 된 일인가.

〈꿈을 꾸었다〉 밑에 블루 피카소가 감춰져 있다는 뜻인가. 아니면 설마 피카소가 그 이야기를 썼다는 뜻인가. 어느 쪽이든 엄청난 발견이다. 그 작품에, 이야기에, 피카소가 관계했다면.

어떻게 하지? 내일 강평, 어떻게 임하지? 저 작품을, 피카소를 감추기 위한 위작이라고 할 것인가. 아니면 피카소를 밑바탕으로 그린 루소의 진작이라고 할 것인가.

일어나 눈을 감았다. 팀은 딱 한 번 봤을 뿐인 〈꿈을 꾸었다〉를 기억해내려고 온 신경을 집중했다.

대형 캔버스였다. 사이즈는 200cm x 300cm 정도. 그래, 첫인상이 깜짝 놀랄 만큼 MoMA에서 소장하는 〈꿈〉과 비슷했다. 왜 〈꿈〉이 여기 있느냐고 저도 모르게 의심했을 정도였다.

밀림, 꽃들, 맹수들, 피리 부는 검은 피부의 남자. 그리고 붉은 벨벳 소파에 누운 긴 밤색 머리 여자. 〈꿈〉의 중심 모티프인 '야드비가'와 틀림없이 동일한 모델이다.

그러나 세부가 달랐다. 그래, 바젤과 모스크바, 현재 두 곳의 미술관에 소장되어 있는 〈시인에게 영감을 주는 뮤즈〉처럼. 시인의 꽃인 카네이션을 그려야 하는데 실수로 꽃무를 그렸다고 루소가 고지식하게 새로 그린 것이다. 같은 모티프, 같은 구도, 같은 색채로. 하지만 두 그림은 명백히 다른 작품으로 그려졌다.

그렇다면 루소는 모종의 이유로 〈꿈〉을 그린 것을 전후해 비슷하지만 같지 않은 〈꿈을 꾸었다〉를 그린 걸까.

그 순간, 인터폴의 줄리에트 를루가 한 말이 갑자기 생각났다.

피카소의 친구이자 그의 전작 도록을 편찬한 크리스티앙 제르보가 행방을 뒤쫓던 소재 불명의 블루 피카소.

피카소 자신이 증언한 '2m x 3m'라는 사이즈. 〈꿈을 꾸었다〉의 사이즈 '204cm x 298cm'와 일치한다고 줄리에트는 말했다.

〈꿈〉의 사이즈와 정확히 일치하지 않나.

바꿔 말해서 어쩌면 행방불명된 블루 피카소는 〈꿈을 꾸었다〉가 아니라 〈꿈〉 밑에 숨어 있을지도 모른다……?

"이럴 수가." 팀은 또다시 소리 내어 말했다. "아아, 당장에라도 방사선 검사를 해볼 수 있으면……."

자신의 혼잣말에 흠칫한 팀은 옷장에 넣어둔 보스턴백에서 주소록을 꺼냈다. 서둘러 뒤진다. D……D…… 드보어. MoMA의 컨서베이터, 아스트러드 드보어의 연락처를 찾았다. 손목시계를 보고 바로 수화기를 들어 교환원에게 "국제전화 부탁합니다. 뉴욕으로"라고 말했다. 쏴 하고 물 흐르는 듯한 소리가 수화기 저편에서 들려왔다.

제발 사무실에 있어줘, 아스트러드.

"여보세요?" 귀에 익은 목소리가 멀리서 들려왔다. "국제전화라고? 팀, 지금 어디 있는 거야? 당신 본가가 외국에 있었던가?"

됐다. 팀은 숨을 후 내쉬었다.

"안녕, 아스트러드. 잘 있는 것 같아 다행인걸." 되도록 평소와 다름없는 투로 말을 걸었다. "부모님 모시고 멕시코에 와 있거든. 본고장의 타코스가 먹고 싶다고 해서 갑자기 여행을 온 거지."

"어머나, 대단한 효자네." 아스트러드가 유쾌하게 말했다. "그래서 무슨 일인데? 책상에 뭐 놓고 온 물건이라도 있어?"

"아니, 그게 아니라 영 마음 쓰이는 게 있어서." 팀은 길게 이야기할 겨를이 없다는 양 빠른 말투로 말했다.

"내가 휴가 오기 전에 루소의 〈꿈〉을 촬영했잖아? 그때 당신이 했던 말이 생각나서…… '야드비가' 왼손 언저리의 색조가 다르다고. 그러니까 다시 그렸다든지 복원을 했다든지, 뭔가 손을 댔을 가능성이 있다는 말이지?"

"국제전화로 갑자기 뭔 엉뚱한 소리야? 루소 연구자는 마음에 걸리는 게 있으면 못 견디겠나봐?" 아스트러드는 웃으며 대답했다. "그래, 맞아. 리터치의 가능성이 있다는 뜻이야. 단 방사선 검사를 해보지 않으면 단정은 못 해."

"해주지 않겠어? 방사선 검사." 팀은 즉각 말했다. "실은 저…… 톰한테 벌써 연락해서 허락을 받아놨어. 어떤 중요한 조사에 필요하거든. 좀 급해. 열두 시간 내로 결과를 알고 싶은데."

"무슨 소리야, 팀?" 아스트러드가 놀라 말했다. "그런 게 가능할 리 없잖아. 그 작품은 록펠러 가문에서 기증한 특별한 그림이니까 방사선 검사를 하려면 이사장이랑 관장의 허가가 필요해. 그렇게 말한 건 당신일 텐데. 나 내일부터 휴가라서 지금 눈 돌아가게 바빠. 국제전화로 농담하지 마."

아스트러드에게 한참 야단을 맞고 자신이 얼마나 무모한 말을 했는지 뼈저리게 실감했다. 그래도 방법이 그것밖에 생각나지 않았던 것이다. MoMA의 〈꿈〉 쪽이 루소와 피카소의 이중 작품인지 알아낼 방법이.

"알았으니까 진정해, 아스트러드. 정신 차릴 테니까. ……그래, 멕시코가 더워서 머리가 어떻게 됐었나봐. ……알았어, 그래. 일하는 거 방해해서 미안하고. 그럼 휴가 잘 보내고 와. 여행 잘 하고."

수화기를 놓고 팀은 침대에 털썩 주저앉아 머리를 싸안았다.

〈꿈을 꾸었다〉의 진위를 밝혀낼 실마리를 잡았다는 실감이 한순간 들었다. 하지만 결국 아무것도 모르고 끝났다.

똑똑. 고지식한 노크 소리가 들렸다. 팀은 움찔해서 얼굴을 들었다. 문으로 다가가 렌즈에 눈을 갖다 댔다. 오리에가 복도에 서 있었다.

당장 잠금 장치를 풀고 문을 열었다. 오리에는 팀을 보더니 수줍은 미소를 띠었다.

"괜찮으시면…… 잠깐 산책하지 않으시겠어요?"

팀과 오리에는 라인 강변의 오솔길을 나란히 걸었다.

저물어가는 태양이 두 사람의 그림자를 오솔길에 길게 드리웠다. 허리 높이로 쌓은 오래된 벽돌 너머로 완만한 강둑이 펼쳐지고 가련한 카밀러 꽃이 바람에 흔들린다. 라인 강은 도도히 흐르며 석양을 반사해 호흡하듯 반짝반짝 빛나고 있다.

"이 풍경이랑도 내일이면 작별이네요."

오리에가 강물을 바라보며 중얼거렸다. '작별'이라는 말에 팀은 가슴속이 따끔했다.

"바젤엔 전에도 여러 번 왔지만, 이번엔 제게 그야말로 '낙원'이었어요. 매일 루소가 주인공인 모험 이야기 같은 자료를 읽고, 루소에 대해, 당시의 예술가들에 대해 단 한시도 잊지 않고 생각하면서 가슴에 담고. ……지난 며칠 동안 이곳은 정말 '미술의 낙원' 같았어요."

팀도 같은 기분이었다. 조마조마한 일, 속 타는 일만 잇따라 흡사 제트코스터를 타는 느낌이었지만, 자료를 읽고 있을 때, 그리고 이렇게 오리에와 둘이 이야기하고 있을 때는 낙원에 있는 듯한 풍요로운 기분에 젖을 수 있었다.

"당신은 파리에 있으니까 언제든지 또 올 수 있잖아. ……난 내년 아트 페어까지 올 일도 없을 테지만."

팀은 오리에를 위로할 생각으로 말했다. 하지만 자신은 이제 두 번 다시 여기 오지 않으리라는 것을 알고 있었다. 그리고 두 번 다시 만날 일도 없다. 오리에와.

"그러게요. 언제든 또 올 수 있죠. 하지만 다음번에 올 때는 분명히 지금의 제가 아닐 거예요."

오리에는 그렇게 대답하더니 문득 쓸쓸한 눈빛을 띠었다. 두 사람은 누가 먼저랄 것 없이 걸음을 멈추고 벽돌담에 몸을 기댄 채 말없이 강물을 바라보았다.

"저, 엄마가 돼요."

갑자기 오리에가 말했다. 허를 찔린 팀은 그녀를 돌아보았다. 석양 탓인지 장밋빛으로 물든 오리에의 옆얼굴은 이상하게 만족스러워 보였다.

"어제는 에릭 콘츠의 짓궂은 말에 울컥하는 바람에…… 평소엔 남성 여러분의 심술이며 빈정거림을 웃으면서 넘기는데 말이에요. 콘츠는 농담으로 한 말일지도 몰라요. 하지만 우연이든 아니든 그 사람이 제 배 속에 든 새 생명을 모욕하는 것처럼 느껴지는 바람에." 오리에는 팀을 돌아보고 말했다. "죄송합니다, 당신까지 불쾌하게 해서."

그러고는 가볍게 머리를 숙였다. 정중하고 진심 어린 동작에 팀은 온몸이 구석구석까지 마비되는 듯했다.

팀은 미소를 지으며 말했다.

"사과할 거 없어. 그 인간은 실제로 무례했으니까. 그 장면에 일어난 당신이 옳아. 그리고 이렇게 일부러 날 데리고 나와서 솔직하게 이야기해준 당신은 정정당당한 사람이야."

당신은 초일류 연구자에 훌륭한 레이디야. 진심을 담아 그렇게 말하고 싶었다. 하지만 쑥스러움이 앞서 말이 나오지 않았다. 오리에는 웃음을 띠고 "고마워요"라고 했다.

그래, 훌륭해. 그 미소가 멋져.

오리에의 미소를 볼 때마다 가슴이 감미롭게 욱신거리는 것을 팀은 이미 오래전에 자각했다. 하지만 사랑이라는 것을 인정하고 싶지 않았다. 인정하면 지는 것이기에.

"파리로 돌아가면 결혼할 거예요. 그렇게 약속하고 여기 왔어요."

오리에가 말했다. 장밋빛으로 물든 볼은 그야말로 사랑에 빠진 여자의 얼굴이었다. 팀의 심장에 찌릿한 아픔이 스쳤다. 감미롭지 않은, 세찬 아픔이었다. 팀은 애써 참고 물었다.

"……그 사람은 기뻐하나? 아이에 대해서."

오리에는 고개를 흔들었다.

"아직 몰라요. 그이도, 일본에 계시는 어머니도. ……당신한테 처음 가르쳐주는 거예요."

그러고는 수줍게 웃었다. 팀은 말없이 오리에를 응시했다.

꽃봉오리가 벌어지는 듯한 미소. 지난 엿새 동안 본 중에 가장 아름다운 미소였다.

오리에는 팀의 눈을 똑바로 보며 말했다.

"당신을 존경해요, 브라운 씨. 당신은 훌륭한 연구자예요. 내년 루소 전시회도 틀림없이 성공시켜서 루소에 대한 평가를 높여줄 거라고 믿어요. 그렇지만……."

아주 잠깐 침묵이 흘렀다. 그 몇 초 동안 팀은 얼마나 후회했는지 모른다. 톰 브라운이 아니라 팀 브라운으로서 오리에와 마주하고 싶었다고.

오리에는 눈부시게 반짝이는 눈을 들어 말했다.

"전 지지 않을 거예요. ……질 순 없어요."

팀은 라인 강 수면처럼 흔들리는 오리에의 눈동자를 응시했다. 그리고 미소를 지었다.

"나도 지지 않아."

어느 쪽이 이기든 지든 후회가 없도록 싸우자.

오리에의 주저 없는 시선을 바라보는 사이에 드디어 결심이 섰다.

어떤 운명이 기다리고 있어도…… 우리는 이제 앞으로 나아갈 수밖에 없다.

객실로 돌아와 문을 열자 반으로 접은 종이쪽지가 카펫으로 살랑 떨어졌다.

누가 문틈에 끼워놓은 듯했다. 팀은 재빨리 쪽지를 집어 펴 보았다.

　9시에 미틀레레 다리에서 기다림 J

　줄리에트다. 직감으로 알아차리고 손목시계를 보았다. 8시 50분이었다.

　결국 오리에와 산책하며 바젤 시립미술관까지 걸어가서 또 다시 루소 작품을 마음껏 감상한 뒤 가볍게 식사를 하고 돌아 왔다. 동물원에 함께 갔을 때의 느낌이 돌아와 서로 개운한 기분으로 강평일인 내일을 맞이할 수 있을 듯했다.

　팀은 마지막까지 톰 브라운을 가장하며 완벽한 강평을 선 보이는 게 보답이라고 느끼고 있었다. 비록 착오이기는 했어 도 자신을 불러준 바일러에게, 자기를 기다리는 운명에 용감 하게 맞서려는 오리에에게, 그리고 앙리 루소에게. 진위 판정 은 끝까지 암중모색이었지만, 내일 읽을 《꿈을 꾸었다》의 마 지막 장에 모든 비밀이 숨어 있을 터였다. 모든 것은 내일, 내 일에 맡기자.

　기분 좋은 흥분을 가슴에 품고 돌아온 순간 마치 노린 것처 럼 날아든 줄리에트의 메시지. 찬물을 뒤집어쓴 기분이었다. 하지만 나가야 한다.

　콘츠의 첩자에게 미행당하는 것은 아닌지 주위를 신경 쓰며 팀은 호텔 근처에 있는 미틀레레 다리로 서둘러 갔다. 웨이브 진 긴 머리의 줄리에트가 다리 중간쯤에 서 있었다. 팀이 달려오는 것을 보고는 말없이 몸을 돌려 걷기 시작했다. 팀이 나란히 서기를 기다려 "우리 거래해요"라고 빠른 말투로 나지막이 말했다. "그 작품을 구하기 위해서."

"구한다는 게 무슨 뜻입니까?" 팀도 소리를 낮추어 소곤소곤 물었다. 줄리에트는 즉각 대답했다.

"말했잖아요. 만약 당신이 져서 오리에 하야카와한테 취급 권한이 넘어가면, 그쪽엔 키츠랑 오언이 있단 말이에요. 그자들이 노리는 건 루소가 아니라 그 밑의 피카소예요. 당연히 루소를 제거할 거라고요. 그렇게 안 되도록 구해야 해요."

팀은 반박했다.

"그렇지만 그 작품 밑에 피카소가 없을지도 모르잖습니까. 제르보가 찾던 블루 피카소는 어쩌면 다른 작품 밑에 있을지도 몰라요."

다리를 다 건너 있는 신호등 앞에서 줄리에트가 문득 멈춰 섰다. 성난 표정으로 팀을 돌아보며 "무슨 뜻이죠?"라고 물었다. 팀은 대답이 궁해졌다.

MoMA의 〈꿈〉 밑에 블루 피카소가 있을지도 모른다는 말을 섣불리 입에 담는 것은 아무리 가설이라 해도 너무 위험하다. 이번에는 〈꿈〉의 진위 문제가 되기 때문이다. MoMA의 중요한 스폰서 록펠러 가문에서 기증한 작품이자, 앙리 루소의 대표작이고, 내년 루소 전의 화제작이기도 한 〈꿈〉을 이제 와서 진위 판정의 더러운 무대로 끌어낼 수는 없다.

"아무튼 그 작품을 구하고 싶어요." 줄리에트는 팀의 대답을 기다리지 않고 말했다. "당신도 루소 연구자라면 루소의 진작 하나가 세상에서 사라지는 걸 보고만 있으면 안 되지 않나요?"

"그건 그렇지만……." 팀은 시원스레 말을 맺지 못했다. "설령 그 작품이 테이트에 넘어가도…… 루소를 제거하면서까지 피카소 작품으로 돌려놓을 것 같지는 않은데요. 오리에 하야카와도 루소 연구자란 말입니다. 그 사람이 그런 일을 용납할 리가……."

"정신 차려요." 줄리에트는 거의 고함치듯 목소리를 낮춰 말했다. "그 여자는 키츠의 정부라고요. 연구자이기 전에 여자예요. 그런 것도 모르나요?"

팀은 울컥해서 맞받아쳤다.

"그 사람은 뭣보다도 연구자입니다. 루소가 평가를 받지 못하는 건 부당하다고 생각하고 있고, 루소의 평가를 높이기 위해 누구보다도 노력하고 있단 말입니다. 나보다 더."

두 사람은 한 발짝도 양보하지 않고 서로를 노려보았다. 이윽고 줄리에트가 한숨을 쉬고 말했다.

"처음 하던 이야기로 돌아가죠. 난 거래를 하고 싶다고 제안했는데요."

"루소를 구하기 위해서 말이죠."

팀은 자포자기해서 대꾸했다.

줄리에트가 제안하는 거래는 이런 것이다. 팀은 좌우지간 강평에서 이겨 작품의 취급 권한을 획득할 것. 그리고 작품을 MoMA에도 경매 회사에도 넘기지 않고 인터폴에 건넬 것. 그러면 작품 조사가 끝난 뒤, 줄리에트가 책임지고 원 소유자와 교섭해 '그 작품이 있어야 할 곳'에 기증하게 하겠다.

일련의 작업에 협조해주면, 팀이 미술계에서 추방되는 일 없이 루소 연구를 계속할 수 있도록 입장을 확보해주겠다.

줄리에트의 제안은 더없이 정당한 것이었다. 작품을 노리는 네 악당(매닝, 콘츠, 키츠, 오언)의 속셈보다는 훨씬 납득할 수 있었다. '그 작품이 있어야 할 곳'이 어디고 '입장을 확보해준다'라는 게 어떤 뜻인지에 따라 달렸지만.

"있어야 할 곳이 어디입니까?"

팀의 질문에 줄리에트는 바로 대답했다.

"피카소 미술관이에요."

팀은 숨을 훅 들이마셨다. 생각지도 못한 대답이었다.

피카소 미술관, 1973년에 사거한 피카소의 유족이 상속세를 물납, 즉 피카소의 작품으로 물었기 때문에, 그 작품들을 컬렉션의 중심으로 해서 프랑스의 새 국립미술관으로 개관을 준비하는 중이다. 2년 뒤 1985년 개관 예정을 목표로 진행되는, 세계가 주목하는 프로젝트다.

만약 〈꿈을 꾸었다〉가 루소와 피카소의 이중 작품이라면…… 확실히 그 이상 적합한 곳은 없을지도 모른다. 최소한 경매장 테이블 위보다는 훨씬 나을 것이다.

"그리고 당신이 그 미술관의 큐레이터가 되는 거예요……. 팀."

팀은 흠칫했다. 고개를 들어 줄리에트를 보았다. 줄리에트는 이미 초조함이 사라진 얼굴로 그를 쳐다보고 있었다.

"……알고 있었군요."

팀은 쓴웃음을 지었다. 줄리에트도 웃었다.

"내가 모르는 건 없어요. 이래뵈도 인터폴의 일원인걸요."

팀은 작품을 대하는 줄리에트의 열정에 감동했다. 이 사람은 진심으로 〈꿈을 꾸었다〉의 장래를 염려하고 있다. 루소를 생각하고 있다. 작품이 지켜져 시대에서 시대로 영원히 전해지기를 한결같이 희망하고 있다. 팀은 인터폴 일원으로서의 프로 정신 이상으로 신념이라고도 할 수 있을 줄리에트 자신의 강한 감정이 그에 작용하고 있음을 감지했다.

"당신은 대체 누굽니까?"

저도 모르게 물었다. 줄리에트는 묘하게 환한 눈빛으로 팀을 쳐다보았다. 웨이브 진 긴 밤색 머리가 밤바람에 살랑살랑 흔들렸다. 팀은 어스름 속의 실루엣을 유심히 살펴보았다.

누구지? 역시 누군가를 닮았다. 공항에서 처음 만났을 때도 한순간 시선이 마주쳤을 뿐인데 아는 사람이라는 생각이

들었다.

닮았다. 내가 아주 잘 아는 사람을. 친숙한 누군가를.

생각나기 직전에 줄리에트가 소곤거렸다.

"강평이 끝날 때까지 아무한테도 말 안 한다고 약속하면…… 가르쳐줄 수도 있어요. 내 진짜 정체를."

문득 줄리에트의 어깨 너머로 택시가 빨간불에 걸려 정차한 것이 보였다. 팀은 줄리에트의 이야기를 들으며 택시 뒷좌석을 얼핏 보았다. 순전히 우연스레. 하지만 거기에 앉은 사람이 누구인지 인식하기까지 3초도 걸리지 않았다. 팀이 눈을 크게 떴다. 줄리에트가 "실은 난……"이라고 고백하는 목소리가 멀게 들렸다.

신호등이 파란불로 바뀌었다. 시내를 향해 달려가는 택시에 탄 사람은 톰 브라운이었다.

제
9
장

❦

천국의 열쇠
1983년 바젤 / 1910년 파리

❦

이레째 아침이 밝았다.

세탁 서비스로 받은 빳빳하게 풀 먹인 청색 셔츠를 입고, 넥타이를 단정하게 매고, 마 재킷을 걸쳤다. 몸단장을 마치고 팀은 침대 옆에 놓아두었던 전문서 두 권을 집었다.

앙리 세르티니가 쓴 루소 전기와 도라 발리에가 편찬한 루소 작품 카탈로그. 두 저자 모두 수수께끼가 많은 화가 루소의 실상을 추적하며 그의 재평가를 촉구한 세계적인 연구자다.

이제부터 벌어질 강평은 자신과 하야카와 오리에의 일대일 대결이 아니라 세르티니와 발리에의 대결이 돼도 이상할 것 없었다. 아니, 오히려 당연히 그쪽이어야 했다.

그렇건만 저 괴물 콘라트 바일러는 그들 연구자가 아니라 미술관 큐레이터끼리 승부를 벌이기를 원했다.

그저께 법정 대리인 에릭 콘츠에게 들었다. 바일러는 원래 MoMA의 치프 큐레이터인 톰 브라운과 테이트 갤러리의 치프 큐레이터인 앤드루 키츠를 대결시키려 했었다고. 그런데 톰이 아니라 자신이, 그리고 키츠가 아니라 하야카와 오리에가 나타났다.

콘츠에게는 이미 자신의 정체를 들킨 것 같지만 바일러는 아직 모른다. 바일러가 알면 이 승부는 시작되기도 전에 끝난다. 앞으로 몇 시간 더 어떻게든 톰 브라운을 완벽하게 연기해야 한다. 그리고 MoMA의 위신을 걸고 강평에 승리해야 한다.

갑자기 쓸쓸한 웃음이 치밀었다.

이렇게 빤한 연극이 다 있을까. 나는 대체 뭣 때문에 이런 어처구니없는 일을 하는 건가.

그런 일은 있을 수 없다고 믿고 싶다. 하지만 5분 뒤 로비로 가서 여느 때처럼 마중 나온 차에 올라타려는데…… 오리에 옆에 내 상사 톰 브라운이 앉아 있을지도 모른다. 그런 일은 절대로 있을 수 없다고는 이제 말할 수 없다.

어젯밤 미틀레레 다리 부근의 신호등 앞에서 인터폴의 줄리에트 클루와 이야기하다가 우연히 보고 말았다. 시내로 향하는 택시 뒷좌석에 탄 톰 브라운을.

어째서 톰이 이런 타이밍에 바젤로 왔는지 알 방법도 없다. 하와이 오아후 섬에서 휴가를 즐기고 있을 상사는 자신과 마찬가지로 내일모레까지 휴가다. 아트 페어도, 대형 전시회 오프닝도 없는 한여름의 바젤에 올 이유는 어디에도 없다.

어쩌면 어제 이 호텔에 묵었을지도 모른다. 지금 엘리베이터 홀에서 자신을 기다리고 있을지도 모른다. 그리고 '마담 킬러'답게 상쾌한 미소를 지으며 이렇게 말할지도 모른다.

안녕, 팀. 오늘까지 수고 많았네. 원래 예정대로 강평은 내가 담당하지. 자네는 이제 그만 가도 돼. 뉴욕이 아니라 고향 시애틀로.

팀의 얼굴에서 씁쓸한 웃음이 사라졌다.

체념한 듯 들고 있던 책을 보스턴백에 넣었다. 가방 안에는 옷가지와 세면도구 등이 이미 들어 있었다.

바일러 저택에서 돌아오면 바로 체크아웃을 하고 뉴욕행 비행기를 탈 것이다. 그리고 두 번 다시 이곳에 돌아오지 않는다.

영원히 작별하는 것이다. 바젤과도, 오리에와도.

각오하고 방을 나섰다. 붉은 카펫을 깐 복도, 금색 엘리베이터, 투숙객이 느긋이 오가는 로비. 아는 얼굴과 마주치지는 않았다. 정면 현관에 바일러 가의 차가 대기하고 있다. 여느 때는 먼저 올라타 기다리는 오리에가 차 앞에 서 있었다. 팀을 보더니 다소 긴장해 있던 얼굴에 금세 미소가 피었다.

"안녕하세요."

또렷한 목소리. 팀도 웃음을 지으며 "잘 잤어?"라고 대답했다. 그 순간 오리에가 이곳에 있어준 것을 신에게 감사하지 않을 수 없는 기분이었다.

"그럼 갈까. ……루소를 만나러."

오리에는 생긋 웃고 "네" 하고 대답했다. "가요. 우리 '친구'를 만나러."

차는 예정대로 저택에 도착했다. 집사 슈나젠이 무뚝뚝하지만 예의 바르게 뒷좌석 문을 열어 맞아주었다. 팀은 "고마워요" 하고 인사했다. 이 뻣뻣한 얼굴과도 오늘로 안녕이라고 생각하니 벌써 그리운 기분이 들었다.

"나중에 제 손님이 올 겁니다. 그럼 강평하는 곳 옆방으로 안내해서 기다리게 해주십시오."

팀은 현관 홀로 향하며 작은 목소리로 슈나젠에게 말했다. 갑작스러운 말에 그런 무뚝뚝한 얼굴에도 어리둥절한 빛이 스쳤다. 그러나 곧 원래대로 점잔 뺀 표정을 짓더니 침착하게 대답했다.

"그렇습니까. 어떤 분이 오시는지요?"

팀은 미소를 지었다.

"당신도 잘 아는 사람입니다."

서재 옆 응접실에서 콘츠가 두 사람을 기다리고 있었다. 여느 때처럼 무표정한 얼굴로 "그럼 하야카와 씨, 이쪽으로 오시죠"라고 하며 오리에를 안내했다. 오리에는 방에서 나가는 순간 문득 돌아보았다. 갔다 올게요, 하는 마음의 소리가 팀의 가슴에 들려왔다.

그로부터 이어진 90분간은 팀의 인생에서 가장 긴 90분이었다.

팀은 일인용 소파에 얕게 걸터앉아 무릎 위에 올려놓은 두 손을 깍지 끼고 머리를 비우려고 노력했다. 하지만 노력하면 할수록 지난 엿새 동안의 추억이 떠올랐다. 모조리 오리에와의 추억뿐이었다.

동물원에서 이야기해준 돌아가신 아버지의 에피소드. 미술관에서 루소의 그림을 바라보는 진지한 모습. 지론을 펼 때 보이는 다소 건방진 표정.

저, 엄마가 돼요. 그렇게 말하며 행복하게 웃은 빛나는 얼굴.

그녀에 대한 마음이 가슴 가득 차올라 쏟아질 듯했다. 그것을 애써 억누르고 있는 자신을 이미 오래전에 깨닫고 있었다.

소용없다. 어떻게도 할 수 없다. ……하지만.

이것 하나만은 이미 분명했다.

나는 그녀를 사랑하는구나.

달칵 하고 문손잡이를 돌리는 소리가 나 팀은 얼굴을 들었다. 콘츠가 무표정하게 나타나고, 이어서 오리에가 들어왔다. 오리에는 고개를 숙이고 있었지만 팀이 일어선 것을 알아차리고 그를 쳐다보았다. 그녀의 눈을 보고 팀은 숨이 멎을 뻔했다.

오리에의 눈은 너무 울어 새빨갰다. 젖은 눈으로 뭔가를 호소하듯 팀을 응시하고 있었다. 팀은 저도 모르게 그녀에게 다가갔다. 콘츠가 두 사람 사이에 끼어들듯 차갑게 말했다.

"자, 가시죠, 브라운 씨. 이곳에서 사적인 대화는 엄금입니다."

팀은 아무 말도 하지 못하고 그저 오리에를 쳐다보았다. 눈물을 참는 오리에의 옆얼굴이 응접실 문 너머로 사라졌다.

"이 승부는 역시 당신 승리군요." 복도로 나오자마자 콘츠가 소곤거렸다. "저 여자는 지나치게 감정에 휩쓸리고 있습니다. 저 상태로 변변히 강평을 할 수 있을 리 없죠. 이로써 승부의 향방이 확실해졌습니다. ……예정대로이긴 합니다만."

팀은 어금니를 악물었다. 어느 타이밍에 이놈의 따귀를 후려쳐줄까.

"그럼 건투를 빌겠습니다. 봉 부아야지."

콘츠는 첫날과 같은 말을 남기고 가버렸다. 서재로 들어간 팀은 마호가니 테이블 위에 펼쳐진 《꿈을 꾸었다》의 제7장 페이지를 내려다보았다.

루소, 대체 당신은 어떻게 되는 거야.

역시 아무에게도 인정받지 못하고 생애를 마감하는 건가.

당신의 사랑은 이뤄지지 못하고 끝나는 건가.

내 마음이 그런 것처럼.

제7장 천국의 열쇠

어슴푸레한 램프 불빛이 수많은 얼굴을 비추고 있습니다.

검은 눈으로 꼼짝 않고 쳐다보는 무표정한 여자의 얼굴. 무뚝뚝한 남자 얼굴. 섬뜩한 표정으로 굳은 갓난아기 얼굴. 갈색 피부의 몸뚱이에 구렁이를 휘감고 형형하게 빛나는 눈으로 이쪽을 쳐다보는 이국 소녀의 얼굴.

아이콘의 성자들 같기도 한, 앙리 루소가 그린 여러 얼굴이 침묵 속에 아파르트망의 찌든 벽을 가득 메우고 있습니다.

램프 불빛을 받는 얼굴이 두 개 더 있습니다. 침울한 얼굴은 야드비가 것, 초조하게 애를 태우는 얼굴은 그녀의 남편 조제프 것이었습니다.

"용태는 어때? 그렇게 안 좋은 건가?"

조제프가 테이블 위로 몸을 내밀며 묻습니다. 야드비가는 한숨과 더불어 "몰라"라고 내뱉듯 말했습니다.

"늘 그림을 내는 '앙데팡당'이라나 하는 전시회 준비를 이제 시작해야 하는데, 하고 조급해하는데…… 발을 질질 끄는 게, 걷기 힘든가봐. 왜 그러냐고 물어도 괜찮다고만 하고……."

그해 겨울 루소의 건강 상태가 눈에 띄게 달라졌습니다. 몸이 많이 말라서는 뺨은 홀쭉하게 여위고 눈은 쑥 들어간 데다 왜 그런지 다리까지 절었습니다. 아무리 봐도 몸이 좋지 않은 것 같건만, 붓을 놓으려 하지 않고 캔버스를 마주합니다. 뭔가 사악한 것에 홀리기라도 한 것처럼 분위기가 심상치 않았습니다.

야드비가는 걱정되어 날마다 아틀리에에 얼굴을 비쳤습니다. 보아하니 루소는 식사도 변변히 하지 않고 붓만 놀리는 듯했습니다. 왜 그래, 죽음의 신에 씌기라도 한 거 아냐? 이제 그러다 붓도 못 잡게 되겠네, 하고 일부러 장난스레 말해 보기도 했습니다. 사실은 무서웠기 때문입니다. 귀기 어린 화가의 모습에서 정말로 죽음의 신이 느껴졌습니다.

"당신이 뭣 좀 영양분 있는 음식을 만들어다 줘." 조제프가 병상에 누운 아버지를 걱정하는 아들 같은 말투로 말했습니다. "닭고기든 계란이든 뭐든…… 빵하고 와인만 갖다 주다간 저러다 쓰러질걸."

야드비가는 또다시 한숨을 쉬었다.

"그러고 싶지만 우리 집도 이제 여유가 없는걸."

나를 도와주고 싶으면 물감과 캔버스를 가져다주면 안 될까.

넘쳐흐를 듯한 녹색 물감을. 특대 사이즈의 캔버스를. 그 외엔 아무것도 필요 없어.

루소는 조제프와 야드비가에게 그렇게 부탁했습니다. 조제프는 화구 상점에서 미친 사람처럼 녹색 물감만 몇 종류, 그리고 크고 작은 캔버스를 사서 야드비가에게 들려 보냈습니다. 그전에도 그 상점에서 물감과 캔버스를 대량으로 사들여 루소의 아틀리에에 가져다주곤 했습니다. 현금이 바닥나자 외상으로 사기 시작했습니다. 화구 상점에 갚을 외상이 두 사람에게는 엄청난 액수로 불어나 있었습니다.

"빌어먹을!" 조제프는 외마디 고함을 지르며 주먹으로 테이블을 내리쳤습니다. "그 사람이 제일 곤경에 처해 있을 때 도움이 못 되다니…… 아아, 내가 좀 더 돈이 있었다면. 내가 유명한 미술상이었다면."

이렇게나 전위적이고, 신비적인 힘이 가득하며, 새로운 예술의 기운을 머금은, 엄청난 작품을 세계가 인정하게 할 수 있을 텐데.

조제프는 얼굴을 숙였습니다. 희미한 램프 불빛이 그의 뺨을 타고 흘러내리는 빛나는 것을 비추었습니다.

"이유가 뭐야, 조제프." 야드비가는 자신도 속에서 치미는 뭔가를 느끼며 물었습니다. "왜 그렇게 그 사람을, 그 사람 그림을 어떻게든 하고 싶다고 조급해하는 거야?"

조제프는 잠자코 고개를 흔들었습니다. 그러더니 두 손으로 얼굴을 가리고 오열했습니다. 야드비가는 손을 뻗어 조제프의 부드러운 머리카락을 살며시 어루만졌습니다. 자신의 볼도 젖은 것을 깨달으며.

몽마르트르 언덕, 작은 광장에 면한 허름한 건물. 야드비가는 당장에라도 쓰러질 듯한 목조 건물 벽을 올려다보고 있었습니다.

찾았다. 여기다, '바토 라부아르'.

전에 파블로 피카소가 연 '야회'에 참석하러 루소와 함께 왔던 곳. 가쁜 숨을 몰아쉬며 비탈길을 올라온 야드비가는 숨이 찬 채로 피카소의 아틀리에 문을 두드렸습니다.

"들어와."

누군지도 모르면서 속 편하게 대답하는 목소리가 들렸습니다. 야드비가는 다 썩은 문을 살그머니 열었습니다.

스케치북에 이젤, 무시무시한 가면으로 발 디딜 틈도 없을 만큼 어질러진 실내 맨 안쪽에 땅딸막한 사내가 커다란 캔버스를 마주하고 있었습니다. 야드비가가 뒤에 와 서자 그제야 돌아보았습니다. 위세 좋은 목소리로 "당신인가" 하고 말했습니다. "웬일이야? 나한테 무슨 볼일이지? 루소의 그림이라도 팔러 왔나?"

뭐라 맞받아치려던 야드비가는 그보다 먼저 캔버스에 눈을 빼앗기고 말았습니다.

그곳에는 실로 기묘한 인물상이 그려져 있었습니다. 네모난 블록으로 나뉜 남자의 모습, 벗어진 머리, 턱수염, 퉁퉁한 체격으로 간신히 남자라는 것을 알겠습니다. 하지만 그것은 남자라기보다 바위를 깎아 만들고 있는 조각처럼 기묘한 입체감과 깊이감이 있었습니다. 손을 뻗으면 우둘투둘 거친 감촉이 느껴질 듯한.

"……묘한 그림이네."

무의식중에 말이 입 밖으로 나왔습니다. 피카소는 "아는 미술상의 초상화야"라고 가볍게 대답했습니다.

"그것도 전위라는 거야?"

피카소는 저도 모르게 웃었습니다.

"그렇게 부르는 인간들도 있긴 하지. ……그렇지만 난 '전위'란 이름에 걸맞은 그림을 그리는 건 오히려 루소라고 생각해."

"진짜?" 야드비가의 얼굴에 빛이 비쳤습니다.

사실은 전위라는 말이 칭찬인지 욕인지 모릅니다. 하지만 이 남자, 파블로 피카소가 말하니 이상하게도 쉽사리 받아들일 수 있었습니다.

"그 사람한테 무슨 일 있나?" 피카소는 들고 있던 팔레트를 작은 테이블에 내려놓고 물었습니다. "당신이 일부러 날 찾아온 데엔 그만한 이유가 있을 테지."

말을 꺼내기 쉽게 실마리를 만들어주었다. 역시 이 사람에게는 뭐든 이야기할 수 있다. 야드비가는 그렇게 느꼈습니다.

"요새 계속 이상해. 병이 난 것 같은데 가르쳐주질 않으니…… 좌우지간 물감이 필요하다, 대형 캔버스가 필요하다는 말만 하고. 아니면 이번 앙데팡당에 출품할 최고 걸작을 완성할 수 없다고."

피카소는 팔짱을 끼고 야드비가를 응시하고 있습니다. 모든 것을 꿰뚫어보는 듯한 깊은 시선에서 벗어날 수 없다는 느낌이 들어 야드비가는 말했습니다.

"지금까지 물감이랑 먹을 거랑 꽤 많이 갖다 줬어. 그렇지만 이제 나한텐 아무것도 없어. 그 사람한테 줄 수 있는 게 아무것도……."

그러고는 급히 고개를 떨어뜨렸습니다. 슬퍼서 어디론가 사라져버리고 싶었습니다. 이제 루소의 힘이 되어줄 수 없다고 선언했다는 게 괴로웠습니다.

"그건 아니지."

피카소의 말에 야드비가는 얼굴을 들었습니다. 피카소는 조금 전과 변함없이 깊은 시선으로 그녀를 바라보며 말을 이었습니다.

"당신이 있잖아. 당신을 바치면 돼. 그게 그 사람이 가장 바라는 일이 아니던가?"

생각지도 못한 말에 야드비가는 귀까지 새빨개졌습니다. 떨리는 목소리로 "너무하잖아"라고 대꾸했습니다. "난 매춘부가 아니야. 그런 짓은 못 해."

"당신 바보로군." 피카소는 웃었습니다. "모델이 돼주란 말이야. 당신이 아는지 모르는지 모르겠지만, 루소는 모델이 없으면 인물화를 못 그려. 당신이 모델이 돼주면 최고 걸작을 틀림없이 완성할 수 있을 테지. 그리고⋯⋯." 피카소는 야드비가의 눈을 똑바로 보며 분명하게 말했습니다. "그게 '영원을 산다'는 뜻이야."

가슴속 샘물에 말의 돌멩이가 퐁당 떨어진 느낌이었습니다.

영원을 산다.

피카소가 몇 번 던졌던 말.

그 사람의 여신이 돼서 영원을 사는 거야.

야드비가는 피카소의 말을 따라 고요히 샘물 깊이 잠수했습니다. 맑은 샘물 밑바닥에서 그 말의 의미를 마침내 찾아냈습니다. 두 손으로 잘 떠서 서둘러 수면으로 올라왔습니다.

샘물 속에서 돌아온 야드비가의 얼굴에는 진실을 발견한 사람의 빛이 퍼져 있었습니다.

겨울철 아틀리에에서 루소는 날이면 날마다 용수철이 망가진 소파에 누워 꾸벅꾸벅 졸았습니다.

그림을 그리고 싶다는 마음이 전에 없이 온몸을 휩씁니다. 당장에라도 일어나 팔레트를 들고 붓을 잡고 싶습니다. 의식은 벌써 캔버스를 향하고 있습니다. 그런데 몸이 도무지 말을 듣지 않습니다.

루소의 의식은 어느새 자신이라는 껍데기를 빠져나와 아틀리에를 떠돌다가 캔버스에 그리다 만 밀림을 헤치고 들어갑니다. 깊이, 더 깊이. 안으로 들어가면 갈수록 처음 보는 광경이 나타날 터다. 처음 체험하는 세계가 기다리고 있을 터다.

농익어 떨어진 열매의 달콤한 냄새. 멀리서 들려오는 야수의 포효. 코끝을 스치며 날아가는 극채색의 나비 날개. 차갑고 보드라운 것이 발바닥에 싸늘하게 닿습니다. 그 순간 뜨거운 인두를 정강이에 들이댄 듯한 격통이 그를 덮쳤습니다. 루소는 앗 하고 소리치며 풀숲에 넘어졌습니다.

알을 품은 암뱀이 대가리를 쳐들고 루소를 노려보고 있습니다. 루소는 등 뒤의 땅을 짚은 채 슬금슬금 뒤로 물러납니다.

잠깐만. 날 죽이지 마. 난 무해한 인간이야.

결코 너희가 사는 이 숲을 침범하려는 게 아니야.

난…… 난 그저 나도 어떻게 할 수 없을 만큼 이끌린 것뿐이야. 이곳에 사는 마물에게. 예술이라는 무자비한 마물에게.

아아, 어째서냐. 이런 사태가 돼서도 이 숲에 두 번 다시 돌아오지 않겠다고 약속하지 못하는 거지.

그건 이곳이 바로 내 천국이니까…….

"앙리. 일어나봐, 앙리. 손님이 왔어."

어깨를 잡고 흔드는 느낌에 루소는 겨우 눈을 떴습니다. 눈앞에 야드비가가 서 있습니다. '손님'과 함께.

"못 보는 사이에 많이 야위었군."

피카소가 말했습니다. "아아, 파블로……"라고 하며 일어나 앉으려던 루소는 신음하며 도로 소파에 눕고 말았습니다.

"이거 심각한걸. 어디 다치기라도 한 건가?"

피카소가 무릎을 꿇고 루소의 왼쪽 다리를 살피며 말했습니다. 붕대를 감은 루소의 정강이에서 시큼하고 이상한 냄새가 났습니다. 붕대 겉으로 고름이 새어나와 누렇게 변색됐습니다.

"아무것도 아니야. 이건…… 뱀한테 물려서……."

루소는 띄엄띄엄 말했습니다.

"뱀?" 피카소는 눈을 크게 뜨고, 곁에 선 야드비가를 올려다보았습니다. 야드비가는 고개를 살짝 가로저었습니다.

"앙리, 다음번 앙데팡당은 어떻게 할 건가?"

피카소가 무릎을 꿇은 채 물었습니다. 루소는 눈을 감고 고개를 다른 쪽으로 돌렸습니다.

"……틀렸어. 이제 못 그리겠어."

"어째서야?" 야드비가가 즉각 물었습니다. "그 전시회가 시작된 이래로 매년 출품했잖아. 왜 그렇게 마음 약한 소리를 하는 거야?"

루소는 얼굴을 돌린 채 힘없이 대답합니다.

"그리고 싶어도…… 아무리 그리고 싶어도 난 이제…… 물감도 캔버스도 없어. 방법이 없어……."

"정신 차려, 루소. 외면하지 말고 똑똑히 보란 말이야." 피카소가 조금 성난 목소리로 말했습니다. "여기 캔버스가 있

327

다고."

루소는 천천히 얼굴을 들었습니다.

파블로가 루소의 눈앞에 커다란 캔버스를 들고 있었습니다. 물속을 떠다니듯 청징한 청색 속에 어머니와 아이의 모습이 있었습니다.

루소가 눈을 크게 떴습니다.

"이건…… 캔버스가 아니라 누군가의 작품이잖아."

떨리는 목소리로 말하자, 피카소는 입꼬리를 끌어올리며 씩 웃었습니다.

"그래, 어느 가난뱅이 화가의 작품이네. 이 위에 그리라고. 좀 낡기는 했어도 아직 쓸 만한 캔버스야."

"그런……." 루소는 쥐어짜듯 말했습니다. "그런 일은 할 수 없어. 어떤 가난뱅이 화가든 본인은 죽을힘을 다해 그렸다고. 아무도 인정해주지 않아도 그건 그 화가의 작품이네. 그 사람의 목숨이야. 그걸 더럽힐 순 없어……."

"정신 차려, 앙리!"

피카소가 고함쳤습니다. 루소와 야드비가는 동시에 어깨를 흠칫 떨었습니다. "자네가 그러니까 인정을 못 받는 거라고. 내 말 잘 들어, 앙리. 우리 시대의 예술은 그런 미적지근한 게 아냐. 타인의 그림 따위 발에 차일 만큼 사방에 널렸어. 기성 가치관 따위 엿 먹으라고 해."

내 말 잘 들어. 당신이 그리려는 그림이 지금까지 살면서 가장 그리고 싶었던 그림이라면, 이 캔버스에 그려진 푸르뎅 뎅하고 초라한 모자상 위에 모조리 쏟아내.

슬픔의 색 하나뿐인 밑바닥 인생 그림 위에 극채색의 낙원을 그려서 당신의 모든 정열을 쏟아붓는 거야.

당신이 우리 시대의 예술가를 자칭할 생각이라면, 알겠나? 최소한 그 정도는 하고 죽으라고.

단숨에 지껄인 뒤 피카소는 루소를 똑바로 쳐다보았습니다. 불길이 타오르는 눈으로.

루소의 목에서 꿀꺽 소리가 났습니다. 어깨도, 팔도, 다리도 전부 떨리고 있었습니다. 온몸에 솟구치는 정열을 멈출 수 없을 것 같습니다. 루소는 다리를 보호하려 하지도 않고 남은 힘을 쥐어짜 일어섰습니다.

"정열을…… 내 모든 정열을."

루소가 헛소리를 하듯 중얼거렸습니다. 야드비가는 정령이 찾아든 듯한 화가의 모습을 눈도 깜박이지 않고 뚫어져라 응시하고 있었습니다.

일요일이 왔습니다. 전날 밤 내린 눈이 아파르트망의 안마당을 하얗게 물들였습니다.

여느 때 같으면 산 같은 빨랫감을 바구니에 넣고 빨래터로 나갈 시간입니다. 야드비가는 계절에 맞지 않는 작은 꽃무늬 무명 원피스를 입고 아파르트망을 나섰습니다. 루소와 함께

'야회'에 갈 때 입었던 원피스를 입고 야드비가는 그날 '영원을 살기로' 결심한 것입니다.

"나 그 사람 모델이 될까 해. 그동안 일을 못 할 텐데 괜찮을까?"

야드비가는 일 나가는 조제프의 뒷모습을 향해 말했습니다. 조제프는 돌아보더니 어딘지 모르게 안도한 표정으로 "그래" 하고 말했습니다. "당신이 모델이 돼서 그 사람이 그림을 그릴 의욕을 되찾는다면 멋진 일이지. 분명히 최고 걸작이 될 거야."

아내의 볼에 키스를 하고 개운한 얼굴로 나갔습니다.

야드비가의 가슴은 욱신거릴 정도로 흥분해 있었습니다. 몸속은 눈을 녹여버릴 수 있을 만큼 활활 타오르고 있었습니다.

영원을 산다.

언젠가 피카소가 했던 말이 고막 속에서 메아리칩니다. 눈에 보이는 한마디, 그림 같은 말이었습니다.

나는 오늘부터 영원을 살 것이다.

루소가 죽어도, 내가 죽어도, 그림 속의 나는 영원을 사는 것이다.

루소가 사는 허름한 아파르트망의 계단을 한 단씩 힘주어 디디며 올라갑니다. 천국으로 이어지는 계단을 나아가는 기분이 들어 야드비가는 가벼운 현기증이 일었습니다. 도취 같은, 묘하게 달콤한 감각이었습니다.

아틀리에 문을 노크하자 "들어오세요" 하고 바로 대답이 들렸습니다. 가슴을 두근거리며 살며시 문을 엽니다. 문 너머에 크고 새하얀 캔버스가 나타나자 야드비가는 놀라 탄성을 질렀습니다.

"새 캔버스잖아. ……어디서 났어?"

루소는 피카소가 가져온 〈청색 모자상〉 위에 새 작품을 그릴 결심을 막 한 참이었습니다. 그 그림과 사이즈가 거의 비슷한 새 캔버스가 눈부신 빛을 발하고 있었습니다. 캔버스를 마주 보고 나무 스툴에 앉아 있던 루소가 돌아보았습니다.

"어제 내가 모르는 미술상이 갑자기 찾아와서 놓고 갔어. ……대신 파블로가 준 그림을 사겠다고."

미술상의 이름은 앙브루아즈 볼라르. 전위 화가의 작품을 취급하는 신진 미술상이었습니다. 피카소가 들고 온 모자상을 갖는 대신 그가 루소에게 제시한 것은 같은 사이즈의 새 캔버스와 현금 5천 프랑. 가난한 화가에게는 어마어마한 액수였습니다.

야드비가는 순간 숨을 삼켰습니다. 그리고 머뭇머뭇 물었습니다.

"그래서…… 거래에 응한 거야?"

루소는 말이 없었습니다. 무거운 침묵이 두 사람 사이에 흘렀습니다.

이윽고 루소는 아픈 다리를 조심하며 일어나더니 새 캔버스 뒤에서 똑같은 크기의 캔버스를 꺼냈습니다. 야드비가는 한 번 더 숨을 삼켰습니다.

〈청색 모자상〉이었습니다.

"왜 파블로가 나한테 '이 그림 위에 모든 정열을 쏟아부어라'라고 했는지, 조금이나마 알 수 있을 것 같았어."

새로운 어떤 것을 창조하려면 낡은 어떤 것을 파괴해야 한다.

타인이 뭐라 하든 자신이 최고라고 생각하는 것을 만들려면 그만한 각오가 필요하다. 타인의 그림을 유린하는 한이 있어도, 세계를 적으로 돌리는 한이 있어도 자신을 믿는다. 그게 바로 새로운 시대의 예술가가 가져야 할 모습이다.

파블로는 내게 그것을 가르쳐주고 싶었는지도 모른다.

루소는 띄엄띄엄 그런 이야기를 했다.

"미술상한테 그림이 완성될 때까지 대답을 기다려달라고 했거든. 그랬더니 아무튼 캔버스는 두고 갈 테니까 그림은 없애지 말아달라고 하지 뭐야." 그러고는 조그맣게 한숨을 쉬었다. "이거 참…… 어느 쪽에 그려야 하지."

루소가 중얼거린 말을 듣고 야드비가는 조그맣게 웃었다.

"당신, 이 〈청색 모자상〉이 좋아졌구나."

루소는 "맞아"라며 힘없이 미소를 지었다.

"누구 그림인지는 모르지만…… 내가 경애하던 부그로와

도, 제롬과도 전혀 다르지만…… 난 이 그림이 좋군. 미치도록 좋아."

가만히 바라보다 보면 가슴이 벅차다. 사무치게 쓸쓸하고, 애달프고, 아름답다. 가난 탓에 앙상하게 여윈 어머니와 아이가 자꾸만 성모자상으로 보인다. 이유 모를 눈물이 솟는다.

이 정밀(靜謐)한 작품을 완전히 불태울 만한 정열이 내게 있을까.

야드비가는 루소의 말을 잠자코 듣기만 했다. 청색 모자상을 응시하며. 그러더니 갑자기 원피스 단추를 풀기 시작했습니다.

루소의 눈앞에서 원피스를 벗고, 코르셋을 풀고, 속옷까지 모조리 벗어 태어났을 때와 똑같이 실오라기 하나 걸치지 않은 모습이 되었습니다.

다 떨어진 붉은 벨벳 소파에 누워 야드비가는 당당히 말했습니다.

"자, 그려줘. 난 이제부터 영원을 살기로 했으니까."

루소가 얼마나 놀라고 얼마나 감동에 몸을 떨었는지, 분명 에밀 졸라도 말로 표현할 수 없었을 겁니다.

영원을 산다.

그 말이 현실이 되는 것을 야드비가는 드디어 온몸으로 느끼고 있었습니다.

정글의 나뭇잎 그늘, 숨 막히게 피어오르는 짙은 훈김. 무르익어 쓸쓸한 소리를 내며 떨어지는 열매.

멀리서 들리는 짐승들의 포효, 풀숲을 기어가는 뱀. 새들의 노래에 섞여 들리는 마술 같은 이국의 피리 소리.

야드비가는 소파에 누워 어느새 루소와 꽉 끌어안고 있었습니다. 두 사람은 지금 똑같은 꿈을 꾸고 있는 것입니다. 야드비가는 이제껏 한 번도 경험해본 적이 없는 강렬한 도취가 몸도 마음도 옭아매는 것을 느꼈습니다.

문득 하늘 저 너머에 벼락이 치는 것을 감지하고 야드비가는 몸을 일으켰습니다.

태어났을 때와 똑같은 모습을 한 야드비가는 천천히 왼손을 들었습니다. 꽉 쥔 주먹. 가까운 곳에서, 아니, 아주 먼 곳에서 루소의 목소리가 들립니다.

손에 뭘 쥐고 있는 거지…… 야드비가?

야드비가는 고개를 돌리지 않은 채 대답합니다.

천국의 열쇠야. 이게 있으면 우리는 천국의 문을 통과할 수 있어. 함께.

그 열쇠 주겠어? 난 먼저 가. 당신을 데리고 갈 순 없어.

어째서, 앙리? 우리는 하나가 됐는데. 맺어졌는데. 이제 영원히 헤어지지 않아.

안 돼. 당신은 영원을 살아야 해.

난 그걸 위해 이 그림을 그렸어. 그걸 위해 화가가 된 거야.

당신한테 영원한 생명을 주기 위해.

안녕, 야드비가. 난 가. 행복하게 살아야 해. 영원히, 행복하게.

언제까지고 당신을 잊지 않을 거야.

여름의 잔재가 아직 짙게 남은 9월 2일, 파리의 하늘 아래.

앙리 루소는 조용히 영원한 여로에 올랐습니다.

여름에 왼쪽 다리의 괴저가 악화되어 그것이 온몸을 좀먹었습니다. 어째서 괴저가 생겼나. 당시의 의학으로는 해명할 수 없었습니다. 정말로 밀림에 가서 뱀에게 물린 게 아니냐고 담당 의사가 쓸쓸하게 웃으며 말했습니다.

루소의 장례식은 뒤토 거리에 갓 생긴 교회에서 열렸습니다. 밝고 근대적인 교회 분위기는 몇 안 되는 조문객들에게 조금이나마 위로가 되었습니다.

조문객 중에는 시인 아폴리네르, 화가 로베르 들로네, 폴 시냐크가 있었습니다. 파블로 피카소의 모습은 없었습니다.

야드비가는 남편 조제프와 함께 참석했습니다. 누구보다도 슬퍼하는 조제프가 야드비가는 어쩐지 우습기도 하고 또 사랑스럽기도 했습니다.

"실례합니다만 마담, 당신은 '야회' 때……."

다 끝나고 떠날 때 아폴리네르가 말을 걸었습니다. 야드비가는 얼굴에 쓰고 있던 검은 베일을 걷고 아폴리네르를 보았습니다.

순간 그가 숨을 훅 들이마시는 것을 알 수 있었습니다. 그러고는 "역시"라고 중얼거렸습니다.

"당신이 '야드비가'군요. 루소의 마지막 작품 모델인……."

야드비가는 네, 하며 고개를 끄덕였습니다. 곁에 있던 조제프가 가볍게 고개를 숙여 인사했습니다. 아폴리네르가, 루소가 그린 〈시인에게 영감을 주는 뮤즈〉의 모델임을 깨달은 조제프는 "저, 죄송합니다만" 하고 다소 거북한 듯 말을 꺼냈습니다.

"당신이 모델이 되신 그 작품을 저희에게 파실 수 없겠습니까?"

아폴리네르는 대답했습니다.

"죽은 친구가 남겨준 유일한 작품이니 지금은 떠나보낼 수 없습니다. ……루소 작품을 수집하십니까?"

아폴리네르의 물음에 조제프는 어렴풋이 미소를 지었습니다.

"이제부터 그러려고요. 그 사람한테 그림을 보는 기쁨을 배웠거든요. ……앞으로 태어날 아이에게도 그 사람의 작품을 보여주며 그림을 보는 기쁨을 전할 생각입니다."

아폴리네르는 야드비가에게 시선을 돌렸습니다. 야드비가는 살짝 나온 배를 천천히 어루만지며 조용히 미소를 지었습니다.

"그렇습니까. 루소도 분명히 지켜봐줄 테죠. 행복을 빌겠습니다."

장례식이 끝났음을 알리는 종소리가 초가을의 파리 하늘에
드높이 울려 퍼집니다.

교회에서 한 명, 또 한 명, 조문객이 나옵니다. 집으로, 카
페로, 아틀리에로, 각자 가야 할 곳으로 갑니다.

야드비가는 조제프에게 이끌려 큰길을 걸었습니다. 딱 한
번 교회를 돌아보려다가 그만두었습니다.

맑은 하늘에서 종소리가 울려 퍼지고 있었습니다. 언제까
지고, 영원처럼, 울리고 있었습니다.

한 자, 한 자 애정을 가지고 읽어나가던 팀은 마지막 장 마
지막 페이지, 마지막 말에 다다랐다. 그리고 오랫동안 참고
있던 숨을 내쉬었다.

죽고 말았다. 루소가.

틀림없는 역사적 사실인데도 불구하고 팀은 충격에 빠졌
다. 얼마 동안 눈꺼풀을 내리깔고 있다가, 흠칫해서 눈을 크
게 뜨고 마지막 줄을 다시 보았다.

없다.

지금까지는 각 장 마지막 줄 끝에 쓰여 있던 대문자가 없었다. 팀은 마지막 페이지를 몇 번이고 읽어보았다. 어딘가에 감춰져 있을지도 모른다. 하지만 몇 번을 확인해도 대문자나 머리글자 같은 글자는 본문 중에 없었다.

책 옆에 놓인 금색 탁상시계를 보았다. 남은 시간은 이제 3분.

아무것도 모르겠다.

1910년 9월 2일에 루소가 세상을 떠난 것은 사실과 일치한다. 다리의 괴저가 원인이었다는 것도.

하지만 피카소와 마찬가지로 루소 생전 그를 가장 깊이 이해해준 사람인 아폴리네르가 장례식에 참석했다는 것은, 현존 자료로는 확인되지 않는다. 다시 말해 이 작가의 '창작' 또는 '새로운 사실'이라는 뜻이다. 아니, 그렇게 말하자면 이 이야기 전체가 '창작' 또는 '새로운 사실'이다.

나아가 아폴리네르가 말하는 '야드비가를 모델로 한 루소의 마지막 작품'이란 대체 어느 것을 말하나?

그해 앙데팡당에 출품된 〈꿈〉? 아니면 〈꿈을 꾸었다〉?

루소는 피카소의 미술상 볼라르가 가져왔다는 새 캔버스에 〈꿈〉을 그렸나? 아니면 〈꿈을 꾸었다〉를 그렸나?

피카소가 '이 위에 정열을 쏟아부어라'라고 시킨 대로 〈청색 모자상〉 위에 그렸나? 〈꿈〉을, 아니, 〈꿈을 꾸었다〉를?

아니면 혼신의 힘을 다해 두 점 다 그렸나.

팀은 전 신경을 집중해 마지막 페이지를 한 번 더 읽었다.

여기에 중대한 뭔가가 감춰져 있을지도 모른다. 그것을 찾아내야 한다.

문득 페이지 끄트머리, 텅 빈 여백 부분에 조그만 얼룩이 있는 것을 알아차렸다. 약간 누렇게 변색된 종이가 보일 듯 말 듯 부풀었다. 팀은 그 부분에 손가락을 대보았다.

눈물?

눈물 자국이었다. 아직 약간 축축하다. 팀은 종이 밑에 손가락을 넣어 그 부분을 잘 살펴보았다. 응접실에 들어온 오리에의 젖은 눈동자가 뇌리에 되살아났다.

오리에의 눈물이구나.

등 뒤에서 문을 노크하는 소리가 났다. "시간 다 됐습니다." 콘츠의 무자비한 목소리가 들렸다.

팀은 눈물 자국을 다시 한 번 응시하고 나서 양가죽으로 장정된 책을 조용히 덮었다.

팀과 오리에는 저택 복도에 나란히 서 있었다. 조각으로 장식된 중후한 문이 두 사람 눈앞에 굳게 닫혀 있다.

콘츠가 문손잡이를 잡더니 "준비 됐습니까?"라고 말하며 돌아보았다. 두 사람은 동시에 고개를 끄덕였다.

문은 끼익 하고 묵직한 소리를 내며 좌우로 안쪽을 향해 열렸다.

"어서 오게, 제군. 내 이 날을 기다렸네."

갈라지기는 했어도 또렷한 목소리가 울려 퍼졌다. 저택의 주인 콘라트 바일러가 정장을 하고 휠체어에 앉아 두 사람을 기다리고 있었다. 그 곁에 〈꿈을 꾸었다〉가 세워져 있다.

팀은 방 안에 발을 들여놓았다가 눈부신 그림에 저도 모르게 실눈을 떴다. 처음 본 순간과 똑같이, 아니, 그때 이상으로 그림이 빛을 발하고 있었다.

루소가 화가로서의 생명과 정열을 모조리 쏟아부은 작품.

야드비가가 '영원을 살도록' 그녀에 대한 사랑을 불살라 그린 낙원.

팀은 확신했다.

이 그림은 진작이다. 틀림없다.

이 그림 밑에 블루 피카소가 있는지 아닌지는 확언할 수 없지만……

〈꿈을 꾸었다〉의 구도는 MoMA에 소장된 〈꿈〉과 흡사했다. 마티에르도 루소다운 단단함과 광택이 느껴진다. 하지만 색조와 식물의 종류 등이 미묘하게 달랐다. 〈시인에게 영감을 주는 뮤즈〉와 마찬가지로 두 작품은 비슷하되 다른 것임을 알 수 있다.

가장 큰 차이점은 이 그림 속 야드비가의 얼굴이 보다 다정하고 자애롭다는 것이다. 〈꿈〉의 야드비가가 어느 쪽이냐 하면 슬픔 어린 처녀의 얼굴인 데 비해 〈꿈을 꾸었다〉 속 야드비가의 옆얼굴은 무척 행복하고 충족되어 보인다. 이를테면 애정 넘치는 어머니처럼.

팀은 옆에 있는 오리에를 슬쩍 훔쳐보았다. 작품을 똑바로 대면하는 옆얼굴에 이제 눈물은 없었다. 결코 감정에 휩쓸리지 않는 연구자의 얼굴로 돌아온 것을 보고 팀은 안도했다.

"그럼 누가 선공할지 정할까요. 이 동전으로."

두 사람 앞에 선 콘츠가 스위스 프랑 동전을 보였다. 공중으로 튕겨 올린 은화를 손등으로 받아 다른 쪽 손으로 가렸다. 팀이 선공이었다.

"강평 시간은 10분입니다. 잘 부탁합니다, 브라운 씨."

콘츠는 손에 든 스톱워치를 내보이며 의미심장하게 웃음을 지었다. 팀은 무시하고 바일러를 얼핏 보았다. 부옇게 흐린 눈이 팀을 똑바로 보고 있었다. 이어서 오리에를 보았다. 진지한 시선으로 오로지 팀만을 쳐다보았다. 두 사람 다 기도하는 눈이었다.

팀은 가볍게 숨을 들이마셨다. 그리고 말했다.

"이 작품은…… 위작입니다."

순간 공기가 팽팽하게 긴장되었다. 지금부터 자신이 할 이야기가 처음부터 끝까지 바일러가 만족할 내용이 아니라는 것은 알고 있었다. 그래도 팀은 말을 이었다.

"이 작품에는 루소의 메티에, 즉 루소라는 화가가 그리는 작품의 특징이 너무나도 극단적으로 드러납니다. 아마 MoMA에 소장된 〈꿈〉과 동일한 에스키스(밑그림)를 사용해 그랬겠죠. 그게 다소 과대하게 표현됐습니다."

루소가 에스키스를 확대해 화면에 초목이며 동물 등의 세부를 더해가는 방식으로 회화를 제작한다는 것은 이미 알려진 사실이다. 즉흥성은 조금도 개입하지 않는다. 에스키스를 확대한 캔버스에 한없이 고지식하게, 치밀하게 물감을 겹겹이 칠하는 게 루소의 특징이자 법칙이다. 지나치게 고지식한 탓에 구도와 원근법에 파탄이 발생하지만, 그게 결국 루소다움, 화가의 메티에이다.

그런데 이 작품은 그런 법칙이 과도하리만큼 극단적으로 지켜져 빈틈이 전혀 없다. 그 때문에 되레 부자연스럽게 느껴진다.

이 작품의 경우, 화면 전체의 구성은 〈꿈〉과 마찬가지로 교리적이지만, 이만큼 큰 화면을 긴밀하게 분할해 세부를 메워나가는 수법에서 지나치게 루소적인 테크닉과 루소를 초월하는 지성이 느껴진다. 또 중심 모티프로 그려진 '야드비가'는 루소가 그린 어떤 인물상보다도 가련하고, 싱그럽고, 생명이 깃들어 있다. 루소의 전 작품을 돌아봐도 이 정도로 탁월한 인간다움이, 또 고도의 정신성이 느껴지는 인물상은 없다.

따라서 이 그림은 루소의 마지막 작품 〈꿈〉을 바탕으로 같은 시기, 또는 다소 나중에, 루소의 화법을 상세히 연구했고 또 루소라는 화가를 깊이 있게 해석할 수 있었던 화가가 제작한 것으로 여겨진다.

그 화가란……

팀은 바일러의 부옇게 흐린 눈을 응시하며 조용히 말했다.

"파블로 피카소입니다."

바일러, 콘츠, 오리에가 동시에 숨을 훅 들이마시는 것을 알 수 있었다. 팀은 세 사람이 벼락 맞은 것처럼 꼼짝하지 못하는 것을 보며 말을 이었다.

"이건 피카소가 그린 위작입니다. 그게 제 결론입니다."

"잠…… 잠깐만요." 마법이 풀린 것처럼 콘츠가 몸을 앞으로 내밀며 끼어들었다. "그럼…… 피카소가 자신의 '청색 시대' 작품 위에 일부러 루소의 〈꿈〉 위작을 그렸다고 보는 겁니까?"

"유감이지만 거기까지는 알 수 없습니다." 팀은 콘츠의 눈을 똑바로 바라보며 대답했다. "이야기 마지막 장에는 새 캔버스와 피카소가 가져온 〈청색 모자상〉 둘 중 어느 쪽에 〈꿈〉을 그렸는지, 그리고 〈꿈을 꾸었다〉를 그렸는지 안 그렸는지 명확히 나와 있지 않았습니다. 이 그림 밑에 블루 피카소가 있는지, 아니면 우리 미술관 소장품인 〈꿈〉 밑에 감춰져 있는지. 그건 방사선 검사라도 해보지 않으면 모릅니다."

따가운 침묵이 네 사람의 주위를 에워쌌다. 생각에 잠긴 듯 무릎 위에 두 손을 깍지 끼고 있던 바일러가 이윽고 입을 열었다.

"왜 이걸 그린 사람이 피카소라고 생각하지, 브라운 씨?"

팀은 엷게 미소를 지었다.

"이만큼 루소를 깊이 이해하고 존경하고 그의 특징을 뚜렷하게 파악해서 그걸 심화해 그릴 수 있는 화가는 피카소뿐이기 때문입니다."

말하면서도 스스로 있을 수 없는 일이라고 생각했다. 순전히 아무렇게나 꾸며낸 말이었다.

사실은 진작이라고 말하고 싶었다. 하지만 이 뒤에 강평을 할 오리에가 '위작'이라고 말할 것은 이미 알고 있었다. 위작임을 입증하고 작품을 획득한다. 그게 키츠가 그녀에게 맡긴 사명이니까.

바일러는 이 작품을 편애한다. 당연히 두 전문가가 모두 진품이라 말해주기를 바란다. 그러면서도 완벽한 강평을 한 쪽에게 승리를 안겨줄 생각이다.

자신은 이 그림을 위작이라 하고 황당무계한 강평을 한다. 그러면 승리는 오리에의 차지가 될 것이다.

그게 팀이 내린 결론이었다. 그리고 오리에에게 마지막으로 보내는 메시지였다. 팀은 눈치 빠른 오리에가 자신의 신호를 알아차려줄 것을 기도했다.

부디 이 그림을 구해줘. 이 그림이 '피카소 위의 피카소'라는 것은 생각할 수 없는 일이다. 그런데 일부러 그렇게 말한다는 것은…… 가령 이게 '피카소 위의 루소'가 아니라 '피카소 위의 피카소'라면 테이트 갤러리는 표면의 그림을 제거한다는 계획을 단념할 것이다. 안 그래?

이 그림을 구해줘. 당신이 꼭 이 그림을 구해주면 좋겠어.

"그런가. 그럼 다음은 하야카와 씨, 당신 차례네."

바일러는 부옇게 흐린 눈을 오리에에게 돌렸다. 아무 소리도 들리지 않는지 오리에는 석상이 된 양 꼼짝하지 않았다. 콘츠가 나직이 혀를 찼다.

"왜 그러시죠, 하야카와 씨? 주어진 시간은 10분입니다. 어서⋯⋯."

콘츠가 채근해도 오리에는 〈꿈을 꾸었다〉를 똑바로 바라본 채 대답도 하지 않고 움직이지도 않았다.

그대로 몇 분이 지났다. 팀의 마음속에서 서서히 불안이 팽창했다.

어떻게 된 거야, 오리에. 왜 아무 말 안 하는 거지.

당신다운, 가슴이 시원하게 뚫리는 듯한 강평을 해줘. 루소 연구자의 위신을 걸고. 아니면 내 감정을 처리할 수 없잖아.

콘츠가 후 하고 한숨 쉬듯 웃었다.

"하야카와 씨는 기권하실 모양이군요. 아무 말씀도 하지 않으시면 그렇게 간주할 수밖에 없습니다. 그럼 취급 권한은 브라운 씨에게⋯⋯ 어떻습니까, 므슈 바일러?"

그 순간 오리에가 얼굴을 들었다. 그녀는 확신에 찬 목소리로 말했다.

"⋯⋯진작입니다."

이번에는 팀이 숨을 들이마실 차례였다. 오리에의 눈에 기묘한 빛이 서려 있었다. 그 빛이 한순간 흔들리는 것 같더니 투명한 구슬이 되어 뺨을 타고 흘러내렸다.

"이 작품엔 정열이 있어요. 화가의 모든 정열이. ……그게 다입니다."

오리에의 강평은 그게 다였다. 그게 다였건만 팀의 심금을 강하게 울렸다.

화가의 모든 정열이 있다.

그게 바로 앙리 루소가 이 그림 속에 표현하려던 것이었다.

그 '이야기' 속에서 피카소는 모든 정열을 쏟아부으라고 말했다. 새로운 어떤 것을 창조하려면 낡은 어떤 것을 파괴해야 한다. 세계를 적으로 돌리는 한이 있어도 자신을 믿는다. 그게 바로 새로운 시대의 예술가가 가져야 할 모습이다. 아들이라 해도 될 만큼 나이 차가 나는 천재 화가의 조언을 루소는 그렇게 해석했다.

세상 사람들의 야유와 조소를 견디며 자신의 화법을 고수했던 화가. 사후 70년 이상이 지난 지금도 평가가 확립되지 못하고 여전히 '세관원'이라고 불린다. 원근법도 모르는 일요화가라는 말을 아직까지 듣는다.

그렇건만 팀은 이 화가에게 사로잡혔다. 그리고 여기까지 왔다. 자신의 커리어와 운명을 걸고. 그리고 큐레이터로서 모든 정열을 걸고.

루소가 평생 회화에 쏟아부었던 '정열' 때문이 아닐까.

이 작품에는 정열이 있다.

오리에는 그 한마디를 하기 위해 전문가의 지식을 버렸다. 연구자의 자존심을 버렸다. 그런 강평을 하면 질 것을 알면서 그래도 그렇게 말할 수밖에 없었다.

연인이 맡긴 사명을 배반하고, 그의 기대에 등을 돌린 것이다. 이 작품을 테이트로 가져가지 않기로 한 것이다. 루소를 지키기 위해.

콘츠가 숨을 후 내쉬었다. 그리고 "그게 다입니까?" 하고 비웃었다. "그건 강평이 아닌⋯⋯."

"자네는 잠깐 가만있어." 바일러가 날카로운 목소리로 제지했다. 콘츠는 하던 말을 꿀꺽 삼켰다. "아닌 게 아니라 그건 강평이 아니야. 그래도 상관없겠나, 하야카와 씨?"

"네." 오리에는 손가락으로 눈물을 훔치고 미소 지었다. "상관없습니다."

그 순간, 팀은 한 발 앞으로 나서 소리쳤다.

"잠깐만요."

세 사람이 일제히 팀을 돌아보았다. 팀은 필사적으로 억누르던 자신의 진실한 감정이 흘러넘치는 것을 이제 막지 못했다.

"저도⋯⋯ 하야카와 씨 의견에 동의합니다. 이 작품엔 정열이 있습니다. 이건⋯⋯ 분명히 루소의 최고 걸작입니다."

공기가 단숨에 동결되었다.

콘츠는 소리조차 못 내고 입을 헤 벌린 채 얼어붙었다. 오리에는 놀란 눈빛으로 팀을 응시하고 있다. 바일러의 표정은 순식간에 험악해지고 목구멍 깊은 곳에서 불쾌한 목소리가 흘러나왔다.

"자네는 이게 피카소가 그린 위작이라고 하지 않았나. 발언을 철회하는 건가?"

"아뇨, 그건……."

말하다 말고 팀은 대답이 궁해졌다.

저도 모르게 입 밖에 내고 만 '루소의 최고 걸작'이라는 한마디. 그게 자신에게 참된 결론이었다.

첫눈에 맛본, 단숨에 그림 속으로 빨려드는 듯한 강한 충격. 그것은 소년 시절, 생전처음 MoMA에 가서 〈꿈〉을 만났을 때 느낀 감각과 똑같았다.

작품이 발하는 거친 태고의 힘. 밀림에 깃든 생명의 기운. 소파에 누운 야드비가의 유혹하는 듯한 옆얼굴. 그리고 수평으로 든 주먹 쥔 손. 분명 '천국의 열쇠'를 쥔 것이다.

앙리 루소가 모든 정열을 바쳐 완성한 최고 걸작.

그것이 움직일 수 없는 진실이었다. 그것이 팀의 진정한 마음이었다.

"고맙습니다. 그렇게 말씀해주신 것만으로 충분해요."

긴 침묵을 깬 사람은 오리에였다. 또다시 눈이 젖어 있었다. 팀은 가슴이 에이는 듯했다.

　루소를 구하고 싶다. 그것은 곧 오리에를 구하고 싶다는 마음이었다.

　자신은 어느 쪽도 구할 수 없는 건가.

　아니, 할 수 있다. 자신에게는 아직 최후의 카드가 남아 있다.

　묵고하던 바일러는 천천히 얼굴을 들어 두 사람을 응시했다. 먼저 오리에를, 그리고 팀을. 그러고는 곁에 세워놓은 그림 〈꿈을 꾸었다〉로 고개를 돌렸다.

　전설의 컬렉터는 짧지 않은 시간을 이 작품과 더불어 살아왔다. 자신이 늙어 이윽고 죽는 것을 막을 수는 없다. 하지만 작품은 영원히 살아간다. 이 그림을 사랑하고 지켜 다음 세대로 전하려는 누군가가 있는 한. 바일러는 이 그림을 맡길 인물이 그 '누군가'이기를 원하고 있다. 팀은 바일러의 오랜 침묵에서 노컬렉터의 미래에 대한 희망을 감지했다.

　바일러는 그림 속의 여주인공 야드비가를 응시하고 있었다. '영원을 사는' 옆얼굴을 애정 어린 눈길로.

　"……내 결론을 발표하지."

　이윽고 갈라졌지만 엄숙한 목소리가 울려 퍼졌다.

　팀은 고동이 빨라지는 것을 온몸으로 느끼며 주먹을 부르쥐었다. 오리에는 의연하게 서 있었다. 콘츠는 입을 꽉 다물고 눈을 내리깔았다.

"브라운 씨, 당신이 승자네."

목소리가 마치 〈꿈을 꾸었다〉 속에서 들리는 것 같았다. 팀은 얼굴을 들고 바일러가 아니라 그림 속 야드비가를 보았다. 온화하고 자애 어린 옆얼굴을. 그 순간, 이야기의 마지막 장면, 파리 하늘에 울려 퍼지는 종소리가 귀를 스친 듯했다.

콘츠의 얼굴에 처음 보는 웃음이 번졌다. 오리에는 잠자코 고요한 눈길을 팀에게 보냈다.

"처음엔…… 위작이라고 했는데도 말씀입니까."

팀은 무거운 입을 가까스로 뗐다. 견딜 수 없었다. 이런 형태로 자신이 승자가 되는 것을 납득할 수 없었다.

"재미있었네." 바일러가 스스로를 설득하듯 말했다. "이걸 피카소가 그렸다는 건 전에 없던 새로운 설이거든. 진위 판정과는 별개로 연구자로서 자네의 기개를 높이 평가한 거야."

역시 콘라트 바일러는 괴물이었다. 팀은 승자가 됐어도 미소의 그림자도 떠오르지 않았다.

내가 마지막으로 싸워야 할 상대는 이 괴물이다.

"자네에게 이 작품의 취급 권한을 양도하겠네. 이 뒤 구워 먹든 삶아 먹든 마음대로 해."

바일러가 말했다. 자포자기의 감정이 그 말에 깃들어 있는 것을 팀은 민감하게 감지했다.

바일러는 받아들일 수 없는 것이다. 내 손에 〈꿈을 꾸었다〉가 넘어가는 것을.

MoMA의 소장품이 될 것을 기대해서 나를, MoMA의 치프 큐레이터인 '톰 브라운'을 부른 게 아니었나. 그래, 만약 그랬다면 내가 차지하게 된 것을 더욱 기뻐했을 것이다.

혹시 콘츠와 매닝이 나를 협박하는 것을 눈치챘나? 오리에의 배후에 키츠와 오언이 있다는 것도 이미 알고 있는 걸까?

즉, 둘 중 누구에게 넘어가도 〈꿈을 꾸었다〉가 세상에서 사라질 것이라고 이미 체념한 걸까.

콘츠가 가죽 바인더에 끼운 권리서와 펜을 팀에게 내밀었다. "자, 여기에 사인을 하시죠." 교활한 변호사가 소곤거렸다. "뉴욕에서 예의 인물이 당신의 귀국을 기다린다는 것을 잊지 마십시오."

팀은 재빨리 권리서를 훑어본 뒤 잠자코 펜을 들었다. 콘츠는 얼른 사인하라는 양 바인더를 펼쳐 들고 있다. 팀은 얼굴을 들고 바일러에게 말했다.

"'구워 먹든 삶아 먹든'이라니 말씀이 꽤나 거치시군요. 당신이 이 정도로 교묘한 게임을 벌이면서까지 어떻게든 하려고 한 작품의 말로가 궁금하지 않으십니까?"

순간 고독한 왕 같은 표정을 띤 바일러는 금세 강고한 얼굴로 돌아와 "그래서야"라고 말했다. "난 보다시피 이제 살날이 얼마 남지 않은 몸이네. 저 '이야기'를 읽고 이 작품을 보고 이 자리에서 강평할 수 있는 사람은, 세계에서 가장 뛰어난 루소 연구자이고 작품의 진가를 이해할 수 있는 인물이야.

난 그렇게 믿고 자네들 두 사람을 초대한 거야."

그렇게 말하면서도 그의 목소리에는 미련이 남아 있었다. 이 작품을 지켜주게, 다음 세대에게 전해주게. 떠나가는 노컬렉터의 도저히 버릴 수 없는 희망이 짙게 깃들어 있었다.

마지막 카드를 내놓을 때가 된 것 같군.

팀은 바일러를 똑바로 보며 조용히 말했다.

"그럼 감사히 말씀을 받아들여 제가 일단 이 권리를 갖겠습니다."

콘츠가 초조하게 내민 권리서에 팀은 사인을 했다. 그리고 다시 한 번 바일러를 똑바로 보며 큰 소리로 "그럼" 하고 선언했다. "저는 이 권리를 당신에게서 계승하기에 가장 적합한 인물에게 지금 이 자리에서 취급 권한을 넘기겠습니다. 당신의 유일한 혈육에게."

팀은 뒤를 돌아보며 집사 슈나젠에게 말했다.

"제 손님을 여기로 모셔다주시겠습니까."

콘츠의 얼굴에 경악의 빛이 섬광처럼 스쳤다. 바일러가 휠체어에 앉은 몸을 내밀었다. 오리에가 의아한 표정으로 고개를 들었다.

중후한 문이 소리를 내며 열렸다.

문 너머에서 나타난 사람은 줄리에트 를루였다.

제
10
장

∞

꿈을 꾸었다
1983년 바젤

집사 슈나젠이 정중하게 머리를 숙이는 바로 앞을 지나 웨이브 진 긴 밤색 머리를 살랑이며 줄리에트 를루가 팀 옆으로 다가왔다.

색을 잃었던 바일러의 얼굴이 순식간에 상기되었다. 바일러는 휠체어에서 굴러떨어질 것처럼 몸을 앞으로 내밀며 쥐어짜듯 말했다.

"줄리에트…… 너 바젤에 돌아와 있었느냐."

줄리에트는 바일러의 부옇게 흐린 눈을 응시하며 기어드는 목소리로 불렀다.

"……할아버지."

오리에가 팀을 보았다. 대체 어떻게 된 일이냐고 묻는 눈빛이었다. 한편 콘츠는 언짢은 기색을 감추지 못한 채 입술을 깨물었다. 팀은 놀라 꼼짝도 하지 못하는 일동을 둘러보며 말했다.

"나흘 전 이분이 제게 접근해서 말했습니다. 자신은 〈꿈을 꾸었다〉를 추적 중인 인터폴의 아트 코디네이터라고. 그리고 작품의 미래를 누구보다도 염려하는 사람이라고."

어젯밤 미틀레레 다리 어귀에서 줄리에트는 팀에게 고백했다. 난 콘라트 바일러의 하나뿐인 손주, 유일한 혈육이에요, 라고.

나랑 할아버지는 오랫동안 할아버지 컬렉션을 두고 싸웠거든요.

할아버지는 미술계의 전면(前面)에서 활약하지는 않았지만, 무대 뒤에서 다수의 명작을 취급해서 성공을 거둔 프라이빗 딜러였어요. 외딸이었던 우리 어머니를 애지중지하면서 곱게 길렀죠.

가난한 학자였던 아버지와의 결혼을 할아버지가 반대한 탓에 어머니는 아버지랑 리옹으로 도망가서 날 낳았어요. 그러다가 내가 열네 살 때 할아버지랑 화해를 못 한 채 병에 걸려 천국에 가셨죠. 대학에서 미술사를 강의하던 아버지도 마치 내가 대학을 졸업하길 기다린 것처럼 바로 돌아가셨고요.

난 외톨박이가 됐어요. 그래도 그때까지 공부해온 미술사를 계속 연구하고 싶어서 어떻게 자립할 수단이 없을까 찾고 있었어요.

그러던 때 연락이 온 거예요. 내 할아버지라는 인물한테서. 반신반의하면서 바젤을 방문했다가 얼마나 놀랐는지 몰라요. 이름만은 들어본 적이 있었지만 정말로 존재할 줄 몰랐던 전설의 컬렉터가 설마 우리 할아버지였다니요. 난 어머니가 남겨준 행운이라고 생각하고 할아버지랑 같이 살기로 했어요.

난 할아버지가 소유한 믿을 수 없을 만큼 굉장한 컬렉션을 분석하고 연구하는 데 푹 빠졌어요. 할아버지는 과거에 어머니에게 그랬던 것처럼 절 무척 아껴주셨어요. 지금 생각하면 집을 나가 끝내 돌아오지 못한 어머니를 나한테서 보신 거겠죠.

난 미술 관련 일을 하고 싶었는데 할아버지가 절대로 허락해주지 않았어요. 미술 세계는 욕심으로 얼룩졌다느니, 호된 꼴을 당하는 게 고작이라느니 하면서요. 어째 이상하다 싶더군요. 누구보다도 미술을 사랑하는 할아버지가, 내가 그 세계로 가는 걸 그렇게 강력하게 반대하다니요. 그래서 컬렉션에 있는 작품들의 이력을 샅샅이 조사했다가 암시장에서 입수한 도난품이랑 진위가 확실치 않은 작품이 많다는 걸 알게 됐어요.

할아버지는 컬렉션 중에서도 특히 앙리 루소를 편애해서, 루소 것이라고 이야기되는 작품을 믿을 수 없을 만큼 많이 소유하고 있었어요. 하지만 대부분이 전작 도록에도 없는, 이력도 진위도 알 수 없는 것들이었어요. 루소 작품은 시장 가격이 확립되지 않았으니까 전매해도 이득이 없어요. 왜 할아버지가 루소 작품만 골라서 그렇게 맹목적으로 소유하는지 의미를 알 수 없었어요.

그런 할아버지가 무슨 수를 써서라도 손에 넣고 싶어 했는데 도무지 발견할 수 없었던 작품, 그게 〈꿈을 꾸었다〉였어요.

저택에 드나드는 수상쩍은 미술상들, 가끔은 유명한 학자와 큐레이터도 있었지만, 할아버지는 그들 모두에게 의뢰했어요. 어떻게든 〈꿈을 꾸었다〉를 찾아달라, 찾아내면 부르는 값으로 사겠다고. 하지만 루소가 죽기 직전에 그린 대작으로 존재가 확인되는 건 당신네 미술관에 있는 〈꿈〉 한 점뿐. 그 어떤 연구자도 〈꿈을 꾸었다〉란 작품이 있다는 걸 인정하지 않는데, 대체 있는지 없는지도 모르는 환상 같은 작품에 할아버지가 어째서 그렇게까지 집착하는지 난 도무지 이해할 수 없었어요.

실은 그때 이미 할아버지는 지금 당신들이 읽고 있는 이야기 《꿈을 꾸었다》를 갖고 있었던 모양이에요. 그렇지만 할아버지는 그걸 엄중하게 보관하고 아무에게도 보여주지 않았어요. 나도 그런 자료가 있다는 것조차 몰랐지 뭐예요. 나중에 알고 보니 아는 사람은 할아버지의 측근인 에릭 콘츠뿐이었더군요.

난 할아버지가 그렇게까지 빠진 화가의 수수께끼를 뒤쫓고 싶어졌어요. 그래서 수많은 작품에 둘러싸여 샅샅이 연구하는 사이에 나 자신이 사로잡히고 만 거예요. 앙리 루소의 마력에.

동시에 할아버지와의 의견 차가 분명해지고 말았어요. 루소의 평가를 높이기 위해서라도 할아버지가 소유하는 루소 작품 전부를 세상에 공개할 필요가 있다고 주장하는 나. 누구한테도 보여주고 싶지 않다고 우기는 할아버지. 두 사람 사이에 쉽사리 메울 수 없는 깊은 골이 생기고 말았어요.

그러다가 인터폴에서 접근한 거예요. 할아버지의 컬렉션을 조사하고 싶다고. 처음엔 거절했는데, 그럼 아트 코디네이터 자리에 관심 없느냐고 타진하더군요. 그래서 결심했어요. 할아버지 컬렉션의 어둠을 파헤치기 위해서 할아버지 곁을 떠나 프로페셔널로서 추적하자고.

난 인터폴의 일원이 되기 위해서 이 저택을 떠났어요. 할아버지한테는 자유롭게 미술을 연구하고 싶다고만 했어요. 할아버지는 노여워하고 슬퍼했어요. 하지만 끝에 가선 아무 말씀도 안 하셨어요. 너도 네 어미처럼 집을 나가는구나, 라고 슬픔에 젖은 할아버지 눈이 호소하고 있었어요. 난 두 번 다시 돌아오지 않을 각오로 바젤을 뒤로했어요.

그로부터 20년. 추적하면 할수록 어둠은 깊어지기만 했어요. 그리고 할아버지가 〈꿈을 꾸었다〉를 구입했다는 정보를 얻어 독자적으로 조사를 시작했죠.

그러면서 그 작품 밑에 블루 피카소가 숨어 있을지도 모른다는 것, 작품 획득을 둘러싸고 이런저린 움직임이 있다는 정보를 얻었어요. 그리고 할아버지가 루소 연구자를 초청해 작품 감정을 의뢰한다는 것도. 이야기 《꿈을 꾸었다》의 존재도.

난 작품 《꿈을 꾸었다》에 관련된 거의 모든 정보를 파악하고 있어요. 하나만 빼고. 딱 하나, 내가 몰랐던 건…… 이야기 《꿈을 꾸었다》에 뭐가 쓰여 있는지. 거기에 작품에 관한 결정적인 비밀이 숨어 있다는 건 알고 있었는데 말이죠. 얄궂게도.

할아버지의 눈은 백내장이 악화돼서 시력을 거의 잃었어요. 수술과 약으로 그럭저럭 버텨온 지병인 심장병도 있고요. 이제 살날이 얼마 안 남았다는 걸 아셨겠죠. 할아버지는 가장 신뢰할 수 있는 인물에게 〈꿈을 꾸었다〉를 맡기고 싶었던 거예요. 작품과 이야기, 둘 다.

하지만 할아버지는 몰라요. 당신 배후에도, 오리에 하야카와의 배후에도 '표면의 루소'를 없애고 피카소를 손에 넣으려고 하는 욕심 많은 인간들이 있다는 걸. 에릭 콘츠가 모든 정보를 주의 깊게 조작하고 있으니까. 30년 이상 할아버지 측근으로 있었고, 할아버지 회사가 경영난에 빠졌을 때 구해낸 실적도 있어요. 컬렉션 형성을 위한 자금도 조달했고요. 그 사람이 움직이면 할아버지와 나 사이에 깊게 패어 있던 골도 메울 수 있었을지도 몰라요. 하지만 그 사람은 그러지 않았어요. 오히려 희희낙락해서 날 배웅하더군요.

할아버지가 목숨을 걸고 사랑했고 지켜온 작품 〈꿈을 꾸었다〉를 후세에 전할 방법은 없나.

고민하고 또 고민한 결과, 당신한테 접근하기로 한 거예요.

당신의 연구자로서의 양식, 큐레이터로서의 자존심, 그리고 루소 작품에 대한 깊은 애정에 난 전부를 걸기로 했어요. 당신은 MoMA에서 추방될 위험을 무릅쓰면서까지 바젤에 왔죠. 루소의 환상의 작품을 보려고. 지금 내가 신뢰할 수 있는 건 그 정열뿐이에요.

그러니까 약속해줘요. 내일 꼭 이기겠다고. 할아버지의 마음을 후세에 전하기 위해, 루소를 지키기 위해, 당신의 도움이 필요해요.

줄리에트의 고백을 듣고 팀은 그 자리에서 제안했다.

전부 솔직하게 이야기해준 당신의 용기에 감사드립니다.

제가 승자가 되면 그 자리에서 당신에게 작품의 취급 권한을 넘기겠습니다. 그게 작품을 구할 유일한 방법일 테니까.

내일 저택에 오십시오. 할아버지와 대면하는 걸 더는 겁내면 안 됩니다.

다만 제가 이길 확률이 백퍼센트라고 확언할 순 없습니다. 오리에 하야카와는 만만치 않은 상대입니다. 만에 하나 그 사람이 승리를 차지하게 되면 그때는 그 사람한테 작품의 운명을 맡깁시다.

전 오리에 하야카와의 연구자로서의 양식과 자존심, 그리고 루소에 대한 애정이 저 이상으로 확고하다고 믿고 싶습니다…….

그리고 오늘.

강평에서 팀은 오리에에게 작품이 넘어가도록, 즉 일부러 자신이 지도록 상황을 꾸몄다. 공명정대하게 겨룰 생각이었지만, 예상을 훨씬 뛰어넘는 강한 감정이 움직이고 말았다. 오리에가 승자가 되어 행복해지면 좋겠다. 그녀에 대한 마음이 제어불능일 만큼 강하게 작용했다.

하지만 결국 바일러는 팀의 손을 들어주었다. 그래서 팀은 마지막 순간에 최후의 카드를 꺼냈다. 사랑하는 손녀 줄리에트를 바일러와 대면시킨다는 카드를.

"이 작품, 〈꿈을 꾸었다〉를 계승하기에 적합한 인물은 저도, 하야카와 씨도 아닙니다. 저희 배후에 있는 인물도 아니죠. 당신의 유일한 혈육인 줄리에트가 바로 그 사람입니다."

할아버지와 손녀는 꼼짝도 못 하고 눈물을 글썽이며 서로를 응시하고 있었다.

해야 할 말은 산같이 많다. 하고 싶은 말이 잔물결처럼 밀려든다. 그래도 가슴에 솟아오르는 만감에 그저 서로를 쳐다볼 수밖에 없다는 듯.

"이거야 원…… 갑자기 그런 말을 한들 무슨 소용이 있죠?

보십시오, 두 분 다 난감해하지 않습니까."

콘츠가 침착함을 가장하고 바일러와 줄리에트 사이를 가로막고 섰다. 그러나 목소리는 초조한 나머지 갈라져 있었다. 하여간 이 사람은 서로 응시하는 두 사람 사이에 끼어드는 게 취미인 모양이다.

"므슈 바일러는 '구워 먹든 삶아 먹든 맘대로 해라'라고 말씀하셨습니다. 작품의 취급 권한을 갖게 된 제가 작품을 이 뒤 어떻게 하든 그건 제 마음이라고."

팀은 콘츠에게 다가가, 방금 사인한 취급 권한 위임장이 끼워진 바인더를 느닷없이 그의 손에서 빼앗았다. 콘츠가 앗 하고 소리치며 즉각 되찾으려 했다. "어이쿠." 팀은 그를 피해 바인더를 단단히 끌어안았다.

"므슈 바일러가 용납해주지 않으셔도 여기 쓰여 있는 대로 작품에 대한 권리는 이미 제 것입니다. 그걸 줄리에트에게 넘기는 것뿐입니다."

콘츠는 불타는 듯한 증오 어린 시선으로 팀을 노려보았다. 그러더니 흥 하고 코웃음을 치고 말했다. "유감이지만 그 위임장은 무효야." 그러고는 휠체어에 앉아 조각상처럼 굳어 있는 바일러를 돌아보고 천천히 고했다.

"므슈 바일러, 아무래도 진실을 말씀드려야 할 때가 온 것 같군요. ……이자는 당신이 저택에 초대하신 MoMA의 치프 큐레이터 톰 브라운이 아닙니다. 당치 않게도 이자는……."

공기가 또다시 팽팽하게 긴장했다. 긴장감이 충분히 차오르기를 기다려 콘츠는 말했다.

"톰 브라운의 어시스턴트 팀 브라운입니다."

그 자리에 있던 모든 이가 할 말을 잃었다. 콘츠는 그런 모습을 확인하고 의기양양하게 단언했다.

"이자는 자기 상사에게 온 초대장을 가로채서 상사를 가장하고 강평 날을 맞이한 겁니다. 〈꿈을 꾸었다〉를 획득하면, 루소의 작품이 아니라 그 밑에 숨어 있는 피카소의 작품으로 경매 회사에 팔아 거액의 부를 얻으려고 한 게 틀림없습니다. 하지만 계획은 실패로 돌아갔습니다. 위임장에 '톰 브라운'이라고 가짜로 서명했기 때문이니 말이죠."

콘츠는 바인더를 끼고 우두커니 선 팀을 향해 최후통첩을 하듯 단호하게 말했다.

"이의는 없겠지, 팀. 자네가 이름을 속이고 가짜 이름으로 사인을 한 이상, 이 승부도 위임장도 전부 무효야."

팀은 한순간 숨을 멈추었다.

모든 시선이 자신에게 쏠려 있었다. 바일러의 눈, 줄리에트의 눈, 그리고 오리에의 눈. 이상하게도 모두 기도하는 눈빛이었다.

……게임은 끝났군.

팀은 가볍게 숨을 들이쉬고 말하려 했다. 그 순간.

"그렇고말고. ……내가 초대한 사람은 팀 브라운이네."

바일러의 엄숙한 목소리가 들렸다.

상상도 해보지 못한 한마디에 팀은 눈을 크게 뜨고 바일러를 보았다. 눈을 깜박이는 것도 잊고 사실을 밝히는 바일러를 응시했다.

바일러는 처음부터 톰 브라운이 아니라 팀 브라운을 이번 강평 자리에 초대할 생각이었다.

강평회를 열기로 결심했을 때, 바일러는 세계에서 가장 뛰어난 루소 연구자 둘을 골랐다. 테이트 갤러리의 '키츠'와 MoMA의 '브라운'. 법정 대리인으로서 그 두 사람에게 초대장을 작성해 우송하라고 콘츠에게 지시했다.

초대장은 분명히 콘츠가 작성했고 그의 이름으로 보내졌다. 그는 편지 초안과 받는 이의 이름 및 주소를 쓴 메모를 바일러의 비서에게 주고, 타이프로 정서한 다음 부치라고 지시를 내렸다. 비서는 시키는 대로 하고 편지에 콘츠의 서명을 받은 뒤 편지와 봉투를 들고 바일러의 서재로 갔다. 성실한 비서인 그녀는 자신의 상사가 그 어떤 사소한 일이라도 마지막에 직접 체크하지 않으면 불쾌해한다는 것을 알고 있었다. 바일러는 봉투에 적힌 받는 사람 이름을 보더니 그녀에게 말했다. "오자가 있군." 내가 초대한 사람은 톰 브라운이 아니라 팀 브라운이네. Tom과 Tim, 한 자가 다르지 않나. 비서는 봉투의 받는 사람 이름을 바로 수정해 우체통에 넣었다.

"팀, 자네는 자기 앞으로 온 초대장을 들고 이곳에 왔네. 그리고 강평에 임했어. 자네는 단 한 번도 자신을 '톰 브라운'이라고 하지 않았고, 난 단 한 번도 자네를 '톰'이라고 부르지 않았어. 나만이 아니야. 콘츠도, 하야카와 씨도 그렇지. 내 말이 틀렸나, 제군?"

오리에는 천천히 고개를 흔들었다. 축축하게 젖은 눈동자가 떨리고 있었다. 팀은 지금까지 가슴을 무겁게 짓누르던 안개가 거짓말처럼 걷히는 것을 느꼈다. 바일러의 말 한마디, 한마디가 반짝이는 빛이 되어 마음의 하늘을 비추는 듯했다.

"무슨……." 콘츠는 쉰 목소리로 말했다. "무슨 터무니없는 말씀을…… 이자는 한낱 어시스턴트 아닙니까. 이런 보물을 맡길 그릇이……."

"자네는 분명히 우수한 변호사고 훌륭한 조언자네, 콘츠. 하지만 미술에 관해선 역시 아무것도 모르는군." 바일러가 어깨를 축 늘어뜨린 콘츠에게 말했다. "어시스턴트 큐레이터라도 팀 브라운은 세계에서 가장 뛰어난 루소 연구자야. 난 이 사람이 지금까지 학회에서 발표한 논문을 전부 읽고 주목해왔네. 이 사람이야말로 루소의 작품을 끝까지 지켜 후세에 전달하기 위해 노력을 아끼지 않을 인물이야. 나는 그렇게 인정하는 바야."

바일러의 말에서 진심이 느껴졌다. 미술을 올곧게 사랑하고 지키고 전하는 징열이 느껴졌다. 바일러의 말은 아폴리네르의 말이요, 피카소의 말이었다. 그리고 앙리 루소 자신의 말이었다.

팀은 바일러의 말을 듣고 자신은 이 말을 들으려고 이곳에 왔다는 것을 깨달았다. 고뇌도, 초조도, 갈등도 전부 이를 위한 시련이었다.

"하지만……." 콘츠는 그래도 물고 늘어졌다. "그렇다면 더더욱 그 위임장은 무효가 아닌지요? 이자는 자신의 보스인 척 '톰 브라운'이라고 사인을 했단 말입니다. 법적으로 완전히 무효입니다."

말없이 콘츠를 응시하던 팀은 옆구리에 끼고 있던 바인더를 들고 그에게 성큼성큼 다가갔다. 그리고 바인더를 펴서 코끝에 들이밀었다.

"이래도 무효입니까?"

위임장의 서명 부분에 방금 전 한 사인. 그것은 '팀 브라운'이라고 똑똑히 쓰여 있었다.

콘츠는 입을 멍청히 벌리고 위임장을 뚫어지게 쳐다보았다. 팀은 바일러를 돌아보고 말했다.

"아닌 게 아니라 전 단 한 번도 제가 톰 브라운이라고 말씀 드리지 않았습니다. 하지만 팀 브라운이라고 하지도 않았죠. 이 위임장에 사인을 하고 나서 신원을 정직하게 밝힐 생각이었습니다. 그런데 당신께 선수를 빼앗기고 말았군요."

바일러의 부옇게 흐린 눈이 깜박이지도 않고 팀을 응시하고 있었다. 이윽고 주름투성이 입가에 미소가 떠올랐다. 괴물의 미소에 팀도 비로소 웃음을 지었다.

"그럼 정식으로…… 이 작품 〈꿈을 꾸었다〉의 취급 권한은 피위탁자인 팀 브라운에 의해 줄리에트 를루에게 양도된다. 그렇게 선언해주겠나, 콘츠?"

바일러의 명을 결코 어기지 않고 그저 충실하게 따른다. 그게 30년 이상 이 괴물을 수행해온 에릭 콘츠의 숙명이었다. 변호사는 주인의 지시대로 선언했다.

"앙리 루소의 진필 〈꿈을 꾸었다〉의 취급 권한은 이제 줄리에트 를루에게 양도되었습니다."

후 하고 숨을 내쉰 사람은 오리에였다. 그녀는 눈물을 글썽이며 작품의 새 소유자가 된 줄리에트에게 다가가 "축하드립니다" 하고 축복했다. 그리고 오른손을 내밀었다. 줄리에트는 망설이며 오리에의 손을 잡았다.

줄리에트는 당황하고 있었다. 불안 어린 눈빛으로 바일러를 보며 "할아버지" 하고 불렀다. "할아버지, 정말…… 제게 이 작품을 주시는 거예요?"

손녀의 물음에 노회한 컬렉터는 "내가 아니지"라고 대답했다. "이 작품을 네게 주는 사람은 앙리 루소 연구에 있어 세계 최고의 권위자인 이 사람, 팀 브라운이다."

"칭찬이 과하십니다." 콘츠가 분풀이를 하듯 말했다. "감사합니다." 팀은 가슴에 손을 대고 바일러에게 절했다. 그리고 나서 줄리에트를 돌아보며 말했다.

"모쪼록 이 작품을 후세까지 소중히 전해주십시오. 저도 앞으로 어떤 입장이 되든 앙리 루소의 평가를 높이기 위해 더욱 연구에 정진하겠습니다."

제 친구를, 루소를 잘 부탁합니다. 그런 마음을 전하고 싶어 오른손을 내밀었다. 줄리에트는 짙은 다갈색 눈으로 팀을 응시하며 그의 손을 꽉 잡았다.

고마워요. 이 작품을 지키고 전할게요. 반드시.

줄리에트의 말로 이루 표현할 수 없는 감정이 악수에 담겨 있었다. 강한 의지가 넘치는 손을 팀도 마음을 다해 힘주어 잡았다.

"마지막으로 부탁드릴 게 하나 있습니다만." 팀은 저택을 떠나기 전 꼭 하고 싶었던 일을 바일러에게 청했다. "저와 하야카와 씨, 단 둘이서 〈꿈을 꾸었다〉를 볼 시간을 주실 수 있겠습니까."

작지만 뜻밖의 요청. 오리에는 팀을 보았다. 자신도 그러고 싶었다고 눈동자가 말하고 있었다. 바일러는 천천히 고개를 끄덕이며 "그래"라고 대답했다. "루소를 사랑하는 사람들끼리 바라봐주게. 마음껏."

바일러는 줄리에트가 미는 휠체어로 콘츠와 슈나젠을 거느리고 방에서 나갔다.

방에는 팀과 오리에 둘만이 남았다. 두 사람은 강평의 여열이 남은 방 중앙, 이젤에 세워진 〈꿈을 꾸었다〉 앞으로 다가

갔다.

"난 당신한테 사과해야 해." 팀은 곁에 선 오리에에게 말했다. 승부의 결과가 어떻게 나오든 오늘 꼭 하자고 결심했던 말이었다. "분명히 난 '톰 브라운'이라고 하진 않았지만…… 당연히 초대장은 상사한테 온 거라고 생각했어. '톰'과 '팀'을 혼동한 초대장은 날마다 날아드니까. 그래서 난 톰 브라운인 척하고 이곳에 온 거야. 바일러는 그런 식으로 말해줬지만 당신을 속였다는 사실엔 변함이 없어."

용서해줘, 라고 팀은 말했다. 말없이 팀을 응시하던 오리에는 "알고 있었어요"라고 속삭이듯 말했다. "당신이 누군지까지는 몰랐지만…… 적어도 톰 브라운이 아니라는 건 알고 있었어요."

팀은 생각지도 못한 말에 놀라 물었다.

"어떻게 알았지?"

"너무 자세히 알고 있었으니까요." 오리에는 딱 잘라 말했다. "톰 브라운은 루소 전시회를 기획하곤 있지만 루소에 관한 연구를 학회지에 발표한 것도 아니고 특별한 평가를 한 것도 아니에요. 그렇건만 지난 이레 동안 루소를 둘러싼 당신의 발언, 작품에 대한 착안점에서 오랫동안 연구해온 사람만이 가질 수 있는 지식과 깊은 통찰력이 느껴졌어요. ……그리고 애정도."

매일 이야기를 읽고 나서 당신이 보였던 표정. 루소와 더불어 기뻐했다가, 슬퍼했다가, 들떴다가. 마치 오랜 친구를 염려하듯.

이 사람은 절대 모던 아트의 세계적 권위자 톰 브라운이 아니다. 루소를 진심으로 사랑하고 세상이 그를 화가로서 제대로 평가하도록 노력하는 사람. 이 사람이 참된 앙리 루소 연구자, 진정한 벗이다.

"그러니까 사과하실 필요 없어요. ……벌써 오래전에 들통났으니까요."

오리에의 말은 맑은 물처럼 팀의 마음을 씻어주었다. 팀은 여기저기를 막고 있던 앙금 같은 것이 씻겨 내려가는 것을 느끼며 말했다.

"내 연기력이 시원치 않았다는 뜻이군."

오리에는 살짝 웃었다.

"그렇죠."

팀도 미소 지었다.

두 사람은 나란히 서서 〈꿈을 꾸었다〉를 마주했다.

신비한 바람이 그림 속에서 불어오는 듯했다. 아니, 바람만이 아니다. 무르익은 열매의 향기, 짐승들의 포효, 이름 모를 꽃들의 꽃잎을 흔드는 꿀벌의 날갯짓소리. 이 낙원에는 온갖 냄새가, 소리가, 감촉이 가득하다.

그리고 붉은 벨벳 소파에 누운 알몸의 야드비가. 그녀의 충족된 옆얼굴은 당장에라도 그들에게 말을 걸 듯했다.

"'드디어 찾았구나'."

팀은 야드비가의 옆얼굴을 응시하며 중얼거렸다. 빨려들듯 그림을 응시하고 있던 오리에가 의아한 표정으로 팀을 돌아보았다.

"방금 야드비가가 나한테 그렇게 말했어. 찾았구나, 이야기를 쓴 사람을, 하고."

"이야기를 쓴 사람이라고요?"

팀은 고개를 끄덕였다.

"그래. 이야기 《꿈을 꾸었다》를 쓴 사람."

이야기 《꿈을 꾸었다》. 대체 누가 무슨 목적으로 썼나. 이야기 속에 쓰인 것은 사실인가, 창작인가. 마지막까지 알 수 없었다.

그런데 마지막 장을 끝까지 읽고 나서 알았다. 페이지 여백의 눈물 자국. 아직 다 마르지도 않은, 오리에가 떨어뜨린 눈물 자국을.

그 부분의 종이가 살짝 젖어 부풀어 있었다. 그곳에 희미하게 비쳐 보였던 것이다. 필자의 이름이.

귀족이나 부자는 자신의 전용 편지지 등에 이름과 문장(紋章)을 워터마크로 넣는 경우가 있다. 이야기를 인쇄하는 데 사용된 종이에 쓴 사람의 이름이 들어 있었다. 팀은 종이 밑에 손가락을 넣어 자세히 보았다. 그곳에서 발견한 이름은…….

야드비가 바일러.

오리에의 얼굴에 놀라움의 빛이 질풍처럼 스쳤다. 팀은 그림 속 야드비가에게서 시선을 떼지 않은 채 말했다.

"즉 이야기 속에 등장한, 루소에게 심취한 야드비가의 남편 조제프는…… 콘라트 조제프 바일러였던 거야."

이야기를 쓴 사람의 이름을 발견한 순간, 시간 다 됐습니다, 하고 콘츠의 무자비한 목소리가 문 밖에서 들려왔다. 책을 덮자 적갈색 가죽 뒤표지에 책의 소유자 인이 있었다. 아주 작은 인이었지만 뚜렷이 보였다. '콘라트 J. 바일러'.

"이럴 수가……." 오리에는 감격해서 말했다. 환희가 깃든 목소리였다. "그럼 므슈 바일러가 이 작품에 그렇게까지 집착했던 것도……."

"자기 아내가 루소와 더불어 '영원을 살기' 위해. 어떻게 해서라도 이 작품을 손에 넣어 끝까지 지키고 싶었던 거지." 팀은 말을 이었다. "이 작품은 줄리에트가 계승하는 게 결국 정답이었어. 이 작품의 주인공 야드비가의 손녀이니까. 줄리에트는 이야기를 읽지 않았으니까 아직 모르겠지만."

줄리에트가 모든 진실을 알기까지 이제 얼마 남지 않았다. 이 작품과 더불어 이야기도 그녀가 물려받을 테니까.

이렇게 보니 줄리에트는 그림 속 야드비가를 똑 닮았다. 웨이브 진 긴 밤색 머리, 어딘지 모르게 이국적인 옆얼굴.

취리히 공항에서 잠깐 봤을 때 어디서 만난 적 있는 얼굴이라는 생각이 강하게 들었다.

지금은 알 수 있다. 소년 시절 한눈에 포로가 됐던 〈꿈〉 속의 야드비가를 닮았던 것이다.

그리고 줄리에트의 애수 어린 다갈색 눈동자는…… 자화상 속 루소와 어딘지 모르게 닮지 않았나.

그런 상상을 했지만, 오리에게는 말하지 않고 가슴속에 묻기로 했다.

팀과 오리에는 마지막으로 한 번 더 〈꿈을 꾸었다〉를 실컷 바라보았다.

바람의 감촉도, 꽃들의 향기도, 짐승들의 울음소리도, 야드비가의 수수께끼 같은 아름다운 옆얼굴도. 천국의 열쇠를 쥐었을 수평으로 쳐든 왼손도. 전부를 망막에, 가슴에 새겼다.

팀은 이 순간을 잊지 않겠노라고 맹세했다. 루소의 그림 앞에서 사랑하는 사람과 둘이 조용히 서 있는 더없이 행복한 시간을. 그녀와 앞으로 태어날 아이의 미래를, 행복을, 그저 기도하며.

루소. ……친구여.

이 순간이 바로 영원임을 나는 바로 지금 당신에게 배웠습니다.

현관 앞에서 바일러와 줄리에트, 그리고 콘츠의 배웅을 받으며 팀과 오리에는 마중 나온 차를 등지고 서 있었다.

"내년 전시회의 성공을 비네." 마지막으로 바일러가 말했다. "아마 보러 가지는 못 하겠지만."

"꼭 찾아주십시오. 기다리겠습니다."

팀은 힘 있게 말했다. 그때 자신이 어떤 입장에 처해 있더라도 그를 맞이하고 싶다고 진심으로 생각했다. 바일러는 눈을 가늘게 뜨고 팀과 오리에를 응시했다. 루소의 그림을 볼 때와 똑같이 눈부신 듯한 눈길이었다.

줄리에트는 팀과 오리에, 양쪽과 모두 포옹하며 빰을 맞대었다. 그는 생기 넘치는 다갈색 눈동자로 말했다.

"팀, 오리에, 정말 고마워요. 어쩐지 아주 멋진 꿈을 꾼 기분이에요."

"꿈이 아니라 현실입니다." 팀은 웃으며 대답했다. "루소를 잘 부탁드립니다."

줄리에트는 고개를 끄덕이고 다시 한 번 팀과 악수를 나누었다.

"어쩐지 아직 안절부절못하시는 것 같은데요, 콘츠 씨?"

팀은 콘츠와 악수하며 놀리듯 말했다. 콘츠는 가볍게 헛기침을 했다.

"아닙니다, 브라운 씨…… 팀. 두 분 다 조심해서 가십시오. 봉 부아야지."

팀과 오리에는 검정 캐딜락에 올라탔다. 이제 두 번 다시 이 저택에 올 일은 없을 것이다. 희미한 쓸쓸함이 가슴에 솟았다.

캐딜락이 출발했다. 저택은 눈 깜짝할 새 흡사 숲 같은 정원의 나무들 너머로 사라졌다. 견고한 석조 대문을 지나 일반 도로로 나왔다. 반대쪽에서 온 택시가 그들과 엇갈려 저택 부지 내로 들어가는 모습이 시야를 스친 순간, 옆에서 오리에가 명랑하게 말했다.

"저도 보러 가도 될까요?"

팀은 정신이 들어 오리에를 보았다.

"어? 뭘?"

"루소 전을요. MoMA의."

오리에가 대답했다. 팀은 웃었다.

"그럼 물론이지. 하지만 우리 미술관 전에 파리 그랑팔레에서도 똑같은 전시회를 하니까 먼저 파리에서 보면 좋겠는데."

"그러네요. 기대되는데요." 오리에는 들뜬 목소리로 말했다. "그때 제가 어떤 상황이든 꼭 갈게요. ……이 애랑 함께."

살며시 배에 손을 갖다 댔다. 팀은 그 모습을 바라보며 입가에 미소를 머금었다.

"나도 앞으로 어떻게 되든 루소를 버리지 않을 거야."

오리에가 의아한 표정을 지었다.

"어떻게 되다뇨?"

"아니, 그게, 이번 일로 어쩌면 MoMA에 남을 수 없게 될지도 모르니까."

앞으로 어떻게 될지는 아직 알 수 없었다. 콘츠와 매닝이 어쩌면 보복에 나설지도 모른다. 그럭저럭 강평은 마쳤지만, 톰이 무슨 이유로 바젤에 왔는지도 알고 있다. 상사의 귀에 이번 일이 들어가면 어떤 처분을 받을지 짐작도 되지 않았다.

하지만 팀은 이미 결심하고 있었다. 앞으로 무슨 일이 벌어지든 자신은 루소와 함께 있을 것이다. 어떤 입장이 되든 아트와 더불어 살며 작품을 지키는 사람으로 남자.

"이번에 바일러와 함께 지내면서 실감한 게 있어. 화가를 알려면 작품을 볼 것. 몇 십 시간, 몇 백 시간을 들여 작품과 마주할 것."

그런 의미에서 컬렉터만큼 그림과 오래 마주하는 사람은 없을 테지. 큐레이터, 연구자, 평론가. 아무도 컬렉터의 발치에도 따라가지 못해.

아아, 하지만…… 아니, 잠깐. 컬렉터 이상으로 명화와 마주하는 사람도 있군.

"그게 누군데요?"

오리에의 물음에 팀은 웃으며 대답했다.

"미술관 감시원이야. ……그래, 난 큐레이터가 아니라 감시원이 돼도 좋겠어."

팀이 고지식한 표정으로 말했다. 오리에는 쿡 웃었다.

"바일러한테 세계 최고의 연구자란 말을 들은 사람이 감시원이라고요?"

"그래, 감시원. 그게 좋겠어." 팀은 어깨에서 힘을 뺐다. "작품과 가장 가까운 곳에 있을 수 있다면…… 상관없어."

오리에는 팀의 옆얼굴을 응시했다. 희미하게 열을 띤 눈으로. 팀은 그녀의 시선에 어렴풋이 애정이 깃들어 있는 것을 깨닫지 못했다.

차는 이제 곧 호텔에 도착한다. 그 뒤 자신은 공항으로, 오리에는 바젤 역으로 각각 갈 것이다. 각자의 일상으로 돌아가는 것이다.

앞으로 어떤 운명이 자신을 기다리더라도, 어떤 입장이 되더라도. 아트와 더불어 살겠다는 자신의 결심은 변하지 않을 것이다.

그러니 오리에. 당신도 그래줘. 언젠가 태어날 아이와 함께 무슨 일이 있어도 강하게, 행복하게 살아야 해.

당신의 인생이 풍요롭기를. 언제까지고 아트와 더불어 사는 인생이기를.

그리고 언젠가 다시 만날 수 있기를.

그렇게 말하고 싶었다. 하지만 말할 수 없었다.

낙원을 뒤로하고 뉴욕으로. 파리로.

새로운 인생의 첫발을 내딛기 위해 두 사람은 각자의 일상으로 돌아갔다.

여드레 만에 돌아온 맨해튼은 모든 것을 녹여버릴 것처럼 강렬한 여름 햇볕이 내리쬐고 있었다.

찜통 같은 지하철 역 구내에서 팀은 숨을 쉬러 수면으로 올라온 빈사의 금붕어처럼 큰길로 나왔다. 미드타운 53가, 5번가와 6번가 사이, 미국이 세계에 자랑하는 모던 아트의 전당, 뉴욕 현대미술관의 사무실로 걸음을 서두른다.

그날 팀은 오랜만에 사무실에서 톰 브라운을 만날 예정이었다. '오랜만'이라고 해봤자 겨우 2주 정도였지만 한 달, 1년과 맞먹을 듯한, 긴 여행에서 돌아온 기분이었다.

결국 바젤에서 톰과 마주치는 일은 없었다. 자신에게 아직 운이 조금은 남아 있다는 생각이 들었지만, 그 도시에서 한 결심은 맨해튼으로 돌아와서도 바뀌지 않았다.

톰이 어떤 처분을 내리더라도 달게 받자.

이번에 바젤에 간 덕에 지금의 지위를 버려도 아깝지 않을 만큼 가슴 뛰는 모험을 했으니까.

멀리 떨어져 있어도 사랑하는 사람을 만났으니까.

역 입구 앞에 있는 도넛 스탠드에서 시나몬 도넛과 커피를 사서는 먹으면서 미술관 직원 출입구로 향한다. 보안요원 빌리에게 인사하고, 동료들과 안녕, 오늘도 덥네, 하고 인사를 주고받으며 세계 제일의 느림보 엘리베이터에 올라탄다. 여느 때와 다름없는 아침이다.

"어머, 팀. 안녕. 멕시코에 갔었다며?"

톰의 비서 캐시가 이미 업무를 시작했는지 책상에서 타이프를 치다 말고 말을 걸었다.

"아아, 응. ……아스트러드한테 들었어?"

바젤에서 컨서베이터인 아스트러드에게 국제전화를 걸었던 게 생각났다. 캐시가 웃었다.

"'휴가가 코앞인 사람한테 별 터무니없는 소리를 하지 뭐야, 멕시코에서'라고 화가 잔뜩 나 있었어."

"휴가 중에 업무 생각을 했더니 마음에 걸려서 말이야."

"기분은 이해해. 당신은 '루소 벌레'잖아. 맞다, 아스트러드가 메시지를 남겼어. 당신 책상 서랍에 넣어놨다던데."

팀은 어깨에 걸치고 온 마 재킷을 책상에 던지고 당장 서랍을 열었다. 메모가 들어 있었다. 꺼내서 재빨리 훑어보았다.

팀에게

방사선 검사는 암만 그래도 무리, 서둘러 적외선 검사를 한 결과, 야드비가의 왼손에 복구 흔적 확인.

손에 알파벳으로 보이는 글자 한 자가 그려져 있었던 듯. 정확한 판별은 불가능했지만.

무슨 글자를 쥐고 있었을까, 루소의 '영원한 연인'은.

아스트러드

알파벳?

잠깐. 그거, 그러니까…… 머리글자?

"팀, 지금 당장 톰의 사무실로 가주겠어?"

캐시의 목소리에 팀은 정신이 들었다.

"당신한테 급하게 할 이야기가 있다나봐. 아까부터 기다리고 있어."

드디어.

심장 박동이 즉각 빨라졌다. 드디어 이 순간이 왔다. 팀은 입을 일자로 굳게 다물고 빠른 걸음으로 톰의 사무실로 향했다.

진정해. 무슨 일이 있어도 받아들이는 거야.

호흡을 가다듬고 문을 딱 부러지게 두 번 노크했다. "들어오세요." 노래하는 듯한 목소리가 들렸다.

"안녕하세요."

팀은 시원스럽게 인사하고 문을 열었다. 책상 뒤에서 서류를 훑어보고 있던 톰이 얼굴을 들었다.

"잘 있었나? 휴가는 어땠지?"

하얀 치아를 드러내며 웃었다. 팀은 웃음을 짓는 얼굴이 일그러지는 것을 얼버무리며 "아주 근사했습니다" 하고 대답했다. "최고의 여름휴가였죠. ……꼭 모험을 하고 온 것처럼."

"그래." 상사는 마담 킬러다운 웃음을 띤 채 산뜻하게 말했다. "나도 굉장한 모험을 하고 왔거든. ……문 좀 닫아주겠나? 이다음은 아주 특별한 비밀이니까."

반쯤 열려 있던 문을 허둥지둥 닫았다. 또나시 심장이 뻐근할 정도로 빠르게 뛰었다. 톰은 그답지 않게 씩 웃더니 말했다.

"그저께 전설의 컬렉터 콘라트 바일러한테 갔었어."

팀은 숨을 멈추고 톰을 응시했다. "어때, 놀랐지?" 톰은 자랑하듯 이야기했다.

바일러의 법정 대리인이라는 남자에게서 나흘 전, 휴가를 보내고 있던 오아후로 연락이 왔다. 자신이 있는 곳을 어떻게 알았는지 알 수 없었지만, 아무튼 남자는 깜짝 놀랄 말을 했다. 세상에 단 한 번도 모습을 드러낸 적이 없는 앙리 루소의 작품을 바일러가 소장하고 있다. 서둘러 진위를 확인해주기를 바라니 당장 바젤로 와주면 좋겠다. 경우에 따라서는 작품의 취급 권한을 당신에게 넘길 것이다.

"반신반의해서 갔는데…… 어떻게 된 건지 저택에서 날 맞이한 건 법정 대리인이라는 사람뿐이었어. '한 발 늦었다, 착오가 있어서 작품은 벌써 보세 창고에 들어갔다'라나 뭐라나 하는 바람에, 전설의 컬렉터도 못 만나고 작품도 못 봤지 뭔가."

"……그러셨군요."

팀은 멈추고 있던 숨을 내쉬었다. "왜 안 놀라지?" 상사는 다소 불만스러운 목소리였다. "전설의 컬렉터, 루소의 미발견 작품과 접촉할 뻔한 거라고. 대단한 일 아닌가?"

"아니…… 대단합니다. 네, 대단한 일이군요."

팀은 허둥지둥 대답했다. 톰은 어깨를 으쓱했다.

"뭐, 결국 둘 다 못 보고 끝났지만. 애석한 일이야. 작품을 빌리는 데 성공해야 일을 한 셈인데."

톰은 한숨을 쉬며 말했다. 팀은 무심코 미소를 지었다.

"아닙니다, 훌륭하신데요. 작품을 위해 이것저것 따지지 않고 바젤까지 달려가셨잖습니까."

팀의 말을 듣고 톰의 얼굴에 만족스러운 웃음이 돌아왔다. 책상에 펴놓고 있던 서류를 손가락으로 가볍게 치며 말했다.

"자, 그럼 일을 다시 시작해볼까. 휴가 전에 루소 전 관련 목록을 작성하고 있었지? 문헌 대출 목록과 작품 대출 목록……."

"네, 다 해놨습니다." 팀은 대답했다. "바로 갖다드리죠."

톰의 사무실에서 나온 팀은 발걸음도 가볍게 자신의 책상으로 달려갔다.

아트와 더불어 살고 작품을 마주하는 일상이 다시 시작되었다.

블라인드 너머에 줄무늬로 분단된 맨해튼의 거리가 펼쳐져 있다. 여름 햇살을 반사하며 눈부신 흰색으로 빛나고 있다.

여기는 파리도, 바젤도 아니다. 하지만 이 거리 또한 미술의 낙원이다.

재회

2000년 뉴욕

꿈을 꾸었다. 아주 오랜만에 아버지 꿈을.

뉴욕의 어느 미술관, 전시실 한가운데에 오리에는 서 있었다. 메트로폴리탄 미술관 아니면 뉴욕 현대미술관. 확실하지는 않지만 익숙한 장소였다.

바닥에서 천장까지 벽을 빽빽이 메운 수많은 명화에 오리에는 눈을 빼앗겼다. 색이 뚜렷이 보인다. 적색과 녹색, 흑색, 마구잡이로 뒤섞였는데, 이상하게도 기분 좋은 질서가 느껴진다. 옆에 선 사람은 아버지다. 희미한 담배 냄새와 청결한 셔츠 냄새. 큼직한 손을 잡아당기며 소녀 오리에는 아버지를 올려다보고 말한다.

아버지, 그림이 이렇게 많으니까 뭘 봐야 될지 모르겠어.

아버지는 웃는 듯했다. 빛 속에 있어 얼굴이 잘 보이지 않는다. 아버지의 낮고 뚜렷한 목소리가 들렸다.

아무리 사람이 많은 곳이라도 자기가 좋아하는 친구는 찾아낼 수 있잖니?

이 그림들 중에 네 친구가 있다고 생각하며 보렴. 그게 네게 명작이란다.

절대로 눈을 감으면 안 돼. 찾을 수 없게 되니까. 자, 오리에, 잘 보렴. 네 인생의 벗은…… 어디 있지?

"승객 여러분, 우리 비행기는 이제 곧 30분 뒤 존 F. 케네디 국제공항에 착륙합니다. ……지상 관제센터의 보고에 따르면 뉴욕 날씨는 맑음, 기온은 섭씨 29도……."

"어이쿠, 꽤 덥잖아."

옆자리에서 교세이 신문 문화사업부 부장 다카노 도모유키가 저도 모르게 소리 내어 말했다. 눈을 깜박이던 오리에는 천천히 등받이를 일으켜 객실 승무원이 나눠주는 뜨거운 물수건을 받았다.

"죄송합니다, 저 때문에 깨셨습니까?"

다카노가 미안하다는 듯 말했다.

"아닙니다, 어차피 이제 일어나야 하는데요."

오리에는 물수건을 눈두덩에 갖다 대며 말했다.

"꽤 오래 주무시던데…… 출발 전에 바쁘셨습니까?"

"아뇨, 평소와 똑같았어요. 다만 이런 시기에 닷새나 쉬다니 무슨 일 있느냐고 동료들이 많이 걱정하더군요."

"그렇습니까. 평소에 출장은 가시는지?"

오리에는 쓴웃음을 지었다.

"설마요. 감시원이 무슨 출장을 가겠어요."

아, 그렇죠, 하고 다카노도 웃었다. 외국 미술관과 작품 대출을 교섭하러 갈 때, 다카노는 늘 일본 미술관의 관장이며 학예사를 데리고 간다. 그들에게는 출장 따위 일상다반사일 것이다. 오리에에게는 이번이 태어나서 처음 가는 '출장'이었다.

오하라 미술관 관장 다카라오 요시히데의 간곡한 의뢰로 오리에는 교세이 신문사의 다카노와 함께 뉴욕 현대미술관을 방문하게 되었다. 그것도 MoMA 컬렉션 최고의 보물이라 할 앙리 루소의 〈꿈〉을 빌리러. 대체 어떻게 알아냈는지 다카노는 십 몇 년 전 국제 미술사 학회를 떠들썩하게 했던 루소 연구자 오리에 하아카와를 정확하게 찾아냈다. 그리고 MoMA의 치프 큐레이터 팀 브라운 본인의 지명이라는 깃발을 내걸고 이렇게 오리에를 데려오는 데 성공했다.

너무나도 갑작스러운 의뢰를 오리에는 물론 거절할 생각이었다. 자신은 아카데미즘의 무대에서 내려와 지금은 연로한 어머니, 고등학생 딸과 함께 조용히 살고 있다. 시간도, 노력도, 기술도 필요한 교섭에 이제 와서 관여할 수 있는 몸이 아니다. MoMA의 치프 큐레이터와 협상을 하다니 책임이 너무 막중하다고. 그런데 그게 역효과였다.

"세계적인 미술관과 교섭하는 게 얼마나 어려운 일인지 잘 아시는군요. 그럼 당신이 담당사가 되지 않으면 우리가 심지어 출발선에도 설 수 없다는 것도 아시겠죠?"

다카노는 그런 말로 오리에를 구슬렸다. 다카라오도, 학예과장 고미야마도 동감이었다. 나아가 다카라오는 깜짝 놀랄 제안을 했다.

"어떻습니까, 하야카와 씨. 만약 이번 교섭에 성공해서 〈꿈〉을 끌어내는 데 성공하면…… 당신을 우리 미술관 촉탁 학예사로 등용하겠습니다."

결국 밀리고 말았다. 그래서 이렇게 다카노와 비행기를 타고 날아온 것이다.

"하야카와 씨와 함께 간다고 메일을 보냈더니 브라운 씨, 꽤나 기뻐하시더군요. '하루라도 빨리 방문해주기를 기대하겠다'라고 말이죠."

다카노가 물수건으로 얼굴과 목을 꼼꼼히 닦고 나서 갓 목욕한 사람 같은 표정으로 말했다. 오리에는 "그런가요" 하고 일부러 무관심한 목소리로 대답했다.

"아니, 이거 두 분이 왜 이렇게 태도가 다릅니까. 저쪽에서 꼭 부탁한다고 해서 저희가 얼마나 필사적으로 당신을 찾았는지 아십니까. 파리 지국 직원을 시켜서 소르본 졸업생 명부를 조사하게 하고……." 그 순간 오리에의 표정이 굳은 것을 보고 다카노는 "아니, 저, 사생활에 관계된 건 조사하지 않았습니다. 저희는 탐정이 아니니까요" 하고 허둥지둥 얼버무렸다. "그나저나 이미 일선에서 물러나신 당신을 일부러 지명하다니…… 역시 MoMA에서 개최한 전설의 '루소 전' 큐레이터는 다르군요. 전 세계 루소 연구자를 빠짐없이 다 아나보죠."

오리에는 눈을 들어 다카노를 보았다.

"아닙니다. 그 전시회의 큐레이터는 팀 브라운이 아니라 톰 브라운이에요."

"네?" 다카노가 눈을 깜박였다. "톰 브라운? 팀 브라운과 다른 인물입니까?"

오리에는 고개를 끄덕였다.

"1980년대에 MoMA의 회화·조각 부문 치프 큐레이터였던 인물입니다. 1984년부터 1985년에 걸쳐 파리와 뉴욕에서 개최된 대규모 앙리 루소 회고전을 기획해서 루소에 대한 평가를 결정적으로 확립한 큐레이터죠."

다카노는 별안간 생각난 것처럼 발밑에 놓아두었던 가방을 집어 화집을 꺼냈다. 1985년 MoMA에서 개최된 '세관원 루소' 전의 도록이다. 서둘러 책장을 넘겨 은테 안경을 쓴 얼굴을 가까이 갖다 대더니 "어라?" 하고 놀라 말했다.

"정말인데요. 전시회 기획자, 톰 브라운. 팀 브라운이 아니군요."

"모르셨나요?"

"아니, 뭐…… 한 글자 달라서 그만 동일 인물인 줄 알았습니다." 다카노는 테이블 위에 놓은 물수건을 집어 또다시 얼굴을 닦았다. "그럼 우리가 이제 만날 사람, 팀 브라운은 톰 브라운 뒤에 MoMA의 치프 큐레이터가 된 거로군요."

"그렇겠죠."

오리에는 다카노의 무릎 위에 놓인, 표지가 다소 변색된 전시회 도록을 내려다보았다.

"그럼 루소에 대한 평가를 높인 사람은 이제 만날 팀 브라운이 아니라 톰 브라운인 셈입니까?"

"아뇨, 그렇지 않습니다." 오리에는 단호하게 말했다. "루소의 평가를 높이는 데 정말로 이바지한 사람은 팀 브라운이에요. 예전이나 지금이나 세계 최고의 루소 연구자이고 루소를 가장 잘 이해하는 이는 그 사람입니다."

다카노는 예에, 하고 힘없이 대답하며 무릎 위의 도록을 두 손으로 잡았다. 객실 승무원이 와서 테이블을 접어달라고 했다. 오리에는 창문의 블라인드를 올렸다.

어디 상공일까, 밝은 녹색 농지가 눈 아래 펼쳐져 있었다. 오전의 햇살은 조금 전까지 꿈을 꾸던 눈에 따가울 정도로 환했다.

"뉴욕에 가게 됐어."

2주 전, 오리에는 저녁 식탁에 앉은 어머니와 딸 사나에에게 대뜸 말을 꺼냈다.

어머니는 집어 들었던 젓가락을 두 손으로 가지런히 도로 내려놓았다. 사나에는 닭고기 조림을 예쁘게 잘 담은 접시에서 닭고기를 집어 입으로 가져가고 있었다. 오리에는 두 사람을 번갈아보며 말을 이었다.

"다다음주 월요일부터 현지에서 4박할 거야. ……오늘 관장이 불러서 가달라고 하더라고. 거절하려고 했는데 어쩌다 보니까 그렇게 됐어."

이야기하면서 설명을 참 못 한다고 생각했다. 테이블 위에 두 손을 나란히 모으고 듣고 있던 어머니는 "그래? 알았어"라고 대답했다. "너 여권 유효기간 지나지 않았니? 그때까지 되겠어?"

"내일 신청하면 엿새 뒤에 찾을 수 있대. 그것도 계산해서 출발 날짜를 정한 거야."

어머니는 또다시 "그래"라고 했다. 그리고 젓가락을 들어 닭고기 조림을 집었다. 어머니가 이렇게 이상하리만큼 점잖고, 설령 상대가 딸이라도 깊이 캐고 들지 않고 금방 접는 사람인 덕에 오리에는 늘 얼마나 도움을 받았는지 모른다. 뉴욕에 살던 시절, 또 파리에 있을 때도, 오리에가 혼자 외출하겠다고 해도 아무 말 하지 않았다. 아버지가 세상을 떠난 뒤 파리에 남겠다고 했을 때도. 몇 년 뒤 아이를 임신하고 돌아왔을 때도. 어머니는 언제나 오리에에게 설명을 요구하지 않았다.

이번만은 좀 더 설명하고 싶었지만, 오리에 자신도 이제부터 무슨 일이 벌어질지 잘 알 수 없었다.

바젤에서 꿈같은 이레를 보내고 돌아온 뒤, 오리에는 자신이 먼저 앤드루 키츠에게 작별을 고했다. 배 속에 새 생명이 있다는 것을 밝히지 않은 채. 그리고 미술사 연구 무대에서 조용히 모습을 감추었다.

앞으로의 인생은 태어날 아이를 위해 바치자. 그렇게 결심하고 어머니 곁으로 돌아왔다. 아트에 대한 금할 길 없는 정열은 '판도라의 상자'에 봉인해 결코 열지 않겠다고 맹세했다.

그런데 생각지도 않은 형태로 '상자'를 열게 되었다.

그렇게 만든 것은 그 사람, 팀 브라운이었다.

"실은 말이지, MoMA에 작품 대출을 교섭하러 가는 거야. 교세이 신문사의 문화사업부 부장이 오늘 오하라 미술관에 날 만나러 와서…… 앙리 루소 전을 기획 중인데 MoMA에 있는 앙리 루소 작품을 꼭 빌리고 싶으니까 나더러 교섭 창구를 맡아달라고 하지 뭐야. 관장까지 꼭 가달라고 해서."

"그래."

어머니는 또다시 말했다.

"하여간 대체 어떻게 된 일인지. 영문을 모르겠어."

"그래? 난 알겠는데." 오리에가 혼잣말처럼 한 말에 어머니가 대답했다. "네 친구가 부르는 거 아니겠니?"

뜻밖의 말에 오리에는 "무슨 소리야" 하고 웃었다. 어머니는 점잔 뺀 표정이었다.

"어머, 너 뉴욕에 있을 때 그런 말 자주 했잖니. '친구네 집에 갔다 올게. 날 불러'라고."

오리에의 가족은 맨해튼 업타운의 아파트에 살았다. 당시 초등학생이었던 오리에는 학교에 갔다 오면 바로 MoMA로 가곤 했다. 친구네 집에 간다면서.

어머니는 언제나 다녀오렴, 하며 웃는 얼굴로 배웅했다. 알고 있었던 것이다. 친구는 아트, 친구네 집이란 미술관이라는 것을. 하루도 빼놓지 않고 가는 바람에 아버지는 쟤 저러다 나중에 MoMA에서 살겠다고 하는 거 아냐? 라고 어머니에게 웃으며 말했다고 한다. 친구랑 같이 산다고 하겠어.

"거기 미키마우스 같은 것도 있어?"

맞은편에 앉은 사나에가 갑자기 입을 열었다. 오리에는 놀라 바로 대답했다.

"애가 무슨 소리야. 디즈니랜드인 줄 알아?"

"그럼 어떤 곳인데, 모마라는 데?"

오리에와 눈을 마주치려 하지 않지만 관심 있는 기색이 역력하다. 오리에의 가슴 속에서 공이 퉁 하고 튀어 올랐다.

"뉴욕 현대미술관이야. Museum of Modern Art. 줄여서 MoMA. 멋진 미술관이란다. 진짜 너무너무 멋진 곳. 컬렉션도 멋지고, 작품도 멋지고. 학예사도 멋지고. 진짜, 뭐라고 말하면 좋을까, 좌우지간 멋져."

어머니가 쿡쿡 웃었다.

"어머나, 웃겨라. 너희 엄마가 글쎄, '멋지다'는 말을 다섯 번이나 했구나. 안 그러니, 사나에?"

"여섯 번 했어."

사나에가 태연하게 말했다. 그래도 오리에는 명랑한 기분으로 물어보았다.

"모던 아트의 전당이라고 하는데 말이지. 사나에, 모던 아트가 뭔지 아니?"

"몰라. 과자야?"

일부러 시치미 떼는 게 귀엽다.

오리에는 "잠깐만" 하며 일어섰다. 자기 방으로 달려가 화집 한 권을 들고 온다.

"이거 어때?"

표지가 다소 변색됐고 구겨진 화집을 닭고기 조림 접시 옆에 놓았다. 1985년 MoMA에서 개최된 '세관원 루소 전'의 도록이었다. 표지의 그림은 1890년에 제작된 〈나 자신, 초상-풍경〉이라는 작품이다. 붉게 물든 구름과 푸른 하늘을 배경으로 거인처럼 우뚝 선, 수염을 기른 남자. 머리에는 챙이 넓은 베레모. 손에는 팔레트와 붓. 등 뒤에 만국기를 건 배가 센 강에 떠 있고, 그 너머에 에펠탑이 보인다. 강변을 산책하는 사람들은 쥐처럼 조그만 게, 중앙에 찌푸린 표정으로 선 남자와 명백히 비율이 맞지 않는다. 화면에서 깊이감도 느껴지지 않는다. 1백 년 전에는 '일요화가의 그림'이니 '어린애 낙서' 같은 말을 들으며 사람들에게 조소를 샀던 작품이다.

사나에는 표지의 그림을 꼼짝 않고 내려다보다가 이윽고 짤막하게 말했다.

"재미있어."

그 순간, 오리에의 얼굴에 미소가 피었다.

"그래, 재미있지? 그거 말고는?"

"색이 예뻐."

"맞아. 그리고 또?"

"정성스럽게 그렸다는 느낌이 들어."

오리에는 응, 하며 고개를 끄덕였다. 어머니도 덩달아 고개를 끄덕인다. 사나에는 얼굴을 표지에 조금 가까이 가져가더니 무심코 중얼거리듯 말했다.

"어쩐지…… 살아 있는 것 같아."

그 순간 오리에는 숨을 멈추었다. 어머니까지 같이 숨을 멈춘 것을 알 수 있었다. 사나에는 어머니와 할머니를 흘깃 보더니 "이제 됐지?"라고 중얼거리고는 다시 젓가락을 놀리기 시작했다.

살아 있다.

그림이 살아 있다.

그 한마디가 바로 진리였다. 지난 1백 년 동안 모던 아트를 발굴하고 모던 아트에 매료됐던 수천, 수만 명의 사람들, 그들의 가슴에 깃든 한마디였다.

오리에는 딸의 말을 가슴에 품고 뉴욕으로 떠났다.

팀 브라운은 MoMA 2층, 회화·조각 부문 갤러리에 서 있었다.

그의 눈앞에 한 점의 작품이 있다. 앙리 루소 〈꿈〉 1910년.

평일 오후이고, 점심시간은 벌써 오래전에 지나갔다. 주말만큼 혼잡하지는 않았지만, 그래도 갤러리에는 잠시나마 마음의 평화를 찾으러 온 많은 관람객으로 북적이고 있었다.

이제 곧 오리에 하야카와가 온다.

팀은 가만히 기다리고 있을 수 없어서 먼저 이 그림 앞으로 오고 말았다. 그녀가 오면 누가 함께 왔든 반드시 그녀 한 사람만 이곳으로 데려오라고 어시스턴트인 미란다에게 일러놓고 사무실을 나섰다.

가만히 못 기다리겠다. 정말로 이제 더는 못 기다리겠다.

17년간, 그녀와 재회할 날을 의식하며 기다렸던 것은 아니다. 하지만 마음은 늘 그녀 곁에 있었다.

지금까지 연애도 했고, 결혼을 생각한 상대도 있었다. 하지만 언제나 마음속 한구석으로 그녀를 원하는 자신을 깨닫고 있었다.

바젤이라는 이름의 낙원에서 그녀와 함께 보낸 이레간. 그 시간이 팀의 인생을 바꾸었다.

17년 사이에 여러 가지 일이 있었다.

강평으로부터 1년 뒤, 콘라트 조제프 바일러가 세상을 떠났다. 손녀인 줄리에트 를루가 모든 유산을 상속했다는 소문이 은밀히 돌았다. 줄리에트는 인터폴을 통해 도난품으로 판명된 작품 전부를 원 주인에게 돌려주고, 남은 컬렉션을 바탕으로 조만간 미술관을 창설할 것이라고 했다. 아직 실현되지 않았지만, 줄리에트가 하는 일이니 분명 만전을 기하는 것이리라.

이윽고 공개될 컬렉션에 〈꿈을 꾸었다〉가 있을지 없을지 아직 아무도 모른다. 그리고 그 그림 밑에 블루 피카소가 잠들어 있는지 아닌지도.

예전 상사 톰 브라운이 기획한 '세관원 루소 전'은 큰 성공을 거두어, 그것을 계기로 루소에 대한 재평가가 이루어졌다. 팀은 '세관원'이라는 전시회 타이틀에 마지막까지 반대했지만, 그 편이 알기 쉽다는 이사회의 의견이 존중되었다. 루소가 '일요화가'라는 설을 완전히 뒤엎지는 못했지만, 많은 사람이 전시회장을 찾아 미국과 프랑스, 두 나라에서 1백만 명이상이 루소의 매력에 눈을 떴다.

팀은 전시회를 위해 힘쓴 업적을 상사에게도, 이사회에게도 인정받았다. 톰이 대학에서 교편을 잡기 위해 퇴직한 뒤, 팀은 치프 큐레이터가 되었다. 바젤에서 보낸 여름으로부터

15년이 지났을 때였다.

그리고 지난달. 일본 신문사에서 타진을 해왔다. 〈꿈〉을 빌려달라고. 팀은 이때를 줄곧 기다려왔다.

일본에서 루소 전이 개최되어 MoMA 최고의 보물인 〈꿈〉을 대여한다면, 교섭을 맡을 사람은 한 명뿐.

세계 최고의 루소 연구자 오리에 하야카와밖에 없다.

그녀가 교섭 창구를 맡는다면 대여를 검토하겠습니다. 팀은 그렇게 대답했다.

〈꿈〉을 빌려주려면 관장과 이사회 양쪽을 설득해야 한다. 하지만 팀은 오리에가 일본에서 맡아만 준다면 그 어떤 난관도 극복하겠노라고 결심했다.

그리고 이날이 왔다.

미술관의 웅성거림 속에 팀은 〈꿈〉과 마주 보고 섰다.

신기했다. 벌써 수백 번은 이 그림을 봤건만 볼 때마다 새로운 발견이 있다. 마티에르의 광택, 모티프가 발하는 힘, 빨려들 듯한 깊이감이 있는 구도. 볼 때마다 정열은 더욱 깊어간다. 소년 시절 처음 이 작품에 사로잡힌 이래로 볼 때마다 진화해간다. 이런 그림이 또 있을까.

정열을…… 내 모든 정열을.

그 여름날 읽은 이야기의 마지막 장. 루소의 중얼거림이 마치 직접 들은 것처럼 되살아난다.

　이 작품엔 정열이 있어요. 화가의 모든 정열이. ……그게 다
입니다.

　강평에서 오리에가 했던 말. 그것은 〈꿈을 꾸었다〉뿐 아니
라 이 작품 〈꿈〉에게 바치는 말이기도 했다.
　팀은 그림 속 야드비가를 응시했다. 뭔가를 가리키듯 수평
으로 든 왼손. 그 손 안에 대문자 한 글자가 숨어 있는 것 같
다고 아스트루드가 말했다. 조사해보면 어떤 결정적인 사실
이 드러날지도 모른다. 하지만 결국 상세히 조사하는 일은 없
었다.
　이야기 각 장에 붙어 있던 대문자, P-I-A-S-S-O. 만약 〈꿈〉
에 감춰져 있는 글자가 'C'라면, 어쩌면 이 그림 밑에 블루 피
카소가 잠들어 있다는 메시지일 수도 있다.
　하지만…….
　지금은 그 글자가 'N'이 아닐까 생각한다. P-A-S-S-I-
O-N. 정열. 야드비가는 그 말을 손 안에 감추고 있다고.
　그 말은 루소의, 야드비가의 말. 피카소의 말. 바일러의 말.
그리고 오리에가 한 말. 그 여름날 이후로 줄곧 자신의 가슴
속에서 숨 쉬고 있는 말.
　"……팀."

웅성거림 속에 자신을 부르는 목소리가 등 뒤에서 들려왔다. 잊을 수 없는 그리운 목소리가. 팀은 돌아보았다. 심장의 고동이 온몸에 울렸다.

오리에가 그곳에 있었다. 검은 머리는 이제 길지 않고 어깨 길이로 잘랐다. 뺨은 조금 야위었다. 하지만 검고 축축하게 젖은 눈은 그때와 똑같았다.

두 사람은 할 말을 찾으며 서로를 응시했다. 말은 쉽사리 나오지 않았다. 팀이 오랜 세월 꿈꿔온 장면이었다.

낙원의 캔버스 앞에 다시 한 번 오리에와 단둘이 서는 꿈.

한 번 더 오리에를 만날 수 있다면 그때 하려고 마음먹은 말이 있었을 터였다. 그렇건만 다른 말이 무심코 흘러나왔다.

꿈을 꿨어. 당신을 만나는 꿈을.

팀이 속삭인 말에 오리에가 문득 미소를 지었다. 그녀의 웃음은 이제 꿈이 아니었다.

옮긴이 **권영주**

서울대학교 외교학과를 졸업하고 동대학원에서 영문학을 전공했다. 옮긴 책으로《삼
월은 붉은 구렁을》《흑과 다의 환상》《나의 미스터리한 일상》《다다미 넉 장 반 세계
일주》《달려라 메로스》《아시야 가의 전설》《프랜차이즈 저택 사건》《보틀넥》《인질의
낭독회》《데이먼 러너언》《11 eleven》《오자와 세이지 씨와 음악을 이야기하다》《책
에도 수컷과 암컷이 있습니다》 등이 있다. 2015년 일본 고단샤에서 수여하는 제20회
노마문예번역상을 수상했다.

낙원의 캔버스

2015년 11월 27일 초판 1쇄 인쇄
2015년 12월 4일 초판 1쇄 발행

지은이 | 하라다 마하
옮긴이 | 권영주
발행인 | 이원주

책임편집 | 박윤희
책임마케팅 | 임슬기

발행처 | (주)시공사
출판등록 | 1989년 5월 10일(제3-248호)
브랜드 | 검은숲

주소 | 서울특별시 서초구 사임당로 82(우편번호 137-879)
전화 | 편집 (02)2046-2852 · 영업 (02)2046-2800
팩스 | 편집 (02)585-1755 · 영업 (02)585-0835
홈페이지 | www.sigongsa.com

ISBN 978-89-527-7521-4 04830
      978-89-527-7520-7(set)